给每一个时候奔向我的你

MIGHTY ORIGIN LITERATURE

回声

S飒

著

北京燕山出版社
BEIJING YANSHAN PRESS

图书在版编目（CIP）数据

回声 / S飒著 . -- 北京 : 北京燕山出版社 , 2022.9
ISBN 978-7-5402-6643-1

Ⅰ . ①回… Ⅱ . ①S… Ⅲ . ①长篇小说 – 中国 – 当代
Ⅳ . ① I247.5

中国版本图书馆 CIP 数据核字 (2022) 第 168924 号

回声

作　　者：S　飒
出品人：赵丽娟　徐　琛
责任编辑：金贝伦
特约编辑：邹　爽
装帧设计：唐小迪
封面绘图：三　乖
封面设计：青　橙
出版发行：北京燕山出版社有限公司
社　　址：北京市丰台区东铁匠营苇子坑 138 号
发行电话：010-65240430
邮政编码：100079
印　　刷：北京君达艺彩科技发展有限公司
开　　本：880mm×1230mm　1/32
字　　数：262 千字
印　　张：8
版　　次：2022 年 11 月第 1 版
印　　次：2022 年 11 月第 1 次印刷
书　　号：ISBN 978-7-5402-6643-1
定　　价：45.00 元

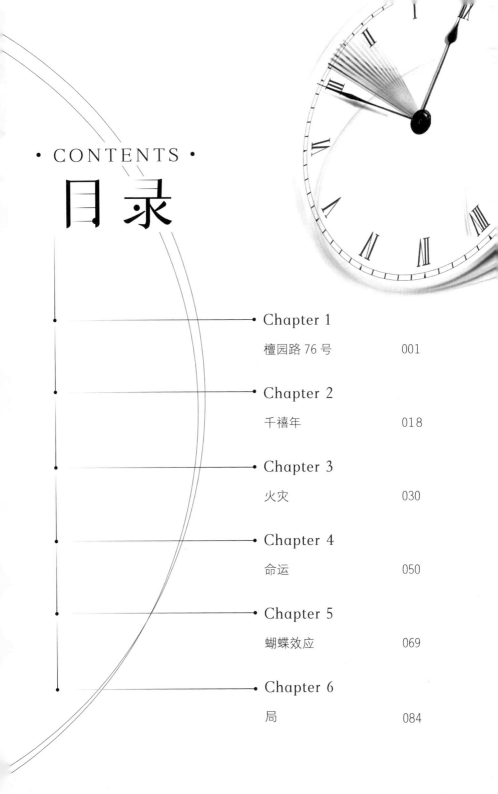

· CONTENTS ·
目 录

是

救

赎

还

是

深

渊

Chapter 1

檀园路 76 号

哪儿来的神经病在这儿装神弄鬼？

❧

2020 年，檀园路 76 号完成商业改造，引进了部分高端餐饮品牌和一家电影院，开业当天举办了盛大仪式，让很多人恍惚回到了它的辉煌时期。

这栋百年建筑坐落于江畔，曾经是名副其实的城市地标和中心。作为教会旧址，它在漫长的岁月中几经更名，20 世纪 90 年代被正式纳入文物保护单位，在这儿土生土长的年轻人基本都参观过，包括程禧，可以说是一代人的记忆。

记忆中当然也少不了那场震惊全城的大火。

2000 年的一个夜晚，江畔忽然火光冲天，坠落的焦木还连累了停靠在岸边的观光船。没人知道火是怎么烧起来的，清晨醒来的市民只看到残败的建筑和沸沸扬扬的新闻。

调查持续了一年多都无定论，潦草收场。在断断续续的修葺和搁置中，檀园路 76 号逐渐淡出视野。再后来，随着新的城市中心崛起，这里变成了周边居民散步遛弯的场所，偶尔经过能看到它静静伫立，大门紧闭，不复往日。

转机出现在几年前。

本地做房地产起家的檀盛投资集团突然宣布，要对檀园路 76 号进行商业开发，试图打造成复古艺术街区。

程禧记得清楚，当时看到网上铺天盖地的宣传时，她的心情很复杂。从小在江边长大，这栋建筑承载了她太多的童年记忆。她既希望檀园路 76 号重见天日，又不想它做过多的改变。

另一方面，这里的区位优势已然不再，加上改造难度大、经营限制多、维护成本高……怎么想都是赔本买卖。程禧不看好，在办公室放言："这项目悬，我估计招商都困难。"谁知第二天就听说自家公司投了标，而且一口气租了三层，如果顺利开业将成为旗下影院里规模最大的一家。

莫非自己眼皮子太浅，才没理解老板这步棋？

程禧大学毕业就进了新时代影城，眼瞧着公司一路高歌猛进，抓住的每个机遇，做出的每步决策，事后证明都是对的。

"这里面估计有什么战略眼光，咱们道行太浅，参不透。"她又说。

后来新时代顺利拿到标的，规划设计，入场装修，招兵买马。大约一年后，万事俱备只欠东风，人事总监徐姐找到程禧，通知她走马上任。

"我当店长？"惊讶大于惊喜，疑惑脱口而出，"咱们最大的一家影城，派我去？"

"是啊，恭喜你喽。"

"谢谢徐姐，呃……我还是想问一下为什么呢？"

"这是公司的决定。"

"老板的意思？"

徐姐扑哧笑出声来，带着几分高高在上："小程，老板应该不认识你。这个店呢，你也知道比较特殊，想做出成绩不是一时半会儿的事，别有压力。公司的意思是派年轻人先去锻炼锻炼，我们推荐了你。"

程禧反应几秒，重重点了点头："我尽力。"

程禧确实尽力了。尽力筹备运转跑市场，尽力熬过赔钱的每一天，尽力相信老板斥巨资投入这烂摊子自有其道理，毕竟没人会拿自己的钱开玩笑。

檀园路 76 号共四层，是回字形结构，影厅小且分散，中间的天井直通到顶。程禧靠着扶栏休息，低头看到一楼刚开业三个月的西餐厅倒闭了，门上贴着俩大字——转让。

抬头是木质的房梁，丝毫不透光。转身是一条狭长昏暗的走廊，站在这儿都能感觉到那股潮湿气。望向尽头黑漆漆的影厅，程禧不自觉愣了神。

仿佛被什么吸引住，整个人抽不出来。

"经理！"

这一喊把程禧吓得一激灵，见着是放映室的李思齐，皱着眉回道：

"你不去放映室，在这儿晃什么？"

"这会儿没什么场次啊，大中午的。"他伸了个懒腰，也探头往下看去，"我就说那家店要倒闭吧，果然黄了，又少个吃饭的地方。"

程禧欲言又止，索性没吭声。这孩子是个拆二代，大家中午都吃快餐，他呢，是楼下西餐厅的常客。

"唉，你说咱们影城会不会关门？"

"这不是你该操心的事儿。"

"我看今天排片更少了，一整个上午都没活儿干。"

"还闲着你了？去发传单啊。"

李思齐干笑两声，又搭话："你说程总在这儿开店是不是有别的原因？"

"什么原因？"

他四下张望，随后神秘兮兮地挑眉："他们都说这地方邪门，阴森森的。你想想，一百多年的建筑，往前都推到清朝了，肯定不简单，要不怎么会起无名火？"

程禧嫌弃地投去一瞥，李思齐表情里的强烈的猎奇意味，让她心头涌上一股烦躁："说什么屁话？"

"真的啊，我每次一进来都感觉后背发凉，咱们影厅之间还隔得远，那些走廊特瘆人，你不觉得吗？"

两个人说到这儿，不约而同地回头望了一眼。也不知怎么的，走廊深处来了一股风，把程禧的发丝吹起。

她绺了绺头发，正经道："这么布局是为了保护原有建筑，老房子避暑你才觉得凉。至于什么阴森，这叫复古，你没见有客人特意穿旗袍来拍照吗？"

李思齐跟程禧讲不通，也不争辩，笑嘻嘻地继续自己的歪理邪说："我听说，程总偷偷养着个女的，好像是精神有问题，住在疗养院里……会不会跟咱们影院有什么关系，这楼以前不是教会吗？"

"你都从哪儿听说的？"

"一楼保留的那个展区都有写啊，你没看过？这里最早是教会，后来开放参观了，再后来一把火全给烧了，还死了人。"

"我不是说这个，我是说老板……"

"啊，"李思齐随手挠挠后脑勺，不以为意道，"朋友说的。"

老板的私生活在新时代是绝对不能碰的话题，甚至连他的姓名都很少出现——程时，人不如其名，作风做派总让人觉得……不大诚实。

比如"疗养院的女人"这秘闻，私下里流传甚广，还有好几个版本。

一说那其实是老板娘，被关在疗养院里。这个版本可信度最高，老板四十岁左右，身家过亿，婚姻状况却成谜，实在有点奇怪。还有人说那是他妹妹，由于精神障碍从小就住在疗养院，老板不常露面，很可能有什么家族遗传病，倒也解释得通。

再有就很狗血了，什么棒打鸳鸯、爱人发疯的苦情桥段。但像李思齐这样把疗养院和檀园路 76 号联系在一起，搞神秘主义的，还是头一回听说。

程禧看着他发愣，脑子里想着这些乱七八糟的事，就见李思齐探过身来，恍然道："看来是真的啊？！"

"什么真的——？"她缓过神，"别瞎说，也别瞎想，到点儿吃饭去吧。"

"一起啊，附近新开了家日料，据说厨师以前在米其林餐厅干过。"

程禧回了他一个假笑。

中午吃完外卖，程禧的血糖一下子上来了，犯困得厉害，"啪唧"把盒子扔进垃圾桶，强打起精神去巡场。工作日的客流用手指头就数得清，一间间影厅空着，更让人觉得了无生气。她逛了一圈，拖着步子上到四楼，穿过走廊，进了尽头那间 VIP 厅。

影城办公室设在二楼，腾不出地方午休，程禧就看中了四楼的 VIP 影厅。这个厅空间不大，私密性好，里面共三排 12 个座位，可调节真皮沙发，能躺平，非常适合休息。关键是只有周末开场次，平时没人。

程禧带上门，习惯性地坐在最后一排靠右的位置，把沙发放平，拿出手机开始刷。

周围一片漆黑，只有屏幕的光亮映着程禧苦着的脸。她在看新片的影评，没一部能打的，唯一的高分还是个小众题材，叫好不叫座。

"唉——"

缓缓叹出口气，细微的声音在影厅里辨得清楚。这个厅破例配置了全景声，内壁也采用特殊材料，保证声音最好的折射率。

当初工程部的同事带她来参观的时候，曾得意扬扬地打包票，说在这个厅，漏不掉一丝声音。那又有什么用呢？一周就放那么几场电影，折射来折射去最多就是自己的喘气声了。

程禧累了，把手机揣进口袋里，闭着眼睛睡去。伴随着她胸腔的起伏，平缓而绵长的呼吸响起。

时间没过去太久，忽然一阵手机铃声把她吵醒。

程禧迷迷糊糊地掏出手机，并没有来电显示。清醒几秒钟后，她才留意到这旋律不是自己手机的铃声，而是记忆中非常老的电话铃声，可能久远到家中的长辈曾经用过。

"……谁啊？说话。"

程禧喊了一声，从沙发上坐起身来。

没人回答，只有铃声仍然在响。

程禧用手机屏幕晃了一圈，四周的座位空空如也。她迟疑着下了沙发，走到门口去开灯。几乎就在同时，铃声消失了，灯亮起来，影厅重归安静。

饶是她胆子大，心脏也本能地咯噔一下，愣了好一会儿，转身推开了影厅大门。

程禧叫了一名保洁过来，两人弓着腰挨排找手机——沙发缝隙、座椅底下，不放过任何角落。

"大姐啊，以后打扫的时候座位也要仔细看看，有的客人手机从兜里掉出来，就会落到这种缝隙里，回头丢了又回来找。咱们这厅里也没摄像头，到时候掰扯不清楚，知道吧？"

保洁大姐觉得程禧这话意有所指，嘴上虽连连答应，心里却不是滋味，半晌直起身来叹道："也没见着手机啊！"

"沙发缝里都摸了吗？地上呢，地上都看了吗？"

"看了呀，程经理。"

"这底下也摸一下，没准手机掉地上被踢进去……"沙发座和普通座椅不一样，底部半封闭，确实容易藏污纳垢。

程禧说着把手伸进去，能感觉到地面厚厚的灰尘。指节一寸一寸地往里够，突然间碰到什么东西，一紧张，手触电般收了回来。

"找着了？"保洁大姐探身张望。

"不是手机，是个软软的东西……"程禧指尖触了一下，没来得及感受就又缩回来了。

现在总算明白那种综艺节目整蛊嘉宾，从箱子里盲摸东西的恐惧感是哪儿来的了——未知让人胆怯。程禧拍了拍双手的灰尘，站起身来："大姐，叫个男的过来。"

李思齐跪在地上，几番努力想俯下身去，都停在一半，嘴上啰里吧嗦："你们有没有听说，之前城南电影院有个厅也总有怪动静，结果怎么着，是银幕架上吊死个人！发现的时候啊，已经成干尸了……"

几个看热闹的女员工被他吓着了，叫闹着挤作一团。又来了，程禧顺脚踢了踢李思齐的鞋："别扯那没用的了，赶紧把里面的东西弄出来。"

"为什么非得弄出来？"他嘟囔着下结论，"很可能是只死老鼠。"

话音一落，尖叫声比之前更甚。

程禧被闹得心烦，重重地拍了几下沙发椅背，终于板起脸来："你们觉得今天这个事儿没什么大不了的，还很有意思是吗？有没有想过，如果是正在放映，忽然铃声响个没完，还找不着手机，关不掉，这叫什么观影体验？这种电影院你们下回还来不来了？！"

众人交换眼神，谁也不敢回嘴。

"正好人都在，我就提一嘴。咱们现在的情况大家心里都有数吧？票房和上座率都倒数第一。影城位置远离商圈，周边配套不行，厅小没IMAX，装修风格怎么说来着，阴森森，是你们自己说的吧，所以现在服务细节还不上点儿心吗？"

程禧歇了一口气，借由这个停顿让他们去消化，留白总有种震慑力。然后才交代："行了，李思齐，赶紧把东西弄出来，大姐等会儿好好清理下这里，其他人该干吗干吗去吧。"

唱黑脸的效果立竿见影，看热闹的员工作鸟兽散，还没等走出影厅，李思齐那边东西也拿出来了。他满面狐疑地拎起一角，本来大伙儿分散的注意力又都聚焦过来，空气凝固一般寂静——

一件胸罩，黑色的，上面沾满灰尘和毛絮。

程禧常在这沙发上午休，顿觉一阵反胃，僵着脸吐出两个字："扔了。"

李思齐龇牙咧嘴地丢进保洁大姐的垃圾袋，语气戏谑："你们说这帮人看电影的时候都干些什么？啊？过不过分？"

"……"程禧被这场乌龙搅得彻底没了脾气，让保洁接着找手机，然后准备回办公室，走到门口又迟疑了一下，还是问了句，"你们平时没带人来 VIP 厅吧？"

李思齐一怔，反应过来气昏了头："我去，这阴森森的谁带人来啊？

也太败兴了，这地方我都……"他差点开黄腔，好在及时刹住，慢吞吞道，"也就你敢在这午休。"

"行了，我就问问，你要是没事儿留下帮忙找找。"程禧也猜想是客人遗落的，公共场合追求刺激感，这种事儿不算少见。

VIP 厅借此机会来了个大扫除，保洁在沙发底下清出了 3D 眼镜、电影票，各种零碎的小东西不少，就是没有手机。大家都觉得程禧搞错了，可能是睡得太沉，以至于没分清是梦境还是现实。要么就是幻听，工作压力过大，忧虑票房，神经紧张了。

"也没准儿是灵异事件。"李思齐插话。

办公室气氛一冷，马上又七嘴八舌起来。

"哎，李思齐，你是不是就喜欢这些神神秘秘的东西才来这儿当放映员？你又不缺钱。"吴悠饶有兴致地问。她是影城员工里年纪最小的，才刚成年，平时兼顾售票区和卖品区。

"放电影特浪漫，你没看过天堂电影院吗？"李思齐跷着二郎腿，耍帅道，"在檀园路 76 号放电影，那就是既神秘又浪漫。"

程禧在办公室门口听到这句话的时候忍不住翻了个白眼。

中午了，她每天在电影院盯到半夜，就靠午休两小时吊着口仙气，结果里头这么闹腾，怎么休息？而且还在嚼她的舌根。幻听？灵异事件？简直搞笑！程禧敢肯定当时厅里绝对有手机，她听得清清楚楚，而且事后回忆那铃声很耳熟，不是诺基亚就是摩托罗拉。

不再犹豫，程禧转头又去了 VIP 厅，换个沙发继续她的午休工程。

也许是潜意识里有了准备，她睡得很浅，半梦半醒间听到了什么动静，立马就睁开了眼。

又是那铃声。

程禧这回没急着去开灯，她在黑暗中屏住呼吸，保持静止，侧耳去分辨……铃声像是从银幕方向传来的。

程禧循着那铃声，轻轻走过去，在银幕前停住了，视线范围内什么都没有。

李思齐说过的话不合时宜地出现在她的脑海里，城南电影院有人吊死在银幕架上，这件事儿她也略有耳闻，一直只当是谣传。

普通观众可能从未留意，影厅银幕并不紧贴着墙，而是固定在一个巨大的金属架上，后面有一定空间，不难进入。

程禧咽了咽口水，壮着胆从银幕边缘侧身看进去，终于发现积满灰尘的地上，躺着一部手机。小小的绿屏亮着，顶部有根天线，看上去像影院配的对讲机。

她肩膀一松，长长舒了口气——就说有手机嘛！估计观众出场时掉在了地上，又阴错阳差地被踢进了这个空隙。

铃声持续响着，程禧忙不迭捡起来，想接听但一时找不到按键，摆弄两下才发现盖子能向下翻开，露出键盘。按下了显眼的绿色按键——

"喂？"

没有回音。程禧皱着眉头等了几秒，正准备挂掉，那边说话了："喂，您好。"

声音有些波动，但很快恢复平静，"您捡到我的手机了？"

"对，您丢了好几天了吧？"

"是，打了好几天电话都没人接听，还好被您捡到了，万分感谢……您是来参观的吧？"

程禧有点蒙，在电影院待了这么多年，还是头一回听人把看电影说成参观。但服务业做久了，不爱质疑顾客，只礼貌回道："不是，我是工作人员。这样，您看什么时候方便，来电影院取一下吧，您留个联系方式作为凭证，我把手机寄放在前台。"

对方没说话，呼吸里透着诧异，停顿了几秒钟："电影院？"

"嗯。"程禧轻声答应，心想真是贵人多忘事，这位上帝估计压根不记得自己的手机丢在哪儿了。

"您是说……电影院？"又重复一遍。

"对，檀园路 76 号。"

"……"对方似乎难以置信，听着几乎要苦笑出来，"我就在四楼办公室，走廊尽头这间，您说的电影院在哪儿？"

程禧同样被噎得说不出话来。四楼走廊尽头，VIP 厅空空荡荡，她冷不防一激灵，隐隐燃起一股无名火——

哪儿来的神经病在这儿装神弄鬼？

懒得浪费时间，程禧边往外走边说："总之您的手机我就放在二楼前台，方便时来取回吧，您这个型号应该也没人冒领。"

"……"

"您听到了吗？喂？您——"程禧站在门口，觉得有些杂音，隐约听见对方说手机很重要，可再一看手机屏幕，已经被挂断了。

什么毛病？

程禧愤愤下楼，把手机往柜台上一放，打开对讲机广而告之："VIP厅里的手机找到了啊，一台摩托罗拉……GC87C。"她仔细对照着手机上的型号，一字一顿地念出来。

"还真有手机，在哪儿找着的？"

"这年头还有人用摩托罗拉？"

"我去，古董啊这手机，百度上说是1998年上市的。"

"1998年？还能用吗？"

对讲机里你一言我一语地聊开了，其中一句吸引了程禧的注意，1998年上市？

程禧拿起手机又看了看，问道："这玩意值不值钱？"

"值钱倒没有，二手也就百来块。但当时能买得起这手机的，应该不是普通人。"

"金额不大就好，客人没留联系方式，有人来取的话，能说清在哪个厅看了什么场次就行。"程禧交代。

吴悠点头，把手机收进柜台抽屉，自言自语道："多大岁数的客人还用这种手机啊？"

"听声音，比你大不了多少。"程禧随口回答，"可惜年纪轻轻，脑子好像不大好使。"

蒋今明是个脑子好使的大学毕业生，2000年如愿进入檀园路76号工作，主要负责策展。

自从这里被纳入文物保护单位之后，参观需求量猛增。加上这里处在绝对的中心位置，几乎每天都门庭若市，是江边乃至全城最热闹的地方。

但蒋今明更喜欢它闹中有静。

推开厚重的大门，木质气息带着历史感扑面而来，玻璃窗透进几缕阳光点缀在长长的走廊，老照片和老物件串起百年光景，一切缓慢又安宁。除了四楼那间办公室，总是忙忙碌碌的。

按说这种单位，普遍是养老的节奏，搞搞参观，搞搞维护，搞搞研究，也就差不多了。但史志勇不一样，虽然是历史学者出身，思维却活跃得很，担任馆长后干劲十足。千禧年，他给檀园路76号定了调子——

要走出去，要发展，要创新求变。

蒋今明把这几句话记在笔记本上，然后笔尖停顿，若有所思地在纸面上点，点，点……

"今明。"

"嗯？"他抬头，对上馆长殷切的目光。

"这个重任需要你们年轻人扛起来，需要你们开动脑筋。各位，今年是檀园路 76 号建成的一百周年，我们是不是要有所动作？是不是可以寻求跟外界合作？我一直强调，历史不仅是过去，还要面向未来，它是过去和未来之间的那座桥。"

语毕，除了蒋今明点头，其他人反响平平。

说到底，在檀园路 76 号工作的大部分人，只是找个闲差混日子罢了。平时心思都放在打包食堂的饭菜、早点下班接孩子、蹭点单位福利和办公用品上，哪有工夫想历史，想过去与未来。

史志勇心里也门儿清，故意提起另一茬儿："为了开展工作，我已经申请给单位购入一批计算机。只要是为了发展，上面都支持，大家看看还需要什么？"

嘴上说大家，眼神却只提点着蒋今明。

大家急了。

蒋今明能感觉众人的目光被引到自己身上，硬着头皮沉吟道："这 BP 机吧，在外面接到消息，有时候不好找电话。大家看……能不能申请买一部手机？也不专属，谁公出谁带着，方便联系。"

就这样，提议得到了一致赞同，买手机的任务也顺势落在了他身上。

蒋今明下了班，刚走出檀园路 76 号大门，就看见史崇坐在江边石栏上晃着腿，喝着汽水。

"你小子怎么不进去？"

"一见着他又要唠叨，没完没了的……走，吃饭去，哥们儿发奖金了！"

史崇撑起身，上手就要拍他的肩膀，被蒋今明闪身躲过，一脸嫌弃："哎哎哎，新衣服。"

蒋今明身上穿了件深蓝色的夹克，略显宽松，右胸的口袋里还夹着一支钢笔。史崇愣了愣，笑骂："就你们文化人瞎讲究，蒋今明，你看看你自己，刚毕业穿得跟那帮老学究似的。"说着抽走蒋今明口袋里的钢笔，在手里掂量，"英雄。"

"你爸给我的。"

"史老头真是把你当亲儿子了，得，那你就继承他的衣钵吧。我呢，可是要在房地产业干一番事业了！"

史崇抹了抹他那喷了发胶的头发，整了整西装下摆，边走边说："哎，我送你件西装吧，知道哥们儿奖金发了多少吗？"

"你真打算就在那房地产公司干了？"

"钱都拿了，还假的啊？"

"你这专业可浪费了，史馆长还指望你帮他。"

"别史馆长史馆长的了，在单位避避嫌就得了，跟我这儿装什么？"史崇揶揄，带点不耐烦接着道，"本来我就不喜欢历史，不喜欢那种老掉牙的东西。你看这楼死气沉沉的，哪儿好了？"他的目光扫过檀园路76号，夕阳余晖笼在斑驳的墙面上，总觉得有种难以名状的距离感。

蒋今明也跟着看过去。

不管清晨还是傍晚，即便看了千百次，他仍然能获得第一次见它时的那股平静的力量。

"很美啊。"他说。

第一次，那要追溯到很小的时候了。蒋今明和史崇两家是邻居，自小玩到大。史崇的父亲史志勇曾是历史学者，没少给俩小孩启蒙，在檀园路76号还未开放参观的时候，就带他们去过了。

至于后来有心栽培的亲儿子叛逆，无心插柳的蒋今明却钻研进去了，倒是谁也没料到的。

史崇不爱想太多旧事，就像不喜欢旧物一样，草草结束了这个话题："你看，这就是咱俩的区别，你跟着史老头搞历史，我做我的房地产，这就是命运最好的安排。"

"是是是。"蒋今明漫不经心地附和。

"吃完饭要不要去看个电影？《黑客帝国》你看了没？"

"我得去趟百货大楼，看看手机。"

"嚯，你小子工资翻倍了？"史崇睁大眼睛，手揣进裤子口袋摸了摸刚发的票子，义正词严道，"那这顿你请。"

"我请我请。"蒋今明笑回，也不急着解释，直到吃完饭，才说手机是帮单位买的。

史崇好面子，本没想让蒋今明破费，这下有点儿脸薄，跑前跑后帮忙挑手机。两人逛了半个来小时，来回对比，才终于敲定。

"就这个吧，摩托罗拉 GC87C。"

蒋今明无论如何也想不明白手机怎么丢了。明明就放在办公室，怎么就不见了？

才买了两周，报销刚下来，没用过几次的手机，单位唯一的一部手机，就在自己手里不翼而飞。

蒋今明心里焦急万分，表面上又要装作若无其事，每天中午悄悄在办公室用座机打电话，盼望有人捡到。

欣慰的是每次都能拨通，悲催的是从来没有人接。

这种情况让他抱有希望，却完全想不明白。若是有人想据为己有——这么贵重的东西，极有可能——那为什么不换卡关机呢？若是掉在哪里一直没被人捡到，可他在屋里屋外找了这么多天，连个影儿都没有。

蒋今明焦头烂额的。

明天就有人要去外地办事，申请携带手机。眼看纸包不住火了，他中午去了趟银行，取出入职以来的工资，准备自掏腰包重新买一部。

回到办公室，蒋今明疲惫地往椅子上一靠，例行公事般把座机拿近，提起听筒，拨出倒背如流的手机号。然后他闭起眼睛，静静地等着电话接通。

嘟——嘟——嘟——

这该死的声音就像催眠一样，让人开始犯迷糊，以至于他迟迟没有挂断，直到一声——

"喂？"

蒋今明下意识地一惊，整个人失了神。好一会儿，才手忙脚乱地把听筒拿到耳边，沉了口气道："喂，你好……您捡到我的手机了？"

"对，您丢了好几天了吧？"

是个女声，听起来极有礼貌，让蒋今明极大地放心。至于为何这么多天毫无音信，他不打算追究："是，打了好几天电话都没人接听，还好被您捡到了，万分感谢……您是来参观的吧？"对方否认了，随后熟练地请他留下联系方式，以便去电影院领取。

蒋今明以为自己听错了，连续确认了两遍："电影院？"他已经有几个月没去过电影院了，难不成手机辗转经了两手？正琢磨着，又听女生耐着性子说："对，檀园路76号。"

什么？！

他望着办公室里拥挤的桌椅，除了自己再无旁人，想笑笑不出，利落的眉毛打了结："我就在四楼办公室，走廊尽头这间，您说的电影院在哪儿？"

沉默片刻，对方突兀地来了这么一句："总之您的手机我就放在二楼前台，方便时来取吧，您这个型号应该也没人冒领。"

仍然很客气，但言语间透着的应付和不屑让人心生不快。什么叫这型号没人冒领？当时在百货大楼，他们可仔细了解过，这个手机虽说不是最新款，也相当不错了。

他一时都不知道先辩驳哪句，是檀园路76号没有电影院，还是那手机价格不菲……又或者不该回嘴，能顺利拿回手机就好？

仅仅几秒钟的思考，听筒里开始出现杂音。

"喂？"

"您还在吗？喂，这手机很重要，喂——？"蒋今明徒劳地说着，下意识站起身插紧电话线，然而没有用，嘟嘟嘟的脉冲声再次响起。

蒋今明怔怔地站在办公桌前，茫然地抓了把头发。

见了鬼了！这是让人给要了吗？

他忍不住骂出声来。

大约一周后，程禧快下班时经过前台，忽然想起这件事来，问了一嘴："那部摩托罗拉被人取走了吧？"

吴悠拉开抽屉，摇头："还在这儿。"

手机用塑胶袋包着，封口处还贴了一张带有影院logo的贴纸，躺在一堆杂物里，有种反差的失落感。

"可能客人不想要了吧，其实留着当纪念也挺好的，而且这手机看起来很新啊，保存得多好。"吴悠不无可惜地说。

程禧看了看她，目光又转到手机上，想起当时通话的男生……虽然有点莫名其妙，但那态度可不像是不想要了。相反，他应该是连续找了多天，言语间很是看重。

"拿给我看看。"

程禧靠在前台摆弄着，想找出机主的相关信息，点开电话簿，有且仅有一条记录——

　　办公室：*8795557。*

就是它了。可试着把电话拨出去，却发现没有信号。明明之前还能接通，老手机的信号这么不稳定？

吴悠一脸关切地问道："没人接吗？"

"没信号。"

"我用我手机打。"她从兜里掏出手机，按照程禧报的数字拨出去，没几秒表情也变得困惑，"空号。"

两个人仔细看着那串数字，确实觉得哪里不对劲，嘴里默念了好几遍，直到程禧的余光无意间扫到影院的联系方式，才恍然大悟："数字少了，只有7位。"

吴悠也反应过来："是哎，现在座机号都是8位，好像在我小时候才是7位数。"

"嗯……"

是有些奇怪。

电影院常有失物招领，公众号还设置了专门的栏目，像手机、证件这类具有隐私性质的东西，往往很快就会被取走，从未出现过这种情况。

程禧隐隐觉得哪里不妥，沉吟片刻还是决定先抛到脑后："算了，奇怪的人配奇怪的手机。"可走出去几步，又不放心似的确认，"这几天都没响过吗？"

"没有。"吴悠重新把手机包好。

"……电池还挺耐用。"

程禧也不知道自己怎么提起这茬儿，整理整理头发，下了楼："放着吧，我先走了。"

程禧踩着帆布鞋，风衣外套配牛仔裤，大步流星地往街边的餐厅走去。华灯初上，映着餐厅门口精心修剪过的小灌木，氛围刚刚好。

结果正要进门，被迎面出来的人一把拽住。

"你就穿成这样，成心拆我的台是吗？"白婧把她拉到转角，埋怨道，"大小姐，相亲啊，您多少打扮一下。"

"我刚下班……"

程禧苦着脸，刻意疲惫地叹了口气。她不爱把这种饭局称为相亲，只当认识个朋友罢了，打不打扮又何妨？

白婧恨铁不成钢，一边从手包里掏出粉饼往她脸上拍，一边嘀咕："企业高管，三十三岁，父母都是知识分子，人挺实在，不装，我知道你烦那种类型。"

程禧老实地闭着眼，屏住呼吸，生怕那些细粉吸进鼻子里，只哼了一声作为回应。

"对了，就是檀盛的，你们电影院那楼不就是人家的。"

"哦？"程禧反应积极了点。她其实一直挺好奇檀盛为什么要开发檀园路 76 号。

"但不要一直聊工作的事儿。"白婧秀眉一竖，语气却又软下来，"聊聊自己，聊聊兴趣爱好，聊聊择偶观。每次都把约会搞成商谈，女强人不是吃了绝情丹，要平衡好吗？"

"我没想当女强人，就是没碰到合适的。"

"你碰都没碰，合适的自己送到你眼前吗？你是活在小说里还是电影里？"

"知道，喀，我这不是来了吗？"程禧眼睛睁开条缝，看白婧打开眼影盒，连忙推开，"这玩意不用了，进去吧。"

白婧捏着程禧的下巴瞧了瞧，满意道："行吧，够美了。"

男方名叫许安淮，一身商务休闲打扮，言谈得体，幽默风趣，只是公事缠身，桌面上的手机响个不停。每次一响，程禧的思路就被拉远——

对，那手机……实际上，她以为那手机早被领走了。

它保存得极好，特地翻新过似的。里面又存着早已作废的号码，看起来就像什么重要的纪念品，比如长辈的旧物……甚至遗物？可既然重要，失主为什么不来取手机？哪怕是再打个电话呢？难道遇上什么意外了？

越想越觉得陷入一个死胡同，让人百思不得其解。直到程禧被白婧撞了撞肩膀，才回过神来——许安淮挂了电话，聊天重新开始了。

"不好意思，刚刚说到哪儿了？"

"檀园路 76 号。"

"啊对，我们公司其实早先就有开发檀园路 76 号的想法，可能早在……"许安淮习惯性地用手指敲着桌面，"2000 年左右。"

"哦？这我倒没想到，当时还是文物保护单位吧。"

"是，文物保护单位作商业开发也很正常，故宫都开火锅店了嘛。"他笑笑，自然地帮两位女士添水。

气氛进展到这里总算不错，可话题刚聊热，铃声又响了。许安淮瞧了眼手机屏幕，抱歉地起身去接电话。

这边白婧的脸色越来越差，摇头叹气："居然下班还这么工作狂，我可没想到。"

"什么？"程禧的注意力又分散了，想起上次通话提到的四楼办公室，怔怔答道，"没事儿，我还挺感兴趣的。"

"对这个男的？"白婧两眼放光。

"对他们公司。"

"唉，"白婧往椅背一靠，喃喃自语，"他是我们的甲方，项目刚结束，当时合作下来感觉，人还挺不错的啊。"

"挺适合你。"程禧觉得自己快坐不住了，明明没有在意的事情，却忽然跳出来占据了大脑。她进一步加重语气，"说真的。"

"我不跟客户谈恋爱，你少来。"

白婧兀自低下头去啜饮料，忽地被程禧一拍，猝不及防地喷了几滴出来。

"干吗？！"

"我先走了，有点事儿，你们吃。"

程禧拎上自己的包，匆匆交代："小白，这男的对你有好感，聊天的时候一直在看你。把握住机会，女强人不是吃了绝情丹，项目结束就不是客户了。"

"程禧！"白婧伸手去捞她的衣角，堪堪错过，怒喊，"程吉祥！"

那背影潇洒地挥了挥手，快步走出餐厅。

下班前重复了几遍的号码，尚存印象。

是哪儿的办公室呢？

程禧对着电脑屏幕敲出那串数字，搜索引擎里出现的都是没用的信息，什么快递查询、项目编号或是一堆乱码。

鼠标滑轮一直往下，翻页，再往下，再翻页……程禧目不转睛地盯着屏幕，直到眼酸。

终于，她身子往后仰去，在空荡的房间里大喝一声："我在发什么神经！"

程家夫妇俩正在客厅看电视剧，毫不走心地回了句："喊什么呢？"

"没事儿。"

程禧踱步出去，半倚着门框欲言又止："哎，你们年轻时候用的手机还留着吗？"

"我们年轻时候哪有手机？"程爸抬眼。

"不是，我是说……第一部手机？"

程爸回忆状，用目光询问着老婆："摩托罗拉吧，2001年买的？"

"2000年。"程妈纠正。

"还在吗？"

"早就扔了，当时手机坏了，怎么修都修不好，扔的时候那叫一个心疼，再说那年头手机要不是丢了卖了，谁舍得换新的，就算坏了也要修修再用，哪像你们现在这些孩子这么浪费？排着队买新款？"

"……"自讨没趣。

程禧把额头抵在门框上假装听不见，悄悄挪回了房间。

所以不合常理的事情，就不能以常理度之。这事儿或许就是个恶作剧，跟最初的直觉一样，是无聊的人在装神弄鬼。

程禧让自己安下心来，放松地洗了个热水澡，换上睡衣，又跟白婧打了通电话讨好。临睡前去关电脑，无意中挪动鼠标，才发现一条特别的搜索结果。

那是2000年元旦的一篇报道。

程禧坐下来，点开这条内容，留意到网址是本地日报社的二级页面。那篇报道刊登于2000年1月1日，标题是《檀园路76号 百年展迎千禧》。

而那串数字，在报道的最后一段，是预约参观电话。

Chapter 2

千禧年

蒋今明愣了一愣，反而失笑："这就是你糊弄人的技巧？
用一些虚无缥缈的东西转移话题，之前是电影院，现在的年份——
千禧年，这回还能扯到哪儿？"

摩托罗拉通讯录里的办公室，就是 20 年前檀园路 76 号的办公室，对方口中四楼走廊尽头的办公室。这个巧合让程禧辗转反侧。

于是第二天，程禧早早去了电影院。而那部摩托罗拉在前台的抽屉里，电量剩两格，仍旧没信号。

她想查询本机号，几番尝试无法成功，索性拿着手机去了附近的营业厅，这一路又发现个奇怪的现象——她始终搜索不到信号。

程禧起初以为手机没信号是偶然的不稳定，现在发觉接通电话才是万分之一的运气。如果是恶作剧，如何做到控制信号这一点呢？

算了，想也是白想，等找到机主，一切就水落石出了，程禧自我安慰。

谁知查询结果又给她当头一棒。

营业厅的工作人员没有透露机主信息，但明确地告诉她，这个号码是 20 年前的号码，早就停机了，准确地说，已经停机将近 20 年了。

"它打不了电话，也不可能接通。"工作人员眼神里写满质疑，像打量一个疯子，"您一定是搞错了。"

程禧满腹疑团地回到了电影院。

她现在连自己有没有接到过电话都要打个问号。幻听？灵异事件？她被这破手机搞得疑神疑鬼，身心俱疲。

初春的天气，外面起了薄雾，走廊里也显得氤氲。她回到当初接电话的 VIP 厅，试探性地最后求证。随后难以解释的情况发生了——

是的，小小的绿屏显示出了信号。

后退一步，又消失了。

随着程禧的进出，信号时有时无，滞后仅仅数秒。她无法置信，大脑开始自动搜寻科学的解释：这个厅的设施不一般，工程部同事说过的，这里漏不掉一丝声音。

也许有放大磁场的作用，或者捕捉信号的功能……也许纯粹是对方为了整蛊，在这儿安装了什么设备也说不定？

就在这时，铃声猛然响起，那效果不亚于在耳边刺破一个气球。程禧惊得手一抖，手机"啪"地摔在地上。

翻了两下，顶部的天线弹了弹，最终落在门外。

铃声也戛然而止。

她颓然地呆立在那儿，三魂不见七魄，好半天缓不过神来。过了几分钟，才重新捡起手机走进厅里，破釜沉舟般拨出电话簿里的号码。

那个无论如何都不该接通的，7位数的号码。

当听筒里传来等待音，而非空号提示时，程禧的心态彻底崩了。

她扶着额头的手不断轻拍，在影厅门口那小小的区域来回走动，试图让自己清醒点，忐忑地等待电话被接起。也几乎是立刻，耳边传来了声音——男生略带嘲讽，又松了口气的声音从听筒里传出来——

"我还以为您不准备还我手机了。"

是他，上次通话的人。程禧能辨认得出，声线年轻但低沉，每句话的尾音都往下走，喜欢用文绉绉的敬语，有点故作老成的感觉。

"喂？您在听吗？不说话是吗？"他轻轻呵出口气，像是拿着早已准备好的台词，接着道，"您这些天拔了卡，看来是了解过行情准备留下手机了。实话说吧，我这个手机是单位的，不是私人物品，丢失了，单位肯定是要报警的。我不知道您是在哪里捡到的，或者顺走的，但是如果您能在明天早上送回檀园路76号，我就不追究了。"停顿了几秒，又补充，"无意冒犯啊，但在这之前，手机一直放在办公室里，或许您来过。"

那是对"顺走"的佐证，他不想无凭无据给对方扣上疑似偷窃的帽子，虽然情况看起来很像。

"……"程禧并没在意，她根本就没听进去。

"喂？您能说句话吗？"

"……你这是檀园路76号办公室的座机，四楼走廊尽头那间，预约参观也是这个电话，是吗？"

"那是集体参观预约，你如果来还手机不需要……"

"你那儿是几几年？"程禧打断了他。

空气安静下来，程禧握着手机一动不动，抬起眼迅速地打量面前这个 VIP 厅，巨大的银幕、小小的放映窗口，以及一排排皮质座椅微微反光。

而电话那头，是拥挤却有序的办公桌，报纸茶杯和老式座机，铁皮文件柜里一摞摞档案，墙上的金色时钟和印刷着百年建筑的挂历。

蒋今明愣了一愣，反而失笑："这就是你糊弄人的技巧？用一些虚无缥缈的东西转移话题，之前是电影院，现在的年份——

千禧年，这回还能扯到哪儿？"

程禧觉得自己大脑宕机了。

好的，冷静下来，事情也没那么糟。

从对方口中听到这个答案，反而让情况简单了。程禧安抚自己：第一，没有幻听也没有疯，很好；第二，要么他在说谎，要么……这是打给 20 年前的电话。

"你怎么证明？"

"证明什么？"

"你那里是千禧年。"

"呵？"蒋今明真没料到还有这么一句等着他，哭笑不得。

门外传来脚步声，有同事上班了。他急于结束这场无厘头的对话，随口应道："你听听广播，看看电视，出门走走就知道了。"

"好，好主意。"程禧蹲靠在墙根，掏出自己的手机，打开网页搜索今早的新闻，"你提醒我了。"

她努力捋着逻辑，让濒临混乱的大脑变得有序，吸吸鼻子说道："你听着，我可以证明我在 2020 年。"

"……什么？"

"如果你证明不了你的说法，我不管你是策划什么整蛊节目还是在做什么直播哗众取宠，你在我电影院装了什么改变信号的设备，怎么设置了手机可以打给 7 位数的座机，这些所作所为已经远远超出了开玩笑的尺度，我会报警的！"

"你在说什么……？"

蒋今明快疯了，这又搞什么鬼？报警难道不是应该自己先提出来的？这是在贼喊捉贼？

但同事频频看过来，让他不得不尽快挂断："我现在没空陪你聊天，希望明天早上能看到手机出现在办公室，就这样——"

"听听这个。"

程禧不慌不忙地再度打断他。她点开手机视频，新闻主播的声音响起："朝闻天下，开启全新一天，各位早上好。今天是 2020 年 3 月 4 日星期三，现在是北京时间早上 7 点。"

报完时间，程禧按下暂停键，重新把手机拿到耳边："这是昨天的早间新闻，今天是 3 月 5 号……"顿了顿，特别加重语气——

"2020 年！"

2020 年？再扯也要有个度吧？

蒋今明是个慢性子的人，这会儿也有些急躁起来，握着听筒不耐烦地深吸几口气："我知道可以做到，录音或配音什么的，计算机也可以合成。说真的，日期都一样，你只要替换年份这不难，我真的要上班了。"

"等一下！那明天呢，明天的新闻！"

是了，对他来说尚未发生的事，绝不可作假。

程禧灵光乍现，打开之前看过的日报电子版，搜索 2000 年 3 月 5 日的版面，念着："市长考察开发区建设进展，江面游览项目试运行。有一位外地游客被采访，他说道，坐船可以观赏两岸风光，码头距离檀园路 76 号仅一步之遥，非常便捷。"

程禧对着屏幕一口气说完，顾不上停顿，言之凿凿紧接着道："这是明天日报的头版内容，明早你就可以知道我说得对不对，等你电话。"

她因为连续说话而大脑缺氧，拼命喘着气，但心情异常畅快，仿佛面对即将来临的、必然来临的胜利。

"还有，明天暴雨，记得带伞。"

蒋今明撑着伞路过报亭。

他停住脚步，雨滴溅到皮鞋上，又滑落下去。天气预报显示今天多云，这才穿了皮鞋，但临出门的时候，鬼使神差地拿了把雨伞。

自己潜意识里信了那个女人的话？

好笑的是，其实第一次通话后，他就和史崇去了电影院。这座城市正规的电影院并不多，当然，也没有一家捡到过手机。

也许从一开始，内心就倾向于相信她？因为那声音笃定、决断，还带着一丝丝说不上来的应付，总让人觉得不屑于撒谎。

不对，这么一想感觉自己在犯贱。

蒋今明挪了挪脚，低头犹豫。算了，报纸唾手可得，买来看看也不耽误工夫。

他朝报亭走去。

报亭老板今早已经卖出了九把雨伞，巴不得天气预报再不准一点。他边抽出报纸边搭话道："谁能想到今天下这么大雨？"

"就是说啊，瞎猜的吧。"

蒋今明笑着接过报纸，就那么一瞥，"市长考察开发区建设进展"几个大字直接映入眼帘。

他暗暗吃惊，又细看左下角的报道，是江面游览项目试运行的消息，文章第二段开头外地游客接受采访的内容，和她昨天所述分毫不差。

蒋今明呆立在报亭小小的屋檐下，有人挤过来，才后知后觉地退出去，机械地朝单位走去。

然后越来越快，每一步都重重踩在水里。

进了办公室，顺手脱掉外套搭在椅背上，蒋金明迫不及待地提起电话拨号，不在服务区。

重拨，仍然如此。

蒋今明跌坐下去，鼻尖沁出汗来，扶着自己的额头，茫然地盯着眼前的座机。

毫无头绪，如堕烟海。

其间，史志勇交代他重拟一份檀园路76号的介绍，要求着重突出区位因素和发展空间。蒋今明还没养成用计算机打字的习惯，手握着那支英雄钢笔，对着空白的稿纸走神。

无论如何集中不了注意力，他甚至没问这份介绍用来做什么，可见心思完全不在这儿。

每当座机响起，就像有一根线提在手腕，让他以最快的速度接起来，再失望地放下。直到上午10点多，他巡场回来，听见同事正在接电话："你找哪位？是，我们这里是檀园路76号，你是预约参观还是有什么事情？"

蒋今明三步并作两步地走过去，拿过听筒："我来，找我的。"随后谨慎地开口，"喂？"

"不是还找了群演吧？这证明可不大靠谱。"她揶揄。

"到底怎么回事？你在报社工作？"

"明天、后天、大后天，甚至这20年期间的每一天的新闻我都可以告诉你，在报社也不能未卜先知吧。"

蒋今明沉默着坐下来，把座机拎到办公桌一角，弓下身去，用手肘撑着膝盖，喃喃着："2020年……"

手机丢了，对方不肯归还，自己白白贴了几个月的工资，已经够衰的。现在还告诉他，其实是丢在了20年后？是被20年后的人捡到所以才无法归还？

不是，这让人怎么相信？

蒋今明抹了把脸，低声道："第一次通话，你说电影院在檀园路76号，也就是说，那是2020年的事，是吗？"

"对。"

"这就不可能，檀园路76号怎么会变成电影院？"他艰难地扯了扯嘴角，"你是本地人吗？檀园路76号是文物保护单位。"

"文物保护单位作商业开发也很正常，故宫都开了火锅店了。"

"故宫开了火锅店？"蒋今明揪着自己短短的头发，"你在开玩笑，故宫是木质结构建筑，能用明火吗？咱们这砖木结构都不允许带打火机进来，特别容易着，一烧烧一片……不是，开在哪儿了？"

"不知道。"程禧冷漠地回答。

她哪里了解这些，之前只去过故宫一次，全程被人流推着走马观花，并不感兴趣。但自己从他刚刚的话里抓到了别的什么，很重要的事。

特别容易着，一烧烧一片……

檀园路76号的火灾！也正是因为那场大火，才有后面的修葺闲置改造，才有今天的电影院！

"你说你在2000年，2000年3月份……"她猛地绷紧一根弦，却记不准那场大火发生的时间。她只记得当时自己还小，晚上正准备入睡，生生被窗外的火光映醒，抱着娃娃号啕大哭。

七岁？还是八岁？

反正就是 2000 年前后的事情！

程禧头脑一热，转身走出门去。位于一楼的馆史展区，保留了火灾的部分纪实，她曾经匆匆瞥过。但这一离开，手机信号猝不及防地断了。她人已经在门外才后知后觉，咒骂一声："要死！"

"经理？"正巧吴悠迎了过来，怯怯问道，"怎么了？"

"没事儿，我下楼一趟。"

"那个！经理……"吴悠面露难色，像是工作出了什么岔子，"有客人来取手机了，但前台抽屉里怎么也找不着了。"

"什么手机？"

"那部摩托罗拉。"吴悠的目光移到她手上，登时松了口气，"啊，在您这儿。"

程禧也低下头去，愣住了。

程禧打量着面前这位客人。

二十来岁的男生，穿着看起来小了一号的西装，倚靠在前台不耐烦地抖脚，眼睛四处乱瞟。

除了年纪，没有一处符合自己的想象——三次通话，对方至少是礼貌的，即便着急也会尽量保持耐心，对文物保护相当关注，绝不会这么……流里流气。更别说刚结束通话，人就出现在这儿，如此神速？程禧一贯相信自己的直觉，在他身后轻轻咳了一声："您好，您是有什么事儿？"

男生回过头，站直了些："你这儿有没有人捡到一部摩托罗拉手机？"

"丢了手机是吗？有时候客人捡到是会送到前台来，方便具体描述一下吗？我好确认看看。"

"很老的机子。"

"呃……"程禧抱着胸，有意无意地压着西装口袋里的摩托罗拉，问道，"型号？外观？您是什么时候来看的电影？在哪个厅还记得吗？"

"就是没有是吗？"男生用反问代替了回答，"前台小妹说去找人，我还以为你们捡到了。"

听到这儿，程禧更加确信自己的怀疑，借坡下驴道："她刚来不是太清楚，是您本人丢失的吗？"

男生微不可见地皱了皱眉头，从裤兜里掏出一张名片递过去，说道："要是捡着了，打这个电话联系我。手机嘛，不值几个钱，但时间久了有纪念意义，谢了啊。"

"好的。"

他离开后，程禧仔细看了那张名片，姓陈，一家建筑公司的客户经理。

吴悠凑过来，奇道："是手机贩子吗？不是说这手机不值钱吗？"

"……手机贩子？那消息未免也太灵通了。"

收手机没这么个收法，这人明显奔着摩托罗拉来的。但知道丢在了电影院，却不知什么时候丢的，有没有被捡到，只能守株待兔。

这一举动让人费解。

眼下有更要紧的事，程禧暂时无心细想，顺手把名片揣进了兜里，提醒道："以后遇见客人来取东西时多问几句，我下楼了。"

这是程禧第一次在展区停留，每段文字、每张照片都细细地看。

火灾发生在 2000 年 9 月底的一个晚上，火是从四楼着起来的，很快烧遍整个建筑。似乎有燃爆，窗棂带着火星飞了出去，砸中了停靠在江边的游船。

程禧有印象了，那时自己刚升入小学。

对双职工家庭来说，接孩子放学是个难题。当年父母下班后，一个赶回家做饭，一个去学校接孩子，而她放学早，常常要在校门口苦等。百无聊赖，就远远地观察檀园路 76 号，然后用手指隔空描摹它的轮廓，以此打发时间。

所幸这样的情况没持续太久，熟悉环境后，她就开始和同学结伴而行了。那段记忆比较深刻，让她一下子回想起来，那场火灾确实是 2000 年下半年发生的事。

程禧慢慢移步，看到了事故现场的照片，整个建筑被烧得只剩副架子，旁边的玻璃柜里展示着焦黑的木块砖块和火灾后残存的物品。除了已无法修复的展品，还有几样特别的东西，像是办公室里的用品：辨不出样貌的时钟、被烧焦的座机……

等等，是它吗？

20 年前的某个人，是通过它和自己通话吗？

那感觉就像高中物理课误触了电流，有一瞬间的麻。程禧下意识握紧兜里的摩托罗拉，好半天才直起身，接着看下去。

结语：
这场火灾不仅造成巨大的文化和经济损失，还导致一人死亡、一人失踪、多人受伤的严重后果，务必警钟长鸣，引以为戒。

在网络尚未普及的年代，传媒是另一番景象。每当有大事发生，除了整齐划一的报道和披露，更多的细节流传于街头巷尾，流传于口耳，然后慢慢消失。

所以程禧用手机搜索了好一阵，也没能找到关于那场事故的太多信息。几篇报道说法一致，死者是檀园路 76 号的负责人，另有一名工作人员由于未发现遗骸，被认定为失踪。此外共有伤者十二人，包含工作人员、救火市民以及观光游客。

她放下手机，靠着楼梯扶手轻声叹息。

当时自己还小，虽说亲眼见证了那场大火，但只是觉得火光可怖，把熟悉的建筑烧毁，对于事故所带来的严重后果缺乏实感。没想到 20 年后，会机缘巧合地回到这里工作。更没想到一通电话，能产生这样奇妙的联系。

如果对方所说属实，他身处 2000 年 3 月份，对半年后的大火一无所知……那么，他会在伤亡名单里吗？而她是不是能扭转这一切？

程禧在楼梯上踟蹰，手指不停敲击着扶手。她极认真地思考着眼下荒唐的境况，就好像头头是道分析一场梦，一边忧心忡忡，一边又觉得自己简直可笑。

就真的相信了？自己真的捡到 20 年前的手机来了场跨时空的通话？

这叫什么事儿啊？

李思齐站在她身后几级台阶下，把程禧脸上的种种纠结全部看在眼里，终于忍不住出声问道："你在干吗？"

"嗯？"

"要上楼？"

"嗯。"

"还是下楼？"

程禧被李思齐的两句话问得回过神来，说道："我要上楼，你怎么来了？今天不是你的班吧？"

"在家没意思，来看个电影。你去四楼啊？"

"嗯，别蹭电影，记得买票啊。"她随口回答，仰着脸拾级而上。

"去 VIP 厅？"

程禧停住脚，回头朝他看去，眉头不自然地拧起。

为什么这么问？

"手机不是找着了吗？干吗老是去 VIP 厅？"

她一时无言以对，暗忖是自己过于明显，还是这孩子洞察力太强？索性坦然迎着他的目光："巡厅。"

李思齐耸耸肩，没再追问，大步跨上几级台阶，嘴里嘀咕着："我的电影开始了，走了。"很快背影消失在三楼转弯处。

程禧原地停留片刻，也接着往楼上走去。不论怎样，还是先把那通中断的电话打完。而这短短一段路，程禧丝毫未察觉李思齐又出现在身后。他看着她进了 VIP 厅，关上了门。

李思齐低头沉思好一会儿，转身回到楼梯间，紧着步子下楼，摸着黑进入影厅，随便找了个座位坐下。

此时距电影开场已经过去 10 分钟。

看不进去了。

"就当你在所谓的 2000 年，我想问你几个问题。"

"你说。"

"今天下雨了吗？"

蒋今明一怔，没料到问题这样简单。

"嗯，现在好像停了。"

三言两语就像暖个场，他紧绷的神经也随之放松下来，看了看自己浸着水渍的皮鞋，苦笑道："鞋算是废了。"

"我不是告诉过你有暴雨？"

"所以衣服没湿。"

程禧禁不住弯弯嘴角，换了个姿势握着电话，进入正题："你在檀园路 76 号工作？"

"对，今年刚来。"

"刚毕业？你多大了？"

蒋今明不太想回答。他不明白这些拉家常的话题怎么就能证明自己在 2000 年了。迟疑了两秒，他沉着嗓音说道："二十三。"

"嗯——"

果然是装成熟的小年轻，比自己还小四岁。

程禧很满意，然而联想到事故后果，浑身又打了个寒战，略显生硬地转移话题："你现在在办公室？"

"同事都去吃饭了，我在等你电话。"

"你这手机出了影厅就没信号，刚才我不是有意挂断的。"

"影厅？"蒋今明还是难以习惯，脑子需要绕个弯，"哦，你说这里改成了电影院。"

"我们应该在同一个位置，四楼走廊尽头的房间……你的手机是在哪儿丢的？"

"办公室，应该就在我的座位附近。"说完他站起身来，下意识伸手比画着，"这办公室是长方形的，门开在靠近走廊口的这侧。"

"嗯……"程禧也站起来，对应着他的描述，"现在门的位置变了，影厅的门挨着走廊尽头。"

"一进门是办公室的计算机。"

"现在那个位置是放映室。"

"再往里走，是四张办公桌，两两相对。"

"三排沙发椅，每排四个座位。"

"我的座位在最里头，靠右，挨着墙的一侧是档案柜，手机就放在那儿。"

程禧也已经走到了银幕前，她轻轻吸了口气，说道："我就是在这儿捡的。"

"档案柜？是……？"

"银幕，手机在银幕架角落的地上。"

蒋今明不说话了，真实和荒谬再次交织产生了一种强烈的矛盾感。两个人都陷入沉默，被程禧率先打破，她苦中作乐般笑道："你这手机啊，要是能视频，一切都好证明了。"

"……什么意思，视频？"

"嗯哼，就是……"科普就不必了，"视频。"

程禧挑挑眉，转而道："所以我想了几种办法，帮你证明所谓的20年前。比如电影里都是这么演的，你在墙上刻个标记，或者改变周围的什么，看我这里会不会有相应的变化。"

蒋今明无语至极："这是保护建筑。"

"那你周围的东西呢？"她回忆着展柜里的物品，"时钟、座机、钢笔……"

"钢笔？"

火灾现场有一支钢笔，是唯独没有被烧焦的物品，只有些火燎过的痕迹，程禧在楼下的展区看到了。

"银灰色的钢笔，表面有纹路，菱格纹路。"

蒋今明低头看了看桌面的英雄，那是崭亮的银色，菱格线条稍暗，他几乎从不离身，用得很仔细。

"你怎么知道这支钢笔？"

"我看到了，在一楼的展区。"

"展区？等一下，你不是说这儿改成电影院了？"他自以为捕捉到漏洞，侥幸地嘴快道，"自相矛盾了？"

"那是保留的展区。檀园路76号进行了商业开发，我们影院只是其中一家商户，虽然占了三层。"

"……"

蒋今明泄气地搂了把头发，终于败下阵来："檀园路76号到底怎么会变成电影院？怎么都在商业开发？开电影院、开火锅店，20年后这些建筑就不需要保护了吗？"

"不是不需要保护，是没来得及保护……因为一场火灾，2000年9月份的一场火灾。"

Chapter 3

火灾

眼看时间已经四点多，她匆匆挂了电话，又赶去派出所。
以查询失踪人口为由，程禧等了好半天，直到快下班等来这样一个结果——
"蒋今明是吧？"民警抬眼看了看她，"已确认死亡。"

蒋今明在夜里又被惊醒，这已经是第三次了。他坐起身，心有余悸地撑着额头，耳边又回响起那句话：

"因为一场火灾，2000 年 9 月份的一场火灾。"

半年后檀园路 76 号会发生事故，是这个意思吗？上一通电话到这里戛然而止，直到现在都没等到回音。

这些天，在将信将疑中，蒋今明抽空检查了楼里的灭火器，确实发现部分过了使用期限，也提出进行更换。平时这事儿不归自己管，还因此被同事揶揄埋怨。

但这就可以了吗？蒋今明无法安心。

就像小时候被带去算命，那老先生说自己命中有劫，一家人信也不是，不信也不是，连着好长时间睡觉都不踏实。

他倒不信鬼神，他也不信命。可现在莫名其妙地放不下那通电话，来自 20 年后的电话。

"啊真的是——"令人头大。蒋今明"嘭"地躺回去，直勾勾地望着天花板。

如果那真的是未来，自己会变成什么样子？有什么建树？家人朋友都在身边吗？

……身边还会有谁？

人到中年，想想都觉得遥不可及，竟然会被一通电话送到眼前，这滋味真是难以形容。他又想，电话那头的人，会是什么样子？过着什么样的生活？

白天的时候，蒋今明坐在办公桌前，环顾四周，想象自己身处影厅。那台笨拙的计算机是小小的放映窗口，桌案变成了沙发，身后的档案柜——

那是银幕？

好荒唐。

蒋今明想笑，慢吞吞地翻了个身，收不住思绪。每次通话都是他在工作，而她坐在沙发上看电影吗？说真的，20年后的电影是什么样？《黑客帝国》拍了续集没有？

他越来越无法入睡。

窗帘被风吹动，夜晚就在胡思乱想中过去了。

早上闹钟狂响不止，蒋母风风火火地推门进来，"啪"的一下给按掉了。

蒋今明胳膊还在被子外摸索，这才睡眼惺忪地翻过身，定定看了半晌，无语道："妈？哎，你怎么进来了。"

"我是你妈，我不能进来？"

"不是……这不麻烦你按闹钟了。"他把脸埋在枕头里，声音闷闷的。

"你也知道？你周一休息嘛就好好休息，你说你设个闹钟是叫你自己还是叫我们？"

她脸上的雪花膏还没抹匀，话音未落就急急回洗手间，扯着嗓子喊道："你再睡会儿！一周就休息这么一天，这史志勇把我儿子当苦力了。还有，桌上有油条，到时候热热牛奶，我和你爸上班了啊！"

"嗯……"他含糊地答应一声，静静待了几分钟，仰起下巴喃喃道，"我也起床了，今天去馆里。"

客厅传来"砰"的一声，他们出门了。

没多久，蒋今明随手抓过一件毛衣套上，趿拉着拖鞋出了房间，心不在焉地洗了把脸，对着镜子抓了抓头发。

长得好快，又要剪了。喀……改天再说，不上班的日子还考虑什么形象。

开门，从奶箱里取了牛奶，拧开盖子一口气喝光，顺手抹了抹嘴角，然后叼着半根油条，从客厅转悠到阳台。

阳光很好，他眯着眼睛往外看，隔壁小学操场又在升国旗。往常的周一，蒋今明都是被这国歌声叫醒，再迷迷糊糊接着睡过去。

今天不一样，他要去馆里，等电话。

刚上到四楼，远远看见馆长室的门虚掩着，蒋今明脚步一滞。自从进了檀园路 76 号，他时常觉得面对史志勇不那么自在。

也许需要适应这种角色转变吧。

史叔叔——可以说是看着他长大的长辈。

史老师——敬重并崇拜的历史启蒙，曾经在大学任教，虽然他的某些观点自己并不认同。

史馆长——领导。

倒不是说进入社会，领导头衔就盖过了前两个更为亲密的身份。但实际上，确实有什么变了，蒋今明说不上来，只是隐隐觉得别扭。

蒋今明敲敲门，稍微探了探身："史……馆长。"

史志勇正专注于看资料，闻声抬起头来，略微吃了一惊，但很快恢复平静："今天周一，怎么来了？"顺手遮了那沓报告。

"我来那个……加个班。"

"嗯，"史志勇摘了眼镜，对着镜片哈了口气，就着衣角边擦边说，"年轻人也别整天泡在这儿，好不容易休息出去玩一玩，谈谈恋爱是不是？"

听到熟悉的口吻，蒋今明肩膀一松，表情都丰富起来："喀，谈恋爱不着急。"

"你现在是不着急，等着急的时候就抓瞎了。咱们馆里也没几个年轻人，得多出去接触接触。"

"是，"他低头想了想，"接触了。"

"那浑小子最近在干吗？你俩联系了吧？"

"他在房地产公司干得挺好的，前阵子还领了奖金，没跟您说吗？"

"哼，"史志勇脸上说不上是不屑还是骄傲，兀自重复了一遍，"奖金。"

"史崇真的挺适合在那儿工作。"

话题到了这里，没再接下去。沉默几秒，蒋今明打了声招呼："那我去办公室了，史叔。"

史志勇点点头。

一上午电话也没响过。

蒋今明靠着档案柜看馆史，忘了时间，直到史志勇拎着公文包出现在门口，问道："不去吃饭？"

"啊？"他这才回过神，看向墙上的钟，"我等会儿回家。"

"行，那我就先走了。"史志勇刚转过身，又缓缓转回来，"对了今明，上回让你写的新介绍，有些地方还需要改改，区位和发展空间这些内容要再往市场上靠靠。"

"市场上？"

"我之前说，檀园路76号一百年了，我们能做点什么？需要创新，需要走出去，这是条路子。"

蒋今明记得之前会上史志勇的发言，其实当初就有很多不解，现在一听，他又联想起电话里说的商业开发，更觉不妥。

他犹豫着开口："离市场太近会不会不利于保护？会不会消解历史的严肃性和……美感？"

"美感？"史志勇饶有兴趣地走过去，倚在桌边看向他，"怎么说？"

"檀园路76号的历史美感，是它原原本本的样子，多一点都画蛇添足。要是改成电影院……或是饭店、商场，挂个会亮的招牌，贴个海报，旁边加个售票亭，那就是毁了。"蒋今明说完，意识到自己话有点多，这是把20年之后的账都算上了，舔了舔嘴唇找补，"您觉得呢？"

史志勇倒没觉得奇怪，只是细细琢磨。半晌，他认真地问："今明，你觉得历史是什么？"

"历史是——"蒋今明顿住，他不想复述教科书上的词条，虽然脑子里自然而然地浮现出那些定义。对他来说，历史是时空造就的艺术，吸引自己就如本能，让他想去感受、去了解，进而去保护。

但这么说实在显得有些虚无缥缈，以及矫情。于是蒋今明就卡在那，正经接了一句："是人类社会过去的事件和……"

"铃——"

座机铃声忽然响起，打断了回答。

他当下愣了几秒，才猛地反应过来也许是她。然而想伸手已经来不及了，史志勇靠在桌边，顺手提起了听筒。

"喂，你好。"

蒋今明冒了一脑门的汗，看着史志勇接电话。

"嗯……对。"

他抿着嘴唇，滚了滚喉咙。

"嗯？今天闭馆。可以，可以。"

不是她？

"好，再见。"

史志勇挂了电话，对上蒋今明关切的眼神，随口说道："预约参观的，还没搞清楚单位人数，过后再打过来。"

"哦，好的。"虚惊一场。

刚才的对话似乎被这通电话打散了。史志勇看了看手表，重新拎起公文包，向蒋今明交代了两句便离开了办公室。

蒋今明仰坐回去，按着太阳穴，嘲笑自己的一惊一乍。他找出之前写的介绍，想要修改却毫无思路，下意识地摩挲着钢笔上的刻痕。

那是上次通话后，他翻出家里的圆规，在英雄笔底部刻的数字：

2020。

改变身边的物品，又听了她的话。

就在蒋今明发呆的工夫，电话再次响起，想必是刚才那位搞清楚了单位人数。

他接起来，说了一声"喂"。

"啊，这回是你。"

蒋今明下意识抬眉，眼睛倏地一亮，想说些什么但一时间没找到合适的词汇："你呃……"

"你这手机太旧了，配不上充电器，我花了好几天才充上电。"她说。

程禧在 VIP 厅里绕圈。她静不下心来，嘴上却故作轻松："你们今天闭馆啊？"

"嗯，周一休息。"

"那你怎么还在办公室？"

蒋今明转身靠在桌沿："我加班。"

"这么忙，忙些什么？我怎么记得以前去参观的时候，从没见着过什么工作人员？"

"你来过？"

"小时候，学校组织的吧。"

"啊——我们是中小学指定参观场所。"蒋今明回答，随即察觉这里面的逻辑，差点失笑，强忍着问道，"你多大了？"

"比你大。"

"那你是几几年来参观的？"

程禧哑口无言。2000年的时候自己还是个七岁的小学生，这怎么比？只得随口敷衍道："忘了。"

电话那边传来模糊的笑声，像是把听筒拿远了，嘲讽还顾着对方面子，效果加倍。

她有点着恼。自以为年长几岁，却比人家晚了20年。时空错了位，这辈分怎么算？程禧果断岔开话题："我看加班的还不止你啊，刚刚接电话的是谁？"

"我们馆长。"

"馆长？领导亲自加班啊？讲话还挺随和的。"

程禧打趣，忽然脑子里有什么闪过，把笑容硬生生地抹去。她停顿几秒，认真问道："馆长是檀园路76号负责人吗？"

"嗯？"蒋今明不明所以，"是可以这么说。"

程禧定在原地，心蓦地往下一沉。

那是事故中唯一确定的死者。

实际上，程禧差点放弃了这次通话。

这几天，她在家里翻箱倒柜，缠缠绕绕的各种充电器试了又试，无一成功。

朋友圈求助，二手网站求购，又抽空逛了电子城，拿着手机一家一家去问。倒是终于配上了，老板还好心地送了一个早期的万能充，结果奇了怪了——拿回家统统不好使。

程禧看着满桌的充电器，烦躁地推到一边，然后呆坐在椅子上回想这整件事。

做梦一样。

这种开头放到电影里，那就是妥妥的潘多拉魔盒，引向无穷无尽的悲剧，连带着众人深陷泥潭。然后画面一转，主角必然痛定思痛地剖白："我宁愿没有开启这一切。"

理智地想想，就算那真的是20年前，和自己又有什么关系？自己又能做些什么呢？改写历史当个救世主吗？

别搞笑了，充个电都这么费劲。

再者说，通话在这里终止，也许就是冥冥之中的安排呢？

程禧自我开解，倒也很管用，自己好像真的释怀了。她把手机锁回影院前台，就当一切没发生过，如常地忙忙碌碌，很快找回了状态。

可就在今早，上班的时候她被吴悠叫住了。

"经理，有你的东西。"

"什么东西？"

"快递吧。"吴悠从前台拿出个小包裹，是常见的纸箱，封着透明胶带，"但不像是寄过来的，你看。"她将包裹递给程禧，指了指贴在上面的面单。

不，那不能叫面单，那就是一张白纸，打印了三个字：

　　程禧收。

"谁送过来的？"

"不知道啊，我刚刚发现的，就在前台那儿。"

程禧想不出谁会给自己送东西，拿起箱子晃了晃，是正常物品的碰撞声。她迟疑片刻，抓过手边的笔把胶带划开，打开了盖子。然后手就僵在半空。

充电器。

看起来有些年头，但是干干净净的，摩托罗拉 GC87C 的充电器。

"你说是谁送过来的？"程禧怔怔地问道，灵魂出窍似的。

"……不知道啊。"

"那是什么时候？"

吴悠见程禧神情有异，打起十二分精神回道："经理，我也是刚刚发现的，但那个角落以往不会太注意，不知道放了多久了。"

"调监控。"

程禧把纸箱合上，原封不动地放回去，和吴悠交代："去调一下昨晚到今早的监控，找到了叫我……算了我还是自己去。"

结果是什么都没拍到。

那位置是监控死角，转弯又有个取票机。画面里出现的员工和顾客大都曾经朝那方向走去，排除掉两手空空的，也还剩不少人，比如——

昨晚下班，吴悠提着个纸袋子走了过去，没两分钟又晃回来；保洁大姐推着车经过数次；还有李思齐，今早背着双肩包上班，在前台附近转悠了好几圈；顾客的话就更多了，无法细数。

程禧关了监控视频，掩面往后靠上椅背。她屏住呼吸，借此让脑子放空，放空，直到快要憋不住了，才深深喘了一口气。

是自己想多了吗，还是正相反，是自己低估了整件事的复杂程度？

短短两周，有人冒领手机、有人送来充电器，事情或许远不止表面那样简单。

她还有种直觉，纸箱里的充电器就是自己要找的，此时被送到眼前，却让人望而却步。程禧出了监控室，绕过前台，犹豫写在脸上，又化为行动。

一上午，她心不在焉地确认排片、写报告、巡厅……谁知又鬼使神差地走到了一楼。

还是放不下吧。

缓步逛了几分钟，程禧停在了一个展柜前，然后慢慢弯下腰去，呼吸在玻璃上蒙了层白雾。

那支钢笔，银灰色，菱格花纹的钢笔，它的底部多了四个数字：

2020。

像是徒手刻上去的，深深浅浅，但边缘流畅，明显花了时间和心思。他按照自己说的去做了，就像是电影里的情节，他证明了那是另一个时空！程禧的脑子有短暂的空白，在那个空白的当口，感性战胜了理智。

对方不只是手机里的声音，而是真真实实生活着的人。有喜欢做的事，有朋友和家人；会故作深沉，又难掩意气；偶尔困惑急切，还要保持老式的风度。

程禧还是没法旁观，明知可能发生的悲剧而不采取任何行动，怎么做得到？接着，认命一般，程禧回到前台取出那个来历不明的充电器，成功给手机充上了电。

她已经有了计划。

程禧原本的计划特别简单，只有一句话："9月29日晚上，不要去檀园路 76 号。”

现在，她又加了一句：“你记住，告诉你们馆长也不要去。”

“什么意思？”蒋今明一头雾水，将听筒换了个手，“我也正想问，你上次说的火灾是什么意思？”

“我看到钢笔上的数字了，2020，是你刻的吗？”

他微微一愣，低头去看那支英雄，睫毛颤动：“你到底在哪儿看到的？上次你说是……什么展区？”

“嗯。”

程禧就近找了个位置坐下，把情况大致讲述了一遍：“2000 年 9 月 29 日，檀园路 76 号起火，事故很严重，调查没有结果，后来就搁置了。直到去年这里被商业开发，我们电影院是入驻商户，二层以上都是电影院。我说的展区在一楼，保留了部分馆史，那支钢笔是在事故现场发现的，现在是展品。”

蒋今明听着，沉默着，心里已经天翻地覆。

“那支钢笔是你的吗？”

“……”

是，并且有随身携带的习惯。蒋今明一时竟然说不出话来。

“那场事故的具体信息披露得太少，调查了几年都没有结论，我想最有效的办法就是——不要去。9 月 29 日晚上，待在家里，去吃饭，去逛街，去哪里都好，就是不要去檀园路 76 号。”

他的钢笔丢在了事故现场，成为陈列品。蒋今明在想，这说明什么？他也策展，应该清楚这说明什么。

持有者大概率不在了。

他张了张口：“事故有伤亡吗？”

“嗯……”程禧回答，“一人死亡一人失踪，伤了十二人。”

“一人死亡……”

“檀园路 76 号负责人。”

蒋今明像被人当头一棒，下意识地望向门口。史志勇刚刚才离开，半小时前他们还在讨论檀园路 76 号的发展，讨论历史是什么。

“怎么会……”他梦呓般自语。

“失踪和受伤人员没有详细报道，我不知道你是不是在现场，或许派出所可以查到……你叫什么名字？身份证号方不方便给我？”

"蒋今明。"接着他又报了身份证号，随后惯性地解释，"今天的今，明天的明。"说完，不由得苦笑出来。一通电话，让他甚至无法确定还有多少个明天。

"嗯。"连着程禧也有点胸闷。她清了清嗓子，继续说道，"这样，我会去查查看，有消息的话就给你回话，你这座机是公用的吗？"

"对。"

"如果别人接了，我就说自己是呃……电影院预约集体参观的。如果听说电影院打来电话，你就知道是我。"

"好。"

"蒋今明。"

"嗯？"他听着电话那头叫着自己的名字，忽然涌出种异样的感觉，钝钝答应。

"如果我没有再回话，躲过那一天是最好的办法。"

"……"

蒋今明在短短一通电话的时间里，接收了太多信息，远远超出他所能承受的范围。他停顿了好一会儿，才慢半拍地回应：

"不，阻止那一天才是最好的办法。"

预知未来，是一种什么感觉？

就像游戏刚开始打，就有人告诉你这把准输；考试复习没两天，就有人告诉你这次成绩超烂。大学毕业，进入社会，理想的工作缓缓开启，结果一通电话告诉你，就在不远的将来，单位烧了，领导死了，而自己命运未卜……

蒋今明缓缓吐出两个字。

"……你说什么？"史崇转过头去看他，诧异的侧脸被银幕映得发光，"骂人呢？"

"没有。"

"……"

这文明人嘴里是蹦出了句脏话吧，自己明明听见了。史崇再度看过去，蒋今明没什么表情，微微抿着嘴唇，盯着银幕却完全没聚焦。

这是怎么了？

史崇低声说道："你要是不看咱就撤了，反正这都看过一遍的电影，还来干吗？"

银幕上在播放《黑客帝国》，这片子刚从电影院下线，转头盗版就在录像厅上线。

画面里，先知 Oracle 对 Neo 说"花瓶碎了没关系"。Neo 不明所以，抱着胸反问"什么花瓶？"然后那一转身，正好碰掉门口的花瓶，碎在了地上。

"你怎么知道花瓶会碎？"Neo 问。

先知 Oracle 答："真正将会让你琢磨不透的是，如果我不说，你还会打碎它吗？"

蒋今明看着这一幕，答非所问道："你看懂了吗？"

"这女的是先知嘛，能预言未来，但未来反过来是起因？这就是个圈儿啊。"

"先知……"蒋今明在黑暗中搂了把头发，表情如同银幕上的基努里维斯一样困惑。

某种意义上来说，她不也是先知吗？不同的是——

Oracle 可以预言未来，而她就在未来。

她是既定历史的先知，现在自己得到了重来的机会，可以创造不一样的历史。

确实是这样吧？这一下拨云见日，让蒋今明不自觉抬高了音调，没头没尾地冲史崇说："是这样，结局可以改变！"

蒋今明的话听得史崇一愣，皱起眉来："吃错药了？你今天不太对劲啊。"

"我前阵子不是丢了手机吗，其实被一个女生捡到了，然后——"录像厅后排的大哥不满地咳了一声。

蒋今明回头看了一眼，抱歉地抬抬手，轻轻拍了拍史崇肩膀："走走走，出去说，告诉你件事儿。"

两人起身，猫着腰离开了录像厅。

"什么样的女生？多大了？"史崇拿起汽水，刚送到嘴边就被蒋今明一把抢下。

"你有没有在听，能不能搞清楚重点？"

"嘁，你那摩托罗拉丢了嘛，一个女生捡到了，说自己在 2020 年，跟你聊了好几天嘛。"

史崇手里没了饮料，又多动症似的抓起石子往江里扔，揶揄："哎，上回去电影院你问东问西的就是在找她，人家不想见你？只想打电话？"

"……"

蒋今明万分无语，愣愣地看了史崇半晌，反而平静下来，叹道："她在2020年，怎么可能见得到。"

"……认真的啊？"

"……"懒得搭理他。

"蒋今明，哈哈哈哈！"史崇乐不可支，肩膀一耸一耸地停不下来，"你真让人给忽悠了啊？来来来，你把她电话给我，我跟她聊聊，干吗呢这是，怎么还唬人呢？"

蒋今明只当没听见，从右胸口袋掏出钢笔，递到他手里："你看看。"

"这不是史老头给你的英雄吗，怎么了？"

"看看底下。"

"……你刻的？"史崇就着江边的路灯，"2020？"

"我在家里刻的，笔一直随身带着，没有任何人会注意。但是她在电话里问……"蒋今明看向他，眼神认真宛如特务接头，"钢笔底部的2020是谁刻的。"

史崇反应了一会儿，感觉有点冷。

"……监视你？"

"她告诉我第二天的报纸头条，分毫不差。"

"……还是个记者？"

蒋今明不说话了。

江风很轻，但带着寒意，温度似乎降下来了。

史崇很不喜欢这种氛围，也不适应蒋今明的故弄玄虚——这小子以前也就上了班才喜欢装深沉，怎么还装到私底下来了？

"大哥，那我也认真给你分析分析啊。她要是能知道第二天的事儿，告诉你新闻有毛用，怎么不告诉你彩票中奖号码？"他挪挪屁股，继续说道，"她要是能说出下期彩票中奖号，我就信，不需要中个几万几百万，千百块就行。"

"滚滚滚。"蒋今明把钢笔收回口袋里，站起身就要走，"多余跟你说。"

"啧，吃饭去呗？"

"回家了。"

"蒋今明，现在有种网恋你知不知道，专门拿人消遣，还骗钱。你手机都让人骗了还在这儿犯傻——哎，我可提醒你了啊——"史崇在身后唠叨，蒋今明在前头一步没停。

史志勇是他父亲，这几年虽然闹别扭有矛盾，毕竟感情根基深厚。蒋今明本想着这件事有必要让他知道。

但如今看来……蒋今明泄气地想，还是等事情有点眉目再说吧。

那通电话算是个重要节点，程禧将情况说明后，两人建立了基本的信任，并各自采取了行动。

蒋今明和史崇去录像厅重温了《黑客帝国》，借着电影厘清思路，试图把这件事告诉史崇，结果已经证明……不太顺利。而另一边，程禧的进展，甚至无法说顺不顺利。

程禧挂了电话，在影厅里静静坐着。那种序幕拉开却只见脚下一隅的感觉，以及那种人外有人、世界外还有世界的感觉，真真切切地震慑住了她。

解释不清，眼下只能走一步看一步了。

程禧起了身，走到门口关上灯，整个空间陷入黑暗。她连忙转手去推门，光线刚扫进来，一个明晃晃的人影立在那——

距离太近又毫无预料，心脏陡然一紧，程禧抓着门框往后打了个趔趄。

"哎哎哎，干吗吓成这样？"李思齐伸手去捞她的胳膊，然后两人大眼对小眼僵持片刻。

"要死啊！"程禧的火直往头上蹿，"你在这儿站着干吗？"

"找你啊，电话没接，就猜你在这儿。"

"……找我干吗？"她一边掏出手机确认，一边回话。等发现了确实有未接来电，才略微缓和了语气，"什么事儿啊？"

"有人来谈业务，在楼下呢。"

"知道了。"

程禧说着往楼下走去，李思齐就在身后不紧不慢地跟着。

李思齐揣着兜："我刚才听你在打电话。"

她心里打鼓，头也不回地应了一声。

"不是故意偷听的，正好开门想看看你在不在……好像在说20年前火灾的事儿。"

"嗯。"

两人一前一后下着楼，又沉默了一小会儿。

"但你说错了伤亡情况。"

"嗯？"

"是两人死亡，伤了十二人。"

程禧的脚悬在半空，没踏下去，回头看向他："楼下写着呢。"

"后来失踪的那个也被确认死亡了。"

"……新闻上没说。"

"没报道啊。"李思齐迈下几步台阶，说道，"本地论坛里有个帖子，关于这个事儿的，你可以看看。"

程禧心神不宁，有种很不好的预感，急于确认却被公事缠住。

她到前台见了客户，是附近物业公司的负责人来谈租场地的事。檀园路 76 号的物业也是他们管理的，说起来还算合作关系。

"你这儿来看电影的也不多嘛，我看好多厅空着。我们呢，最近开会比较频繁，场地又有限制，咱们各取所需，长期合作。"

电影院乐于接这样的业务，尤其是在排片不满的情况下。银幕其实就是个大号的投影，用来宣讲、沙龙都很合适。而且这种活动一般是单场的，碰着长期饭票相当不易。

程禧毕竟还是个影院经理，操心 20 年前蒋今明的人生，也要顾着自己饭碗。她把人引到办公室，交代吴悠倒了两杯茶，正经聊起来。

"您这边需要多大规模的厅？我们受这个布局限制，厅都比较小，最大的是 124 个座位的，按理说应该也够了。"

"没关系，没那么多人。"男人摸了摸下巴，"主要是想安静，最好不要跟你这儿的客人混在一起，也不能影响人家看电影是吧？"

"是是，这个您放心，我们的厅都很分散，各个楼层都不挨着，不会影响。"

"这顶楼也有厅吗？"他指了指上面。

"四楼？有，VIP 厅——"

"VIP？贵宾厅？是最好的吧，那就这个厅吧。"

程禧被打断，舔了舔嘴唇，解释："设施设备确实是最好的，但只有 12 个座位，可能满足不了需求。"

"够用。"负责人简单明了，不差钱的架势，"租半年。"

"呃……但您这边说开会——"

"高层嘛，也就几个人。"

几个人的会议，公司场地都受限吗？

程禧还想说点什么，被对方笑着打住："咱们来开会的领导就是贵宾，用贵宾厅很合适，价位你看看，是怎么收费的，这些都确定下来咱们就可以签合同了。"

"那行，只不过我们还没签过这种合同，得报总部，财务啊、法务啊都得审核，等流程走完，我再给您回话？"

"尽快。"

这事情透着些许不合理，又好像说得通，最主要是场租收入几乎是纯利润，带动营业额提升不是一星半点。程禧有些动心，送走客户，跟总部汇报了一通。

眼看时间已经四点多，她匆匆挂了电话，又赶去派出所。

以查询失踪人口为由，程禧等了好半天，直到快下班等来这样一个结果——

"蒋今明是吧？"民警抬眼看了看她，"已确认死亡。"

其实程禧想过几种可能性。

运气不好的话，那位失踪的工作人员就是蒋今明，但假如20年来杳无音信，想要寻找无异于大海捞针。又或者受了伤，当然最好是毫发无损，那么她在派出所查到住址，哪怕花费好一番力气，最终也能找到他——这时候他应该多大了？得有四十多了吧。见面的时候，会认识自己吗？会有这段记忆吗？这种时空错位之类的理论，程禧不懂，还真的思考了一下。

万万没想到，她用不着去找了，也无须去想见面的场景，结果摆在眼前，"已确认死亡"五个字，简单粗暴。

程禧不知道该怎么告诉他，她不想充当这种审判官似的角色，太过于残忍。但对蒋今明来说，或许越早预知越好。就这样回到电影院，犹豫了好长时间，程禧还是拨了通电话过去。

结果无人接听。

那时，蒋今明正和史崇坐在江边聊着，半小时后他离开，说要回家，却还是空着肚子拐进了单位。

开了灯，坐在空荡荡的办公室里，回拨手机，不在服务区。

通话就这么错过了。

程禧悄悄地进了影厅，稀稀拉拉的观众戴着 3D 眼镜全情投入，仿佛身处另一个世界。她沿着座位往后走，上了台阶，轻轻推开放映室的门。

李思齐正瘫坐在椅子上，小小的空间满是咖啡香。

"找我？"李思齐收了收腿。

"这都最后一场了，还喝什么咖啡？"程禧说着把咖啡从放映机上拿下来，递到他手里。

什么破习惯，知道这一台机器多少钱，洒了怎么办？但只是心里骂骂，程禧没发作，靠在墙边问："你说的那个论坛帖子是什么情况？"

"就是有人扒一些关于这个楼的事儿，然后里边有个帖子，是讲火灾的几大疑点，其中就有人提到伤亡人数。"

程禧不知道网上还有这种东西，心里一动，展眉道："链接发给我一下。"

李思齐懒洋洋地去掏手机，啰唆道："你不是不信这些吗？干吗忽然感兴趣？"

"了解一下。"

"是不是碰着什么事儿了？跟那个手机有关，还是跟 VIP 厅有关？"他抬眼，眉梢尽是藏不住的兴奋。

这一句把程禧噎着了，半天说不出话来。

"发给你了。"

手机振动，她低头去确认。还是头一回被这孩子搞得手忙脚乱的，摸不清他的意图，只好不动声色。

李思齐仰抱着后脑勺，解谜般自言自语："但手机和 VIP 厅怎么联系在一起？跟那场火灾有关？那我之前想错了，我以为跟教会有关。"

程禧听着，正好也打开了论坛的链接。她略微浏览了一下，最早的帖子出现在十几年前，几乎和论坛创建同期，而且一直未间断。

论坛里有正经讲历史的、回忆童年的、聊风水扒灵异事件的……还有一篇《关于檀园路 76 号火灾的几大疑点》。她半张着嘴，惊异于这个发现——真的有人在关注着檀园路 76 号，并且从各种诡异的角度，作各种匪夷所思的猜测。

"你怎么知道这个论坛的？"

"上学的时候就知道，再说我还在这个论坛里发过帖子，点击率很高的。"

"你还发帖？"

"就那个《不要轻易惊扰老建筑，否则你会后悔》，应该排在前面。"

程禧看见了，确实排在前面，帖子前面还有一个火苗的标记。这什么烂俗智障的标题，刚才真是高估他了。

她无语道："你关注檀园路76号干吗？"

"关注的又不止我一个，你不也是？"

李思齐往前倾倾身子，想想又站了起来，好像老半天才发觉程禧一直站着，忽然客气上了："经理，你坐。"

放映室需要垫高，空间又小又矮，李思齐的个子站起来直接顶着棚，越发显得局促。

"你坐啊。"说着他便蹲下了。

程禧坐在椅子上，迅速扫视一圈。放映室的空间小，太小了，机器有噪音，还很热。这怎么待得住？

她早就纳闷了，看向旁边蹲着的李思齐，问道："你说你又不缺钱，非要来这当放映员，就是因为这楼？"

"也不是，放电影挺有意思的，你没看过天堂——"

"行行行。"天堂电影院，什么神秘又浪漫，程禧打住他的话，"我不明白你关注这里什么？还有论坛这些人……"

"你看看我的帖子。"李思齐指指手机。

"呵，不要轻易惊扰老建筑，否则你会后悔……"程禧读出声来，起初还带着不屑，只是接下去的内容越读越认真，到了尾音甚至不自觉地紧了紧嗓子。

要是放在半个月前，李思齐说的这些神神道道的东西，她听都懒得听，看也懒得看，一准儿嗤之以鼻。但是现在，她和20年前的人通过话，又刚得知他已不在人世……

世界之大，很多事情无法解释。

"老房子有自己的魂，你信不信？不是死的，是活的。"

"喀……"

"我家老宅拆迁的时候，祖辈都不同意，最后没有办法，挖掘机直接开到人面前，你知道发生了什么？"

"什么？"

"全都失灵了。"

程禧抬起眼瞧他："机械故障？"

"全都一起故障？人在里面操作，挖掘机就是不听使唤，朝着别的地方都正常，转到宅子面前就是下不去。"

"然后呢？"

"还是拆了啊。我那时候才十岁，但绝对没有记错，挖掘机换了好几架，拆了好多天，有一个挖掘机司机中午在墙根那个……方便，被砖头砸伤了脑袋，满脸是血去的医院，我看见了。"

"……这是意外吧？"

李思齐叹了口气，脚蹲得麻了，索性一屁股坐下，说道："我告诉你吧，这就是宅子在自救，阻止别人毁了它。"

他帖子里写的也大概是这个内容。

程禧不知该作何反应，无可奈何地摸摸额头。不信——可事到如今还有什么不能相信的？

"这楼都 100 多年了，经历了清朝、民国再到现在，你想想看……"李思齐冲她挑眉，接着道，"所以那手机和 VIP 厅到底怎么回事？上回你让我们找，我和大姐把整个厅都翻遍了，真的没有手机，那手机到底是从哪儿冒出来的？"

"那是你们没注意，就在银幕后面。"

"……那后来你老揣着那手机去 VIP 厅干吗？我可看见好几回了。"

程禧垂眼，没有吭声。

李思齐这一通鬼扯真让她头大，神神道道倒是一如既往，但谁能保证没藏着别的意图呢？

"哎，"他又张口，"我都告诉你论坛了。"

"那我问你，手机充电器是不是你放在前台的？"

"什么充电器？"李思齐的胳膊随意搭在膝盖上，"我不知道充电器啊。"

"今天怎么忽然背了双肩包过来？以前没见你背过。"

"啊？"李思齐莫名其妙，答道，"我从家里带了个抱枕来啊……你在 VIP 厅午休是够舒服的，我整天坐得腰酸背痛。"

"你也可以在厅里午休。"

"那不必了，只有你这种什么都不信的才胆大。"

又欠又胆小，双肩包里装抱枕也是够谜的。程禧盯着他，可那张脸实在看不出什么来，想了想，起身准备离开。

"哎，不是，到底怎么回事儿啊？空手套我帖子啊？"

程禧已经推开了门，正好配上外头宏大的电影音效，低声问："你觉得呢？"

"不会是在跟谁通话吧？跟火灾有关？"

第一次通话：误会，因离开VIP厅意外挂断。

第二次通话：告知次日报纸内容，正常结束通话。

第三次通话：提及火灾，因离开VIP厅意外挂断。

第四次通话：告知火灾，因手机没电中止通话。

第五次通话：告知伤亡情况，正常结束通话。

……

程禧放下笔，对着本子沉思。

单看这几通电话，除了起先不了解规则导致的意外挂断，事情总算在层层推进，甚至像安排好了似的，稳步而有序。下一次通话，毫无疑问自己会告知他在事故中失踪并确认死亡的消息。

但通话外多余的枝节，就让她理不出头绪了。总觉得自己只看到了一条脉络，而更广阔的图景盘根错节，远超想象。

片刻，程禧又重新提起笔，在空白处写下几组词：

冒领手机、建筑公司、充电器、论坛、李思齐？

她缓缓打了个问号。

想到这儿，程禧顺手打开了网页，查看那篇《关于檀园路76号火灾的几大疑点》。

发帖人是一串自动生成的字符，在很长一段时间内断断续续地更新。发帖人似乎也没什么头绪，基本都在抛出问题，猜测得毫无根据，像个普通的吃瓜群众。

火灾是人为的，幕后有阴谋，来来回回就是这几句故作玄虚的论调。程禧好不失望，快速滚动鼠标往下拉，发现了那段文字，李思齐所说的伤亡情况：

失踪人员在事故发生两年后，由其家属申请宣告死亡。

程禧吃了一惊，心想怎么会有这种家属？

哪怕希望再渺茫，只要没有结果，谁会愿意承认人已经不在了？多少事故失踪者家属常年留着干净的房间，保持着原有的样子，徒劳地等着亲人回家。

蒋今明才二十三岁，宣告死亡时也才二十五岁不是吗？这得是出于什么利害关系，才会如此着急给他的人生画上句号。

为了二胎？房产？财产？还是——猜测也许有些偏颇，但程禧还是禁不住一阵心烦，为他觉得不值。而且这事儿不能细想，越带入越有种窒息感。

她靠着椅背晃悠，伴随着吱嘎吱嘎的声响，拍着脑门，憋着股气，烦闷堵在嗓子眼。终于大喊一声，发泄出来。紧接着，外头脚步声渐近："你这孩子又干什么大呼小叫的？"

程妈推开房门。

Chapter 4

命运

"还没有……不知道怎么说，而且那伤亡情况……像给人宣判死刑似的，
我说不出口。"
程禧埋头苦笑，原来他们两个人面对的是同样的难题。
"你觉得怎么说，对方会比较好接受？"

❧

蒋母推开房门。

"要洗的衣服给我。"

蒋今明平白被吓了一跳，把桌上的本子捂个严严实实。进屋从不敲门，自己都二十多岁了还有没有点人权？蒋今明抗议无数次，全被蒋母当耳旁风了。

"……没什么要洗的。"

蒋母没听见一般，利落地走到衣柜前翻翻找找，拎出那件深蓝色的夹克，问道："这衣服洗不洗？"

"我明天上班要穿。"

"啧，那我给你熨熨。这种夹克等哪天再给你买一件，上班换着穿。"

"我自己买，我有工资——"说到这儿，蒋今明想起自己的工资都赔了单位的手机了，还真没什么底气，越说越小声，尾音轻飘飘的几乎听不见。

"啊？"

"够穿了，这件不也是你们新买的嘛。"

他嗫嚅着转回身去，重新拿起钢笔，指节开合着笔盖，用余光扫着门口……

怎么还站在那儿？

"你说你加班加到这么晚，刚工作能有这么多事儿啊？我得跟你史叔说说，孩子这不得累坏了吗？"

"没加班，我晚上跟史崇看电影去了。"

"我看你这不还写着呢吗？"蒋母上前几步，忽地探身过来。

蒋今明慌得用手一遮，含糊道："哎哎哎，妈，我要睡觉了。"

"不是，这孩子——"

"隐私，隐私，您儿子二十三了啊。"他直接抓上本子，顺势往旁边床上一倒，闭上眼干脆道，"睡了。"

"二十三了不还得我给你洗衣服、熨衣服。"蒋母唠叨着，顺手捡了床边的一件 T 恤，又道，"身上那件脱下来，给你洗了。"

"我自己洗……"

"赶紧的！"

蒋今明被震慑住，老老实实地缩进被子里，三两下把身上的毛衫脱了递出去。

毛衫瞬间就被扯走，手上甚至能感受到那股风。

"你们同事知道你一天天上班人模狗样，在家都得你妈伺候你吗？小崽子还跟我提隐私？"蒋母说着走到门口，"啪嗒"一下关了灯。

黑暗中，蒋今明听见了关门声，才呼出一口气来。他撑起身，将台灯挪到床头，就着光亮看自己刚才写下的东西。其实也没什么，只是几次通话的记录，很琐碎。

中午那会儿他真的蒙了。

半年后即将发生的大火，不仅会毁了檀园路 76 号，还会让史志勇丧命，这个消息几乎颠覆了他的世界。就那样稀里糊涂地在馆里待了一整个下午，从一楼逛到四楼，每级台阶，每块砖磨损的程度，每缕光照进来的角度，烂熟于心。

还记得史志勇第一次带自己和史崇过来的场景。

当时檀园路 76 号还没开放，地板上蒙着一层灰，屋子里总有股霉味，害得史崇一个劲儿打喷嚏，然后回声荡在楼里，好像有无数个他。自己觉得有意思，也跟着喊了一声，又有无数个自己。史志勇领着俩小孩就笑，又有无数个笑声。

在记忆里，那是很美好的画面。

蒋今明伸手够着钢笔，想了想，补充了几行字。

如果未来真的是个悲剧，他还有半年的时间去改变。

"第一步，"他写道，"找出事故原因。"

一早，程禧进入办公室，打眼瞧见个狗头，吓了一跳。细看才发觉那是个抱枕，正对着门，搁在李思齐的椅子上。

"最近真是眼也花了，胆也小了，再这么下去离精神衰弱不远了。"程禧叹了口气。

放下包还没等坐稳，李思齐后脚就跟进来了。他今天没背那双肩包，照例边走边转着车钥匙——电动车钥匙。

李思齐注意到程禧看向自己的座位，恍然地拍拍那狗头："看见没？抱枕，没骗你。"

程禧没应声，视线转向电脑屏幕，顺手摘下昨晚贴的便利贴，默默提醒自己跟进总部的回话——关于租借场地的事。

"哎，李思齐，你这抱枕好逗。"吴悠搭话了，边喝牛奶边凑过去看，"这是个哈士奇，跟你名字还挺像，以后就叫你哈士奇得了。"

"什么跟什么啊……"李思齐故意放大音量，意有所指地调侃，"就这抱枕害我蒙受不白之冤，你喜欢就给你。"

"什么不白之冤？"

"问经理。"李思齐朝程禧一瞥，"问问看，是谁给她送充电器了？"

吴悠一愣，反应过来："那个充电器原来是你送的呀。"

"不是我，你也知道充电器的事？"

"我发现的啊。"

"那你没看到是谁送的？"

"没看到。"吴悠耸耸肩，然后就定定地站在李思齐边上，不声不响地喝她的牛奶。

好一会儿，李思齐觉得浑身不自在，才扭过头去："你干吗？"

"我喜欢啊。"吴悠示意那哈士奇狗头。

"……给你，给你。"

李思齐把抱枕递过去，一时有点别扭，故作姿态地弄弄电脑、动动抽屉，暗中留意着吴悠的动作。只见吴悠单手捧着抱枕，心满意足地回到座位："谢谢啊。"

李思齐哼了一声作为回应。

程禧抬眼看着这两人，忽然觉得自己的猜疑是不是有些多余。明明还是小孩做派，哪至于有什么深沉的心思？

但充电器也不会无端出现啊，等等，难道像手机一样？

活了20多年，从未觉得自己不够灵光，最近却频频脑力不支。程禧不再纠结，眼看 10 点多了，蒋今明或许已经等得着急。自己潜意识里在拖延，又清楚别无选择。

程禧起了身，把摩托罗拉揣进兜里，往办公室外走去。

"你好，檀园路 76 号。"

"……您好，我预约集体参观。"

"单位、时间、人数。"

"电影院、下午 1 点半、人数……20。"

"什么电影院，全称。"

"时代电影院。"程禧顺嘴去掉了一个"新"字。

"时代电影院……"电话那头的张姐已经快退休了，从不去电影院，故不疑有他，边记录边说道，"预约人姓名。"

程禧本以为通话到这里就结束了，握着手机一顿，慌忙答道："姓程。"

"全名，这都要记录的，得给我全名。"

"……程时。"

"行了，下回提前两天预约啊，你今天赶上人少，要不都约不上。"

"好的好的。"程禧挂了电话，猛一拍脑门。

要死了！自己怎么就不能随便编个程分程秒、程百程千，非要报老板姓名。

可说起时代电影院，自然而然就联想到老板程时，自己又不愿留自己名字，就这么没过脑子，脱口而出了。

下午一点半，程禧在 VIP 厅睡醒，准时听到了摩托罗拉的铃声。看来他发现了预约，读懂了自己留下的信息。

程禧按下接听，传来蒋今明的声音。

"原来你叫程时。"他笑道。

蒋今明上午跟着史志勇跑了趟市规划局。

以往他常跟区里打交道，这还是第一次去市级单位。蒋今明不知道要办什么事儿，会见到什么领导，一进大院就隐隐忐忑。

结果这紧张完全多余。

史志勇轻车熟路地进了三楼的一间办公室，只交代他在外面等着，无须参与。

走廊里有些凉飕飕的，蒋今明插着裤兜靠在墙边。他留意到门没关紧，就下意识往里瞄了一眼。办公室里除了史志勇，里面还有两个西装革履的男人，夹着皮包，正在聊着什么。看这情形，大概是跟檀园路76号的转型发展有关，他猜测。

正想着，"砰"的一声，办公室的门被关了个严实。

蒋今明本就无意深思那间办公室里的事儿，站在门口琢磨起另一茬儿。

寻找事故原因，从哪儿入手呢？

蒋今明昨晚通宵拟了个消防预案，全面自查、加强安检、消防演练……这几乎是他能想到的全部了。那两张纸现在就揣在他的兜里，准备寻个机会交给史志勇。理由他都想好了：这批计算机的安装可能存在电路隐患。修订预案顺理成章。

火灾发生的原因无非是火源或电源管理不善，甚至连雷击他都涵盖了进去。等到全面检查完，相信就可以发现隐患，找到事故原因。

蒋今明看了一遍又一遍，越看越满意，越满意越迫不及待，双手反复摩挲着纸张，演练事先准备好的说辞。大约半小时，终于等到史志勇出了办公室。可还没等蒋今明张口，便听史志勇一脸严肃地交代："上回那个介绍还要改。"

"啊？"蒋今明捏着预案的手垂下。

"你会不会做演示文稿？"

"什么？"蒋今明跟上他的步伐，边走边问，"那是什么？用计算机做的吗？"

"对，那东西一张一张的，有字还有配图，你回去研究研究。"

"好。那个，史馆长，我写了一个——"

"今明啊，这个计算机真的要好好学一下。以后逐渐地，人家这些材料都不用手写了，手写显得很不正规。要打字，输入到计算机里，再打印出来。"

"……嗯。"

"你刚刚说写什么了？"

"没什么。"蒋今明默默地把预案叠好，重新揣回兜里，预备着也打印出来，以显得正规。

不差这一时半会儿了。

蒋今明回到办公室，直接钉在了计算机前。他把预案展开，不大流畅地敲击着键盘，还没打两行字，张姐溜达着过来了。

"今明啊，帮张姐把上午预约的情况录进去呗。"

应史馆长的最新要求，预约信息要录入电脑存档。全办公室只有蒋今明会打字，其他人是学也不想学，逮到谁用谁。

当然，也只能逮到他。

蒋今明不好拒绝，顺手接过预约册，匆匆扫了一眼，好在今天人数少，费不了多少工夫。他决定先帮张姐完成这件事，按顺序一条条录入，敲完"时代电影院"五个字时，怔了一怔。

不对啊，市里哪有这家电影院？

"张姐！"蒋今明下意识想要确认，随即想起什么来。

"怎么了？"

"没，没事儿。"

他接着往下看去。

预约人：程时；预约时间：下午一点半。

来自电影院的预约……是她吧？那感觉就像特工接头，对上了暗号，让人有种隐秘的激动。蒋今明悄悄按下删除键，抹去了这条记录。

同时在心里默想，原来她叫程时。

好不搭的名字。

"原来你叫程时。"

下午一点半，蒋今明在办公室拨通了电话。

"嗯……"程禧刚睡醒，坐起身来抹了把脸，含糊地应了一声。

"跟我想象的不太一样。"他笑说。

"你想象什么样？"

"喀……说不上来。"蒋今明抓了抓头发。

他其实觉得这名字太冷了，而她给自己的感觉越来越有温度……就像檀园路76号的墙砖，太阳一晒就慢慢热起来。试想给一杯热茶起名叫透心凉，两者有相似的不协调感。

蒋今明岔开话题："所以电影院是叫时代电影院吗？"

自打进入 2000 年，街上冒出好多"时代"广告牌，新时代商城、跨时代游戏厅，不胜枚举，土到掉渣。

他又好奇又好笑，接着道："我以为未来的名字会更特别一些，至少像《黑客帝国》那样。"

"啊，那就要问我们老板了。"

"对了，《黑客帝国》拍续集了吗？"

程禧一愣。这蒋今明到底还是年轻，顺着话题就可以无限发散。她则不同，心里藏着事儿，一直在酝酿着开口，勉强配合他答道："第四部已经开拍了。"

第四部？！

"啊——"蒋今明难掩激动，不由自主地站起身，差点扯掉电话线，"矩阵到底是什么？等等，你你你，别告诉我。"

"我没看，不是很感兴趣。"

"哦。"他略微失望地应了一声。

沉默了几秒钟，该说的正经事在脑子里绕了无数圈，程禧话到嘴边，却又被他打了岔。

"对了，我昨晚拟了一个消防预案。"

"嗯？"

"我以前参加过消防培训，火灾的发生原因基本就是火源或电源管理不到位。那从设备、安检和演练这几个方面来自查，相信能找到事故的起因，而不管起因是什么，我们都能把它扑灭在源头。"

多年调查都无定论，怎么会只是火源、电源管理这么简单。程禧紧了紧眉，敷衍道："挺好。"

"我下午就交给馆长，然后全面执行起来。"

"这事儿你已经告诉他了？"

"还没有……不知道怎么说，而且那伤亡情况……像给人宣判死刑似的，我说不出口。"

程禧埋头苦笑，原来他们两个人面对的是同样的难题。

"你觉得怎么说，对方会比较好接受？"

"怎么说——"蒋今明皱起眉头，考虑再三，沉吟道，"如果真的要说，我会告诉他，未来可能遭遇危险……甚至失去性命，但没关系，我一定会改变这个结局。"

"嗯……未来可能遭遇危险，甚至失去性命，但没关系，我相信你一定会改变这个结局。"

"对。"蒋今明后知后觉，这话听着怎么有点不对劲，"……啊？"

程禧适时地安静了。

空气好像不再流动，时钟不走，世界静止，只有蒋今明的手缓缓抚过黏湿的额头，迟疑地问道："什么意思？"

"我去过派出所了，你在那场事故中失踪，至今都没有找到，已经被确认死亡。"

蒋今明的手定格在那里，这下世界真的静止了。

蒋今明不是没想过。

但一人死亡，一人失踪，十二人受伤的事故后果，他听得明明白白，就算最糟糕、最不幸，自己恰巧是失踪的那一个——似乎也可以试着接受。

可是，在事故中失踪 20 年是什么概念？死无全尸？

他第一次有种造化弄人的感觉，整个被命运搓扁了、捏碎了似的。每当改变一切的勇气攀得更高一点，就有更绝望的消息等着自己。

曾经自己还傻呵呵地憧憬未来，躺在床上想着 20 年后会变成什么样子，有什么建树，家人和朋友都在身边吗。

没有，根本没有 20 年后！

"你也说了，一定可以改变的。还有半年时间，你要去找真相也好，怎么都好，只要那一天不出现在檀园路 76 号，就不会是这种结局。"

沉默。

"打起精神来。"

沉默。

"你有重来一次的机会，换个角度想，这已经是万幸了。"

还是沉默。

程禧不知道再说点什么才好，她的耐心也就那么多。叹口气正准备挂断，听见蒋今明说："我知道，我需要点时间。"

像是用了很大力气，只发出很轻的声音："我好好想一下。"

之后的几天他们没再通话。

程禧忙碌起来，重心回到工作上，把蒋今明的事暂且搁下，正好也给他时间消化。

实际上她很清楚蒋今明的方向错了，什么消防预案、全面自查，绝对不是问题的关键。如果仅仅是一场因管理漏洞而导致的意外事故，有什么好藏着掖着？调查组又是干什么吃的，就这么应付了事？

但程禧不想过多插手，现在这种情况已经够复杂了。她截至目前20多年的人生，绝大部分时间都理智至极，也有赖于这样的理智，让自己迈过一道又一道坎。在意外来临时，在面对感情时，在面对学业工作的每个难关时，她都凭借自己足够的理智逢凶化吉。所以白婧喜欢喊她的小名"吉祥"，说这名字取得好，神明庇佑，一路顺风顺水。

程禧嗤之以鼻："别这么叫我，土死了。"

而且哪儿有什么神明？庇佑是要靠自己的。

如今，碰上了蒋今明的事情，极尽了匪夷所思的各种可能，程禧艰难地维持自己的理性主义，越看不清，就越是要提醒自己保持距离。

通话既然已经开启了，让蒋今明躲过那一天，就是最稳妥的选择，她坚持这个观点。

检查消防设备什么的，想做就让他尽管去做。反正9月29日是最后的保险，就像蹦极的安全带，人可以在空中尽可能折腾翻滚，只要还有那根绳子，他就能平安，她也算仁至义尽。

但接下来这一连串的巧合，让程禧有些动摇了。

那是跟蒋今明通话后不久，VIP厅的租赁协议发到了她的邮箱。

总部顺利通过方案，电影院很快收到第一笔款项，营业额从垫底飙升到第五名。

这项业务的开辟，对众多吊车尾的影城来说，简直是福音。同行纷纷打电话来取经，询问他们签场地长租是怎么做到的，还是跟物业这种一毛不拔的铁公鸡。

"送上门的。"程禧如是说。

现下VIP厅平日出租，周末开场次，排得满满当当，成了最繁忙的影厅。

物业公司的人天天来，也是因为离得近。有时三两人开会，有时纯休息，即便没事儿，也要派人来看场子，生怕租金打水漂似的。

李思齐纳闷，一脸严肃地找到程禧，神秘兮兮道："我刚刚上楼看了，VIP 厅里那男的，就自己坐那儿玩手机，你说他们不开会、没活动，在这儿耗着干吗？"

程禧正在看排片，淡淡回道："总部既然通过了，协议也签了，这期间场地就是人家的，想玩手机也好，开 party 也行，哪怕就在这儿睡觉，也不关你的事。"

"……你们真是钻钱眼儿里了啊。"李思齐无语道，"好好一个影厅，成了宾馆了，简直是对我工作的侮辱。"

"我之前在那儿午休，也侮辱你了？"

"……"

"本来工作日那个厅也不放电影，是，有点可惜了，但这也算合理利用。李思齐，你要是嫌放映工作太轻松了，就自己去找点活干，骑着你那电动车到社区发发传单也成。"程禧说到这儿，抬头瞥了他一眼，"再说，你是为了放映来的吗？整天天堂电影院的挂在嘴边，还侮辱你工作了……"

李思齐被她怼得无言以对，索性一叉腰，也不装了："我其实是想啊，你那手机怎么办，你不是要在 VIP 厅里打电话？"

"这个更不关你的事。"

程禧嫌烦，起身往外走，听李思齐在身后喊道："你还没告诉我到底怎么回事，再不说我自己调查了！"

"没事儿闲的。"

"你就没觉得这个租场地来得特别巧吗？就像是在阻碍你通话！"

程禧回了头。

她也怀疑过，但细想又觉得不可能，说道："物业从电影院进场起就已经在这儿了，和他们打交道也不是一天两天了，这个顺序你搞清楚。"

"……"

李思齐一时没琢磨明白，程禧懒得再搭理他，径自离开了办公室，正好和吴悠擦肩而过。

"你们干吗呢？我在走廊都能听见，说什么阻碍通话？"

"你不懂！"李思齐没好气地说，一屁股坐在了吴悠的椅子上。

气氛有点僵，李思齐靠着那狗头抱枕，晃了两下，又厚着脸皮找补："哎，这抱枕舒服吗？"

吴悠呵了一声，转头也出了办公室。

程禧晚上约了白婧吃饭，等她开车来接。闺密俩平日里各忙各的，每隔一段时间见个面、吐吐槽、八八卦、解解压。

距离上回的相亲局，也过去好一阵子了。

趁白婧人还没到，程禧准备巡个厅，想到李思齐的话，就直接上了四楼。她敲了敲 VIP 厅的门，推开一道缝，里面的男人也疑惑地看过来。

男人的年纪不算大，生面孔，从前在物业没怎么见过。昏暗灯光下看不清表情，只觉散发着生人勿近的气息。

"什么事儿？"他放下手机，问道。

"您需不需用银幕？我们放映室正好有空，可以——"

"不用。"他打断了程禧的话，重新低下头去。

"行，我就来问问。"她看看时间，客套道，"也快下班了哈，您忙。"说罢关上门，下楼去了。

物业的租用时间是早 10 点至晚 6 点，原本他们提出全天租用，经总部调整改成现在的时间，程禧也认可。晚上是电影院的黄金时段，还是要保留机动性，以便临时加映场次。再说，和蒋今明的通话毕竟还在继续。

也不知道那小古董想通了没有……

程禧回到办公室，收拾着包，恰好收到了白婧的微信：

在停车场等你。

电影院的员工，从上到下没一个开车的。

程禧家离得不远，考虑到电影院的工作性质，当初招聘的员工也都住在这附近。

唯独李思齐，家里搬迁之后就住到市中心去了，整天骑一小电驴走街串巷。在某些方面，他拆二代的身份恨不能刻在脸上，但在另一些方面，抠抠搜搜到不行。

所以，那停车场程禧几乎没去过。

停车场位于檀园路 76 号前的广场地下，据说为了兼具功能性和保护性，在商业改造时费了不少心思。

程禧找了半天，才找到一个偏僻的出入口，还是车行道。惨白的灯光，黑黄相间的下坡减震带，一股从地下吹来的风，让程禧不禁打了个哆嗦。她沿着墙，边走边发微信语音："哎，你在停车场什么位置啊？"

"我看看啊……这是 C 区。"

"我分不清哪个区，在出口呢，你要不开上来？"

"好，等我。"

程禧回了个表情，停住脚步不再往下走了。她探身看进去，这弯道好像没有尽头。不一会儿，就听到了轰隆隆的上坡噪音。她顺势往出口走，再回头一看才发现是辆白色 SUV。

白婧开的是红色轿车。

那辆白色的 SUV 从她面前呼啸而过，距离太近，透过半落的车窗，她看到了司机的脸。

好眼熟。

程禧跟着小跑几步，远远看见那辆车停靠在路边。随后一位男士上了车，两人绝尘而去。刚刚上车的男士，自己刚刚才见过，就是在 VIP 厅里，那位该下班的物业员工。

但那司机，也像是打过照面的。

她望着 SUV 离开的方向发呆，听见"嘀嘀"两声。

"干吗呢？上车。"白婧从车窗探出头来。

"刚刚见着一个熟人，就在你之前开车上来。"

"谁啊？"

"想不起来了。"

"程经理贵人多忘事啊。"白婧握着方向盘，试图帮忙回想，"咱们同学？"

"不是不是。"

"同事？你们总部的同事，点头之交的那种。"

"唑——不像啊。"程禧在回忆里搜索，撑着太阳穴冥思苦想。

"那就是客户呗，或者是让你印象深刻的顾客，找碴儿的、投诉的、丢东西的……"

程禧猛一拍大腿："要死！是那个冒领手机的！"

"您能不能换句口头禅？"白婧被她吓一跳，做抚胸口状，"什么冒领手机啊？"

"那个小年轻客户经理……什么建筑公司来着？"

程禧摸着自己的西装口袋，那张名片早取出去了。她眉头紧拧，无心顾及白婧，自说自话："他怎么接上物业的人了？"

"什么啊？工作上的事？"

"嗯。"

这个巧合让程禧很不舒服，她坐立难安，无意识地拨弄着安全带，喃喃道："建筑公司……跟物业公司……"

白婧莫名其妙，侧头瞥过一眼，随口道："房地产？"

"啊？"

"建筑、物业，这不都是房地产标配吗？都是我们甲方。所以怎么了？你们跟地产公司有纠纷啊？檀盛啊？"

程禧愣愣地看着她，舔了舔嘴唇，没回答。

她拿出手机搜索那个物业公司，工商信息显示，确实是檀盛控股。点开关联企业，那家建筑公司又赫然在列。

檀盛，房地产起家，到现在发展成控股集团公司，自然涵盖了建筑、物业等等相关产业。

这么简单的关系，她怎么就没想到呢？

程禧打开车窗户，迎着风让自己冷静下来。风一吹，又想起一件事来。

"对了，上回一起吃饭那个男的，叫什么来着……呃，你还有联系吗？"

"许安淮。"白婧有些分神，沉吟道，"怎么了？你不是不满意吗？"

"想问点事儿。上回他好像说，檀盛早在 2000 年左右就有开发檀园路 76 号的想法。"

"喀——"白婧松了口气，笑道，"又是工作，你就离不了工作是吧？"

"能联系上吗？"

"简单，今晚就能把他叫出来。"

程禧安了心，好一会儿才转过弯来："你什么情况？搞上了？"

"啧，什么叫搞上了……试试看而已。"

"恭喜恭喜。"程禧笑嘻嘻地拍拍白婧的肩膀，"我们小白恋爱了，我很欣慰。"

许安淮风尘仆仆地进来，远远地向她们打了个招呼。

缘分真是有意思，半个多月前，他还坐在两个女生对面，现在就变成程禧坐在一对男女对面。

几句寒暄，吃着聊着，顺势就聊到了檀园路76号上。程禧假装无意提起："上次你说2000年左右，你们公司就打算开发檀园路76号啦？"

"嗯……对。"

"您当时在——？"

"那没有，20年前我才十来岁，哈哈。"许安淮爽朗地笑笑，继续道，"我也是听公司前辈说的，那时候檀盛还不是集团，没有打通产业链，专门做房地产，主要是开发住宅，叫檀盛家园。"

他说完，冲白婧眨眼："我这么显老吗？"

两人相互打趣，漫天撒狗粮。

程禧低头吃饭，找了个空当，重新抬起头来："你说的前辈是——？"

"哦，就是我部门老总。他父亲当年在檀园路76号工作，曾经跟我们提起过。"

"他父亲叫什么，您知道吗？"

"不知道，不过我们老总姓史。"许安淮郑重道。

"叫史崇。"

檀园路76号后巷有家歌厅，晚上正热闹。

史崇站在卡座边缘，去扳蒋今明的肩膀，试图将这个烂醉如泥的人扶正。蒋今明的毛衣上有啤酒渍，从衣领哩哩啦啦直到胸口。

他的左半边脸颊因为长时间贴着桌面，压得有些红，细看还有桌布的纹路。蹙眉闭着眼，被史崇这么一弄，下意识想要挣脱，三两下脑袋啪唧又垂下去，磕在桌面。

"你这是喝了多少啊，大哥？"

"喝了不少呢。"身旁传来声音，史崇这才注意到同桌的女人。她看上去三十来岁，穿了一件劣质的黄色皮草，里面的抹胸裙半露，正手撑下巴看着两人，眨眨眼道，"他喝了不少呢，酒钱谁结呀？"

"……你谁啊？"

女人优雅地指指吧台，顺手和酒保打了个招呼。

史崇暗自吸了口气，无奈地往衣兜里摸，问道："多少钱？"

"给你个吉利数，880。"

"多少？！"

"880。"她笑着比画。

史崇动作僵在半空，然后猛一推浑浑噩噩的蒋今明，叫道："蒋今明！你喝什么了？黄金啊！"

蒋今明被他这么一推，险些吐出来，哪里还能回答。

"他喝了什么酒这么贵啊？"史崇不敢再去动他，看向满桌的酒瓶子，皱眉道，"就啤酒啊？"

"但我陪他喝了一晚上呢。"女人说着手搭上了蒋今明的胳膊，稍微用力掐了掐。

史崇这才反应过来，又好气又离谱，表情一垮，说："你可真行，这酒钱你自己付。"

蒋今明感觉到有人碰自己，不耐烦地挥挥胳膊，醉眼惺忪地聚焦了半天，吐出几个字："喝我酒了。"

"废话，人家陪你喝，还要钱呢。"

"我又没让她陪……不是，这谁啊？"他好像找回点理智，撑着桌子想站起来，结果腿一软，歪歪斜斜地瘫那儿了。

歌厅灯光昏黄，不远处灯球在闪，蓝蓝紫紫晃过蒋今明的脸。他的头发好久没理，遮住利落的眉毛，往日里小干部的古板劲儿被削弱，显得有些不同。

女人瞧了瞧，探过身去拍了下他的脸，笑说："你俩到底谁付钱？不付的话留这儿打工也行。"

蒋今明忽然就炸毛了，酒劲蹿上头。他弹簧一般往椅背靠去，嘴也飘了，总算逮到个发泄口，胡乱叫道："半年后给你打工好不好！你等着！哎！等着！半年之后，我——人——没——了！"然后边喊边往后仰，手在自己胸前乱摸，可能是忘了穿着毛衣，还在找夹克口袋，"我给你写欠条，半年之后还你，多少钱……别880，8800好不好！哎，我钢笔呢？我钢笔——"

伴随着尾音，哐当一声，蒋今明重心不稳，连人带椅子仰倒了。

史崇翻遍了蒋今明的口袋，连着自己身上的钱，一股脑儿堆在了吧台。

"姐，真没有了。"

女人嗑着瓜子，顺手把身上的皮草拢了拢，瞟了眼欠条说道："行，欠我8800，半年期限，记得还。"

蒋今明经刚才那一摔，也清醒了。只是动作跟不上脑子，身体沉沉的，慢半拍地点了个头。

"你有病啊？！"史崇看向他，伸手想去拿那张欠条，讪讪道，"姐，这个不能作数哈，这是喝多了。"

"作数！"蒋今明脑袋一仰，嘟囔着，"有命就还你！"然后拽上史崇就往门外走。两人拉拉扯扯地撞了出去，到了街上猛吸一口冷气，都不说话了。

好半天，史崇淡淡开口："你真有病，你中邪了是不是？"

"你知道《黑客帝国》拍到第四部了吗？"

"你妈知道你来歌厅找人陪酒吗？"

"她——不知道，你也不知道，史叔也不知道……只有我和程时知道。"

"谁？"

蒋今明不接茬儿，抹了把脸说道："我要去……去趟馆里，你回去吧。"然后斜斜地迈出一步，下一步就踩在了自己前脚的脚后跟。

史崇咒骂一句，还是赶上去把人扶住。

"我半个月生活费都折你这儿了。"

"赔你。"

"你有个屁钱赔我。"

"我……给你个中奖号码。"

夜深了，两个聒噪的人影往檀园路 76 号晃去。

蒋今明对着锁孔捅了半天，终于打开办公室的门，摸着黑，踉踉跄跄地奔着自己的座位过去了。史崇找到了灯的开关，办公室亮了起来。

"你回来到底要干吗？"

"打……打电话。"蒋今明提起听筒，开始拨号，也不知是眼花还是手抖，错了好几遍。

"搞半天就为了蹭个电话费，你怎么跟他们越来越像了？"

史崇一直瞧不上檀园路 76 号里的那帮人，把上班当养老，聪明才智全花在占小便宜上了。他靠在门口，从裤兜摸出一盒烟，又掏出打火机，点上了烟。

直到火光亮起的那一瞬间，蒋今明才发觉，顺手抓起桌上的东西丢了过去，结果是盒曲别针。漫天的曲别针乱飞，又落了满地，史崇一时惊呆了，夹着烟不敢动。

"干吗呢？"史崇愣了两秒，把烟熄在了盒盖，脸上有点挂不住，恼道，"哎哎哎，至于吗？"

"至于吗？你问我？你还问我至于吗？"蒋今明气得话都说不利索，用语气传达了所有的情绪。

史崇知道他把这个楼当宝贝，自己这是踩到了雷区，转头要走："我下楼抽。"

"出大门！"

"出出出！"

蒋今明又想起什么，起身追问："不是，你什么时候学会抽烟了？"

"这玩意还用学？跟领导出去几趟就会了。"说完，史崇走出了房间，脚步声在走廊里渐远。

蒋今明皱着眉，往椅子上一坐，还在生气。待了片刻，才再度把听筒放回耳边，重新拨了一遍号码。

他也没想到电话居然接通了，殊不知程禧使用 VIP 厅的时间正好被局限在了晚上。

每晚下班前，程禧都会去厅里坐一会儿，试着拨出几通电话，想要将最新的发现告诉他。

两个人都有事儿要说，让这次通话显得有些正式。蒋今明压着嗓子，大着舌头道："你说。"

"你先说吧。"程禧回。

"那个，我……想拜托你一件事儿。"他尽量平静地道，"能不能帮我看看我爸妈？那个，我妈叫季红，我爸叫蒋继军，我家就住在这附近，复园社区……三栋，五楼左手边那户，门口有个奶箱，门上贴了个福字。"说到这儿，蒋今明顿了顿。20 年过去了，福字还能在吗？自己讲这个简直有点可笑，"喀，也不知道他们还住不住在那儿了，俩人都得六十多快七十了……"

这 20 年是怎么过的呢？

蒋今明鼻子一酸，眼泪直往眼眶里涌，猛抽了一口气，才堪堪压抑着："就是这件事儿，麻烦你帮我看看。"

程禧心里很不是滋味，更难受的是自己压根没告诉他，就是家人急急申请了他的死亡证明。她只得答应："那社区好像还在，不远，我明天就去看看，你说你爸妈名叫什么？"

"我妈叫季红，我爸叫蒋继军，我家在复园社区三栋，五楼左手边那户。"

"季红……"程禧重复着这个名字，印象中自己也认识一个姓季的，年龄好像还对得上。

"你妈是在幼儿园工作吗？"

"……对。"

"季园长？"

"你认识她？"

程禧感叹于世界之小，未及思考就嘴快道："是我们幼儿园的园长啊！"

蒋今明一愣，本来还剩三分醉，现在一扫而空。

其实程禧和蒋今明的生活半径，就像围绕檀园路76号画了个圈。他们也许相遇过很多次，却彼此无交集地生活着——现在交点出现，两人都震惊坏了。

许久，程禧才重起话头："我也有件事告诉你，你有没有听说过檀盛家园？"

蒋今明想了想，回答："没有。"

"这就是开发了檀园路76号的房地产公司，当年叫檀盛家园。我发现早在2000年他们就看中了这里，不知道会不会和事故有关，但一定有问题。你们馆长的儿子就在那儿任职。"

"……史崇？"

"对，是叫史崇。"

程禧不清楚蒋今明和史崇的关系，她继续说道："他们冒领过手机，现在又租用了我这个厅……你想明白了吗，蒋今明？通话这件事儿不仅我们俩知道，还有别人也在找这个手机——你是不是告诉过他？"

蒋今明听得云里雾里，怔怔地回答："我……他不相信的啊？"

果然。

"你告诉过他，说了多少？"

"我就说了2020年，手机在电影院被捡到，然后和你通话……"

"没说我是谁？"

"没……"他记不清了，又好像刚刚才说过程时两个字，"提过……"

程禧烦躁地跺跺脚："到底说没说啊？"

蒋今明感到头痛欲裂，不明白事情怎么发展成这样了，也破罐破摔地说："提了名字。"

她重重叹出口气，一时忘了自己还顶着老板的名号。

"好，现在他们如果找到我，问我要手机，怎么办？这个史崇找手机是为了帮你，还是阻止我救你，你搞得清楚吗？"

"帮我。"蒋今明脱口而出。

如果未来的史崇相信了通话的存在，一定会像自己一样试图改变结局，何况史志勇还是他父亲，这毋庸置疑。

"你确定吗？"

"我当然——"

他们毕业后就走向了不同的职业道路。史崇进入房地产公司后，那些得意的话、无所谓的表情甚至刚刚点烟的姿势，突然通通涌进了蒋今明的脑海。他拖长了尾音停在那儿，诧异于自己居然对 20 年的兄弟产生一丝怀疑。

就在这沉默的当口，一个人影立在了办公室门口，后背隐在走廊的黑暗里，挥了挥自己身上的烟味。

"你还真在打电话。"史崇进来了，蹲下身去捡地上的曲别针，抬眼问道，"跟谁打电话？"

蒋今明僵坐在办公桌前，目光闪烁，终于开口道："我妈，告诉她准备回去了，走吧。"

说着他放下了听筒。

Chapter 5

蝴蝶效应

她惊愕地看着着橱柜。
那个位置摆着自己从小玩到大的洋娃娃，黄色的毛线头发，
蓝色玻璃珠的眼睛，粉色连衣裙。
现在变成了一只兔子。

◆━━━━━◆

第二天一早，蒋今明在自己的房间醒来，头还有点痛。他放空了好一会儿，伸手抓过床头柜上的闹钟。

9点多了。

秒针一圈圈地转动，蒋今明愣是盯了好几圈，才反应过来——今天是周五，他要上班，现在已经迟到了将近一小时。

手边没有衣服，昨晚脱下来的毛衣大概被拿去洗了。蒋今明光着膀子，哆哆嗦嗦地从床上跃起，朝客厅的座机晃去。结果刚推开房门，一股饭菜香传来，季红正在煎鸡蛋，回头冲他说："给你请假了，衣服穿上，出来吃饭。"

"哦——"蒋今明愣了一愣，回房间翻出件毛衫套上，再度踱步出来，悻悻道，"你怎么没去上班？"

"这不是给你做个早饭，就要走了。"

"嗯……"他坐在餐桌前，正好对着厨房里忙碌的背影，恍了神。

刚才有一瞬间，像是回到从前的很多个清晨，自己不知道未来要发生的事，什么都不需要担心，也不需要猜疑。

"自己盛粥。"季红回头瞥了一眼，"洗漱了吗？"

"没有。"他说，却不舍得起身，目光停留在那儿，直到季红端着盘子出来。

"去洗洗啊！"季红说着伸手去抓儿子的头发，"哎，这头发这么长，今天正好去理了啊。"

"好。"

蒋今明答应一声，终于挪身去了洗手间，很快听到季红来来回回的脚步声，大概是要出门上班了。

"妈！"他满脸的肥皂沫，喊了一声。

"干吗？"

"没事……"近在眼前的人，忽然有种遥不可及的感觉。蒋今明没话找话说，"你帮我跟史叔请的假吗？"

"对啊。"她远远答应着，不一会儿走了过来，"你别说，史崇真是变样了，他们爷俩现在还分开住吗？"

"嗯……"蒋今明用毛巾抹抹脸，低头说道，"他不是一直那样吗？"

"不一样，那孩子工作之后成熟多了。昨天还跟我们聊，说现在全市搞开发，江南好几片都在拆迁，那儿新建的房子都会升值。"

"他就是卖房子的，当然这么说。你们什么时候聊的，我怎么不知道？"

"你回来往床上一倒就睡了，你能知道什么？下回聚餐别这么喝了，人家史崇都没多，就你不经劝。"

蒋今明反应过来，估摸着史崇拿同学聚餐打了掩护，顺口嗯了一声。

季红走到门口穿鞋，弓着腰透过阳台看出去，天阴得很，很快渐渐沥沥下起雨来。

"这两天怎么又下上雨了，明天大班孩子去儿童公园春游，不知道去不去得成。啧，不行我看看还得换个地方。"

蒋今明给她递伞，顺口问："你们幼儿园……有叫程时的小孩吗？"

"程时？"

"嗯。"他摸了摸额头，瞎扯道，"同事家孩子。"

"没有吧。几岁啊？在我园里吗？"

"也不知道几岁，随便问问。"

她说过比自己大，感觉又大得不多，算起来这会儿应该正是上幼儿园的年纪……看来猜得不对。

"男孩吗？"

"女孩子。"

季红做思考状，再次摇头："没有，肯定是没有，园里的小孩我都有数。你可能名字记错了，女孩只有个叫程禧的，在大班。"

蒋今明一时没接话。

"一个白白净净的女孩子，圆脸小兔牙，眼睛挺大的，经常跟她爸妈出门，就住这一片，你平时都可能见过。不过她爸妈好像不在你那儿上班——你啊，肯定还是名字搞错了，你同事有什么事儿吗？"

"没有。"他舔舔嘴唇，含糊道，"我就问问，估计是记错名字了。"

"行，把饭吃了啊，我走了。"

"妈——"蒋今明叫住她，自己都没意识到为何给出这样的建议，话就已经到了嘴边，"明天下雨的话可以改去我那儿，春游。"

按照蒋今明电话里说的住址，程禧找到了复园社区三栋。

一楼停着几辆电动车，私扯电线在楼道里充电。墙皮灰灰的，剥落得斑斑驳驳，上面印着各种开锁办假证的小广告。老住宅楼特有的一股霉味扑面而来。程禧不自觉地皱皱眉，提着牛奶往楼上走去。

这社区的规模不小，也早该拆迁了，曾经一度出过规划方案，后来据说是补偿款谈不拢，迟迟拿不下来，现在反而变成周边少有的老旧小区了。

程禧觉得蒋今明的父母大概率早就搬家了，这房子连电梯都没加装，自己平时爬上爬下惯了，老人家哪里吃得消。

上到五楼，她站在那家住户门前，留意到旁边确实有个奶箱，像是新换的。她迟疑地抬手，轻轻敲了敲门。

等待的过程总让人忐忑。程禧察觉到自己的心跳，几乎同时隐约听到门内传来的脚步声。

"来了来了——"门开了。

老人家探出半个身子，半白的发丝绾在脑后，穿着一件市面上流行的轻羽绒服，收拾得干净利落。

见是生人，老人怔了怔才问道："找哪位？"

程禧望着她片刻，似乎不知道如何开口。季园长该是什么样子？说实话，来之前她早已模糊了，现在却清清楚楚。就是这样，时间让她的年纪增长，却没改变气质。

"季园长，"程禧甚至有些激动，"我小时候在您那个幼儿园，您教过我，我是程禧，冒昧来看看您。"

"啊——"季红笑起来，眼角的皱纹更深了些，招呼道，"来来，进来进来。"

家里只有她一个人。实际上程禧一进门，就瞧见了供桌上的黑白照片，垂垂眼没好开口，听季红平静地道："去年脑出血去世了。"

　　"嗯……"

　　蒋今明的父亲已经不在了。她堵得慌，关心又显得客套而苍白："您身体怎么样？"

　　"我挺好的，坐坐坐，我给你弄点水果。"

　　"别忙了，季园长——"

　　"你坐坐坐！"

　　劝不住，人已经慢慢往厨房走去。程禧只好客随主便，看着季园长略微佝偻的背影，心里更加不是滋味。

　　两人坐在沙发上拉家常，聊了些幼儿园的事。程禧未曾想季红竟然还记得自己，更加百感交集。

　　好一会儿，程禧犹犹豫豫地提起："季园长，您儿子——"

　　"你认识他？"

　　"那倒不是，我记得您有个儿子。"说着，程禧环顾四周，找不到蒋今明的半点痕迹，遗像……也未见。

　　"他就要回来了，我刚才给你开门，还以为是他呢。"

　　"嗯——？"

　　这话像是平地惊雷，把程禧吓得一激灵。季红哪里察觉，继续笑道："他平时忙，说今天中午回来吃饭，你也留下一起吧？"

　　"……不了不了。"程禧一阵口干舌燥，心中猜想或许夫妻俩又要了个孩子，磕磕巴巴道，"您呃……您儿子……"

　　季红缓缓起身，移步到卧室，取了一个相框摆件出来，递给程禧，示意她看。

　　照片中像是一家三口在某个旅游景区的合影。最左边的男生搂着中间的季红，看模样跟自己年龄相仿，皮肤晒得有点黑，戴着墨镜，笑得很开心。

　　可这照片透着古怪……

　　等等，就算季红高龄生了二胎，孩子也不可能这么大了啊！程禧脑子乱成一团糨糊，房间里阴冷，自己后背却沁出汗来。

　　这男生难道就是蒋今明？他并没死，失踪几年后被找到了？她仔细地看，手指不自觉地摩挲照片上他的脸，想要看得更清楚一些："季园长，这就是——？"

"我儿子，叫史崇。"

程禧手里的相框"啪嗒"一声掉在了腿上。

程禧好像做了一个梦。

从季红家回来的次日，程禧就发烧了，请假在家躺了一整天。

下午，半睡半醒间，她脑海里浮现了很多画面，像是一个记忆片段串联成的梦。梦里一个高高的男生，短短的头发下是一张白净的脸，正弯着腰和自己说话。

他说，这里不能参观喔。

那是四楼熟悉的走廊，不知为什么有光照进来——哦，尽头有一扇窗。梦中的自己小小的，背黄色的小鸭书包，戴粉色头花，有些无措，想走却不敢走。

"你是蓓蕾幼儿园的吗？你要跟着队伍走才行啊，我带你去。"他迈步上来，"你叫什么？"

"吉祥。"

他小心地把自己送下楼，跟大部队会合。其他小朋友的注意力完全不在展品上，自顾笑笑闹闹，老师忙着维持秩序，丝毫没察觉有人掉了队。

她随着人群走了一阵，又碰到了那个高高的男生。

"小朋友，这给你玩吧。"

他递过来一个毛茸茸的兔子，顺手跟老师打了个招呼，笑了笑转头走了。

这梦太过于真实，傍晚时分，程禧从床上坐起身来，深深喘了几口气。夕阳透过窗帘，有种恍若隔世的感觉。

程禧按着眼睛，暗忖自己最近思虑过重，去季园长家这么一遭，想不通的事情太多，身体精神居然都有点崩了，以至于梦见这样真假难辨的场景，再创作了曾经参观檀园路 76 号的经历。

正缓着神，外头响起开门声，是程妈回来了。程禧揉揉脸准备下床，脚还没着地，整个人定格了——

她惊愕地看着橱柜。

那个位置摆着自己从小玩到大的洋娃娃，黄色的毛线头发，蓝色玻璃珠的眼睛，粉色连衣裙。

现在变成了一只兔子。

"怎么样，烧退了没？"

程妈手里提着菜，还没来得及放下，就先往女儿房间去了。她推开房门，看见程禧正对着橱柜发呆，莫名道："干吗呢？"

"妈，我呃……我那个娃娃呢？"

"这不是在这儿呢吗？"

"不不不，不是这个，是我那个洋娃娃，黄头发蓝眼睛那个，我小时候很喜欢，一直摆在这儿的那个。"程禧不自觉地急躁起来，她面色苍白，额角有汗，声音因为情绪而有些发抖，强压着解释道，"你给我买的那个，你在儿童公园门口给我买的啊，是不是收起来了？"

程妈愣住了，轻轻把菜放在脚边，走过去摸她的脑门："烧糊涂了，出了这么多汗呢？"

"不是，娃娃你收到哪儿去了啊？"

"热倒是不热了，但出汗出得虚了，再躺会儿。"

"妈！"

恐惧笼在心头，一点一点扩散——母亲为什么就是不回应自己？

程禧意识到了什么，却不敢相信，指着那兔子一字一顿问道："这玩意哪儿来的？"

"……真烧糊涂了，你别吓唬妈啊，这兔子是你从小玩到大的，这都得多少年了，我前阵子还给你洗了。"程妈拿过那只白里透黄的兔子，也急道，"这都洗不出来了，我用手搓的，你忘了？"

"但你洗的……不是这个啊！你洗的是那个洋娃娃啊！那裙子还脱下来单独搓的，当时我就在旁边啊——"程禧从未试想过这种场景，与最亲的人之间像是有一道看不见的屏障，任凭自己怎么解释呼喊，对方只有茫然。

明明白白的记忆分了岔，还有什么是真实的？就连真实的概念都消失了……

她的认知难以接受。

程禧崩溃了，眼前程妈拎着兔子的画面逐渐模糊，她麻木地伸手去抹眼睛，忽然脑子里闪过一些琐碎的画面——

午后，阳台，母女俩一边闲聊一边晾衣服。自己犯懒靠在墙边，眯着眼看母亲拎着娃娃，用晾衣架夹住它的肩膀——

不对，拎着兔子，就像现在这样，拎着兔子。然后用晾衣架夹住它的耳朵，说：

"有的地方还是发黄，洗不出来了。"

程禧呆立在那儿，脑子嗡嗡地响，好半天，才缺氧般大口大口地喘气。她疯了一样跑到客厅，搬出书架里的相册直接堆在了地上，随手扯出一本就开始翻。

塑料声唰唰作响，一刻不停。程妈被她吓着了，连问："这又怎么了啊？找什么呢？"

"照片。"她说。

"怎么突然又要找照片啊？到底怎么了？你跟妈妈说啊！"

程禧的动作滞了滞，满眼写满无措，用不太连贯的句子，几乎是恳求母亲的理解："我小时候春游，在儿童公园拍了照，你在门口给我买的那个洋娃娃，我经常抱着……后来还拍过好多照片怎么能没有了呢？你怎么能不记得呢？怎么能——"

怎么能都变成抱着一只兔子呢？

程禧每翻到一张，脑子里就闪现相应的场景，好像有人正加班加点，重新编辑着自己的过往。

她感觉要分裂了，丧失了实感，丧失了对自己人生的把握，眼泪无法控制地滚出，又顺着下巴滴在照片上——那是在檀园路76号拍摄的集体照，小小的程禧背着黄色的书包，戴着粉色的头花，在小朋友中很显眼。

"你看看，这不就是你们春游那次拍的吗？去参观的是檀园路76号，回来你不就拿了那只兔子吗？是不是今天不舒服，魇着了啊？你可别吓妈妈啊！"

程禧已无心去听，眼神聚焦在那照片的背景上。

一个男生，高高的，头发短短的，穿着藏蓝色的夹克衫，没躲过镜头，拍到了他走动时的侧影。更多的片段如潮涌一般，挤进了程禧的脑海——

檀园路76号，人头攒动，小朋友东张西望，小小的自己站在队伍的前排，听老师徒劳地喊着："看镜头！别说话了！看镜头！"

"好！一二三——哎，蒋今明！你往旁边一点！你入镜了！"

玩过那种单机游戏吗？可以存档，可以读档，也可以覆盖。

如果觉得自己水平太菜，读取存档重新来过，原先的记录就会被覆盖，还可以骗朋友说自己完美通关。但作为玩游戏的人当然清楚，这些故事情节体验过了，这些关卡自己已经玩烂了，最后的存档，是被改写过很多很多次的。

你清楚……且只有你清楚。

如果这不是游戏，而是人生呢？

……

被抹去的不只是一个洋娃娃，而是更加珍贵的其他呢？

程禧带着手机往电影院赶去。

如同 20 年前的这天一样，傍晚才飘起小雨，有越下越大的趋势，她的脚步也越来越快。此时蒋今明应该刚刚送走蓓蕾幼儿园的师生，准备下班了。

她要争分夺秒。

程禧跑到檀园路 76 号，一路爬上四楼，拉开 VIP 厅的门冲进去，结果一场电影正在放映。

银幕很亮，晃着观众的脸，好几个人瞥向她，用眼神表达不满。

怎么就这么不赶巧！

程禧顾不上了，径直走向影厅尽头，边拨号边钻进了放映室，跟李思齐撞了个正着。她的肩膀上淋湿了一片，刘海一缕一缕地贴着额头，狼狈至极，却全然不在意，吸吸鼻子说："你出去。"

"……干吗？"李思齐这才瞧见那部摩托罗拉，心里大概有数，被程禧眼神一扫，无奈道，"你快点啊，片子要结束了。"

话音未落，他被推出了门外。

程禧精疲力尽地坐下来，静静地听着听筒中传来的等待音，脑子里一片混乱，已经放弃了思考。全凭本能，在电话接通的那一瞬间，她爆发了："你干什么了！蒋今明，你想干什么！啊？！"

"程——？"

"为什么我会去檀园路 76 号春游？为什么会碰到你？是你做了什么吧，你干涉我的生活想干什么？现实已经被你改变了！"

这时耳边传来小心的敲门声，李思齐做贼似的提醒："声音大了。"

她刹不住，整个人因为激动而颤抖，过了一会儿，又神经质地掩面哀求："你不要再做什么了，我不是钢笔，我是个人……"

那时候就该醒悟的。他能改变一支钢笔，也能改变一个人；他在改写历史，作用在自己生活的世界。

蒋今明握着听筒完全傻了，压根说不出话来。他本来连她的名字是叫程时还是程禧都琢磨不清，面对铺天盖地的诘问和恳求，哪里反应得过来——

她是那个叫吉祥的小女孩？

说实话，自己得知蓓蕾幼儿园预约了参观后，确实料想她可能会来，这才准备了毛绒玩具。但下午见到这群吵吵闹闹的孩子，小小的个头，懵懂的样子，他忽然觉得这么做毫无意义。于是那兔子被扔进了柜子里，但没待太久，他又顺手送给了一个迷路的小朋友。

就这么偶然地，一句话，串起了一系列的阴错阳差，竟然改变了她人生的一部分。

蒋今明感到愧疚，但那是他无法预料的结果，蝴蝶仅仅扇了扇翅膀。

而对程禧来说，一想到自己的人生握在别人手中，可以轻易被覆盖、被改写甚至被抹去，她陷入了无限的恐惧。

双方都意识到这无法调和的因果联系，试图心平气和地解决，终于将对话推到了这儿——

"所以程时这个名字是你编的？"

"不是，那是我老板的名字，我叫程禧，吉祥是小名，禧就是吉祥的意思。这些季园长都很清楚，我也没必要再隐瞒你。"程禧冷静下来，几乎耗尽所有力气，不得不倚靠着放映机，继续道，"我只希望你不要再多做什么了，蒋今明，你不知道真真切切的经历被抹掉，没人会记得，自己都怀疑自己，那是种什么感觉。不要再查下去了，也……也不要再通话了，没人能当救世主，你只能救你自己。"

蒋今明沉默许久，张了张口："你去过我家了吗？"

"……搬家了。"

"哦。"

程禧的视线从小小的放映窗口延伸出去，银幕上是悲壮的画面，影片进入尾声。

"就这样吧。"

"嗯。"

说着她挂断了电话，站起身来，不料两腿一软，就往放映机的方向倒去，本能地想支撑，慌乱中却碰到了密密麻麻的电线。

下一秒，李思齐从外面开了门，厅内一片质疑声。

"马上结束了，你说你碰它干什么？"他把程禧拽起，转手去捣鼓那台机器，说道，"外边白屏了，放映事故，这下麻烦了吧，一时半会儿完不了。"

程禧盯着他看，兴许是过于敏感，觉得这话听着特别刺耳："怎么完不了，这场办理退票……都结束了。"

李思齐瞥了她一眼，默默点了点头。

那场放映被客人投诉了。

周一，程禧回总部述职，在会议室里，向众多领导说明情况。

"有客人反映，你在放映室里大声喧哗，并且把放映员关在门外，造成放映事故。你怎么解释？"

"这里面有误会，我巡厅，意外碰到了放映室的电源，确实是我不谨慎。"

"我们也跟放映员沟通过了，当晚的放映员叫李思齐，对吧？"

"……对。"

"程禧，你作为店长，应该知道在电影院人为的放映事故是一件很严肃的事情。再给你机会说明一下情况。"

"我……"她抿抿嘴唇，交叠着双手，余光留意到有人进了会议室，坐在了门边，抱着胸旁听。

还真有爱看热闹的人！

"我巡厅，意外碰到了放映室的电源，导致出现了五分钟的放映中断。"

人事徐姐叹了口气，一副大失所望的样子，叩着桌子道："据李思齐讲，你在放映室里跟男朋友打电话吵架，情绪激动扯到电线，是不是这样？"

"啊？"程禧瞠目结舌，快速眨了眨眼，不假思索地回道，"是，情况属实。"

"你工作多少年了，还把私人感情带进工作，犯这种低级错误，造成这么恶劣的影响！"

"对不起各位领导，以后绝不会了，已……已经分手了。"

"这个月绩效扣除，回去写份检查，其他处分等公司研究后再通知你。"

"好的，我服从公司决定。"

散会，程禧垂头抵在桌面，长吁短叹。再仰起脸来，会议室内已经空无一人了。

时隔不久，程禧接到了人事通知：

经总部研究决定，对她做停职处理，工作由值班经理暂代，工资按天扣除，以儆效尤。

俗称"避风头"，也算是对投诉的常规处理。

程禧宽慰自己，正好最近身心疲惫，借这次停职的机会给自己放个小长假，简直求之不得。

转眼快五月了，温度回升，雨季也跟着来了，这种天气很适合休息度假，到处走走。

程禧在办公室收拾好了东西，起身准备离开的时候，李思齐恰巧进来了。

"其实不至于停职吧？"他皱着眉喃喃道。

"人事说了，给我时间处理好个人问题，免得影响工作。"她感到好气又好笑，顺口问道，"你怎么想的，说我跟男朋友吵架？"

"你不也认了吗？"

"……嗯。"程禧耸耸肩，没再追问下去，拍拍他的后背对他帮忙圆谎表示感谢，便出了门。

这件事该到此为止了。

可李思齐显然不这么认为。他跟出去，在程禧耳边絮絮叨叨："哎，我那天听见你说改变什么的，越来越想不明白了，谁能干涉你的生活，改变什么了？"

"没改变什么，不要问了。"

"啧，我都帮你了。我要是说你拿着个影厅捡到 20 年前的手机跟男朋友吵架呢？"

"……你看谁会信？"

李思齐闷哼一声，消了音。

两人聊着聊着走到了前台，吴悠探出头来，喊道："经理，休假到什么时候啊？"

"没准儿，一周，两周？好好工作啊，我随时回来偷瞄的。"程禧用手指示意自己的眼睛，再指向吴悠。

"他能好好工作就行。"吴悠朝李思齐撇撇嘴。

"哟，你说谁？"

程禧笑了，没来由地一阵放松。她觉得自己已经整理好心情，朝即将到来的假期迈进，并未留意李思齐又在转着车钥匙。

"算了，我正好送你吧。"李思齐说。

"干吗？又不远。"

"要下雨了，你也没带伞。"

"呵。"程禧笑了笑，揶揄道，"怎么着，你那小电驴还有顶啊？"

"……"

李思齐愣在原地。

这不寻常的安静，把程禧搞得莫名其妙，她看了看李思齐，又看了看吴悠，笑意凝固在脸上："你们这是什么表情？"

"我哪的小电驴……"

"嗯？"

李思齐捏着车钥匙在程禧眼前晃了晃，奔驰的金属标志微微反光，困惑道："我不是一直开这个吗？"

这话就像一盆冷水泼下来，让程禧从里凉到外，打了个寒战。她不自觉地后退一步，盯着那把车钥匙，竟真的回忆起李思齐常常将它转在指间，就是这样反着光。

为什么改变没有停下，反而牵扯到他身上？

"怎么了啊？你又不是没坐过我的车。"李思齐不明所以，倒有些无措了，挪挪脚道，"走啊。"

"往哪儿走？"

"……从那儿下去啊，下地库啊。"他仰仰下巴，示意前台对面角落的楼梯间。

那些记忆碎片，随着李思齐的话不断跃进脑海，程禧怔怔地跟着他的步伐，挤不出一点空间用来思考。

"你有点奇怪。"李思齐推开防火门替她撑着，回头问道，"我开车有什么问题？当初停车位还是你帮忙跟物业申请的。"

"没有。"她低下头去逃避他的目光，不确定眼前的李思齐和从前有多少不同。

她甚至产生了这样的疑问：拥有不同记忆的同一个人，还算是同一个人吗？

声控灯时而闪烁，楼梯间阴冷潮湿，交叠的脚步声响起。程禧走在李思齐的后面，迟疑道："你记不记得跟我说过家里拆迁的事？"

"说过啊。"

"你还在论坛上发帖，什么不要惊扰老建筑，你记得吗？"

"记得啊。"他的后脑勺晃了晃，转过身来，"所以确实跟这个有关是吧？这个楼——"

李思齐脚步一慢，两人声音减弱下来，楼梯间的灯忽然灭了，周遭陷入一片黑暗。他冷不防抽了两口气，本能地大吼："嗬！"

灯光随即重新亮起，照着这张仓皇尴尬的脸："喀，声控。"

"嗯。"

程禧觉得这点黑暗和自己经历的错乱相比，激不起一丝波澜。她接着道："关于你家拆迁的事……我有点忘了。"

"我都跟你说过什么来着？家里的祖辈不同意嘛，挖掘机也失灵了，司机脑袋也被砸了，总之这里面很玄，你别不信。"

没什么不同啊……原因不在这儿？可这是程禧唯一能想到的，李思齐和过去产生联系的地方了。

两人走到车库，不远处的黑色轿车尾灯闪了闪。该死的画面又来了，确实是这辆车，自己坐过。以前就纳闷，李思齐一个拆二代不缺钱，干吗天天骑个小电驴，现在倒好。

程禧系上安全带，问道："干吗开车上下班？"

"我也不喜欢开车啊，你知道吧，自从那时候看挖掘机失灵，我就，就有点怕这种……"李思齐转动着方向盘，分心道，"但没办法啊，住得太远了，路上太费时间。"

“你家不是住市中心吗？”

“嗯？”他瞥过一眼，“住江南啊。”

“……什么？”

“当年拆迁，补偿了江南的房子啊，檀盛的楼盘。”

程禧盯着他一动不动，直把李思齐看得发毛。车子沿着出口爬坡，轧过减速带时发出轰隆轰隆的声响，眼前渐渐明亮，外面果然下雨了。

“我被你盯得快不会开车了。”李思齐想去拨雨刮器，鬼使神差地打开了转向灯，嘟囔，“你不知道我家住哪儿？你知道啊。”

“知道……”程禧垂下头去，全身的力气都被抽空，疲倦地回答。

即将到来的假期也像这天气，开始乌云密布了。

错位的齿轮开启，就像水波般一圈圈荡开，像声波一次次反射，传递下去。

李思齐家的拆迁赔偿发生了变化，但拆迁当天的情形被保留了下来，让他在被改写的人生里仍然选择来到檀园路 76 号工作。至于这连锁反应导致的其他变化，那些可能被抹去的、改变的记忆，也许永远没人知道了。

程禧束手无策，只能选择忽略。

停职假期的起初几天，她瘫在家里看《黑客帝国》，觉得自己就像电影里的人物，出离了时间的范畴，站在更高点俯瞰别人的人生。

这种巨大的宿命感压得人喘不过气来。

她按下暂停建，把遥控器一扔，仰倒在客厅沙发上。

放空。

然后就接到了白婧的电话，约她去吃饭，反常地支支吾吾,欲言又止。

“那个，晚上我带个人。”

“谁？”

“就是……之前介绍给你的那个。”

“谁啊，许安淮？”

“对对对，你还记得啊？”

这有什么不记得，上次见面也没过去太久。程禧苦笑道：“得了，我不给你们当电灯泡了。”

“你怎么知道——你猜到啦？唉，我是想说，还是要正式见个面，我俩请你吃消夜。”

"猜到什么啊？"程禧咽了咽口水，一种不好的预感袭来，身体都绷直了些。

"就，我们在一起了嘛。"

程禧猛地被自己的口水呛到，咳嗽不止，眼泪拼命往外冒，满脸通红，断断续续道："呛，呛到了。"

与此同时，记忆开始改写。那天绕路走下车库的场景、后来车上的对话、白婧关于房地产的提醒、得知她恋情的谈笑统统变了……那场三个人的晚餐，许安淮的身影一点点淡下去。

所以她没有听说史崇的姓名，她无从告知蒋今明这个消息，甚至连那晚的通话都没有发生；她没有被请求去看望他的父母；她没有脱口而出，季红是自己的幼儿园园长。于是，她没有去檀园路 76 号春游，没有见到蒋今明，也没有得到那只兔子！

程禧清楚地感觉这一连串的记忆在重组。她连滚带爬地起身回到房间——

看到了黄色毛线头发的洋娃娃，乖乖地坐在橱柜上。

Chapter 6

局

"你把她弄过来想干什么？"他问。
"我等不了了——"电话那头的情绪陡然激动起来，喊道，
"她一直往后退，你再这样放任，就功亏一篑了！"
"你想得太简单了。"

❖

程禧像个木偶似的站在那儿，有一瞬间的恍惚——它最初就应该是洋娃娃……不对，最初是个兔子？

当同一件事再次被改写，曾经有过的两段记忆开始撞车。就像那个单机游戏，你看到的永远只是此次记录覆盖前一次，更早的记录已消弭在数字世界里。

她终于意识到，最初关于洋娃娃的记忆会消失，而兔子会取而代之，摇身一变成为原本的人生。此时脑海中的橡皮擦，正在让那些记忆渐渐模糊。

手机从手中滑落，停留在通话界面。白婧徒劳地喊着她的名字，程禧恍若未闻，转身去拉旁边的抽屉，碰倒了化妆品，多米诺骨牌一样稀里哗啦地掉了一地。

混乱中程禧抽出本子，找到一支笔，握住，手止不住地抖，潦草地写下：

　　去儿童公园春游，妈妈买了黄头发洋娃娃。

然后笔尖静止，她抓紧时间又在前面补充了五个字：

　　最初的记忆。

吊着的那一口气终于松下来。程禧捂着脸，无助地在心里痛骂，眼

泪滑进指缝，一片湿黏。等她再睁开眼的时候，对着纸上的字，只剩下茫然。

她忘了。

在她的脑海里，只剩下关于兔子的记忆。

程禧皱着眉，感到好奇地翻看本子的前几页，发现了另一行文字，也是自己潦草的笔记，写着：

> 要记得，2000年春游去动物园，爸爸买了一只熊猫，我给它取名叫"盼盼"。

程禧摔了好些东西，房间里一片狼藉。

她不知道还有什么办法发泄，乱砸一通会更好些吗？

也许吧，至少安静了。

她暂时不清楚李思齐的拆迁补偿为什么变成了江南的房产，但后面的关节想通了。偶然得好笑，又必然得理所应当。

她坐过李思齐的车，从楼梯间下过地库，所以那天白婧来接她吃饭，自己自然不会绕路车行道，也就没瞧见物业和建筑那两位的关系，没有引发后续的一系列事。

娃娃，兔子，又变回了娃娃。

还有那只叫盼盼的熊猫……她常觉得自己成长的过程中，爸爸的陪伴太少，却不承想只是隐匿在脑海里，化成了一行字。

最终都会慢慢忘却。

所以已经产生了多少涟漪，人生被改写了多少次？那些往复在脑海中消失了，也许忘记了，也许埋在记忆更深处。而如果不是自己提供消息，这些是不是就不会发生？在时间的环里，谁是蝴蝶？谁是过去谁是未来？起点在哪终点在哪？

程禧安静地坐在床边，又接起白婧的电话。

"你刚刚怎么了啊？我都忘了告诉你，晚上8点就在你家附近的那间酒吧，我们常去的那家。"

"好。"

"一会儿见。"

"嗯。"

程禧默默挂了电话，点开地图，搜索附近的酒吧，只有一条结果。

她用手指放大屏幕，看到那家店就在檀园路76号后巷，叫蔷薇酒吧。

雨淅淅沥沥下了一天。

晚上8点，程禧撑着伞走进后巷，远远看见了尽头的霓虹招牌。她低头对照导航，应该就是这里了。

酒吧的门面不大，开在巷尾，要是白天熄灭霓虹灯，从这里走过，确实容易忽略。

但程禧心里清楚，自己的陌生感跟忽不忽略没半点关系，而是这儿原本就不存在。

檀园路76号附近从没有过一间酒吧！

尽管她抬起头，看着招牌上那朵发着光的蔷薇，好似在脑海中找到了相应的画面。

假的，都是被改变的……程禧深吸口气，在屋檐下收起伞，推开了门。

"这儿！老位置！"白婧伸手招呼，许安淮坐在她旁边，那场景仿佛昨日重现。

"到很久了吗？"程禧说着坐了下来，迅速环顾四周。

酒吧的装潢和门口的霓虹招牌一样，都是八九十年代的复古风格。座位不多，人也不多，灯光昏黄，店里放着邓丽君的老歌。

"没有，我们也是刚到。"

白婧看看男友，再看向程禧，藏不住的幸福感流露："我……再给你们相互正式介绍一下？"

上回可没这环节，那时程禧急于了解檀盛集团的情况，没几句寒暄就把话题岔开了，难免仓促。于是她强打着精神笑道："来，让我听听你怎么夸我。"

白婧开始滔滔不绝。在她口中，闺密是果敢利落、一往无前的职场女强人；男友是年轻有为、踏实稳重的上进男青年，对自己而言重要的两个人，都如此出色优秀。

程禧静静地撑着下巴，这短短几分钟，是今天最安宁的时刻。

原来改变可以不全是糟糕。

气氛渐渐放松下来，三人喝着啤酒闲聊。身旁偶尔有人经过，程禧小幅度避让，忽然感觉谁把手搭在了自己肩膀上。她心一惊，本能地甩掉那只手，几乎同时警惕地回头，对上一张略感唐突的脸。

空气凝固了几秒。

随后涌来的记忆告诉程禧，这是酒吧的老板娘，在重写的人生中，应该与自己相熟。

"我那个……以为是谁呢。"程禧有些抱歉，生硬地找补道，"不好意思啊。"

"没事儿。"老板娘穿着一件改良旗袍，年过五十，风姿依旧。她笑得懒洋洋，倚靠着桌角道，"人家带男朋友来了，你呢？"

"这不没合适的。"

"自从跟那个小男朋友分手之后，就没再找呀？"

"嗯？"程禧接不住话，疑惑地看向白婧。

"她说王逸帆。"

"王逸帆？"

蝴蝶效应编织着一张网，将越来越多的人牵涉其中……王逸帆，那是大学毕业时候的事了，程禧唯一的一任男友。

程禧不知道改变发生了多少，它们蛰伏在自己的人生里，不时冲出来杀她个措手不及。就像现在，王逸帆这个八百年没提起的名字，再度出现在耳边，让她一阵恍惚。

"我当年……跟王逸帆还来过这儿？"

"忘啦？那边有照片啊。"

白婧指向里侧的一面墙——几乎每个酒吧都有这么个地方，贴满花花绿绿的照片和留言。众多照片中，确实有一张情侣合影，女生是大学时期的程禧，男生的脸却被划花，面目模糊。

"啧，你的杰作。"白婧抱着胸评价。

"我弄的吗？"

"你作的案，老板娘递的叉子。"

程禧眯着眼睛凑近，努力想要记起什么，闪过的画面却非常琐碎。看轮廓，确实是王逸帆的样子。

说起来，两人大四恋爱，未等毕业就分了手，还是对方主动坦白移情别恋。在自己浑然不觉、陶醉其中的时候，王逸帆忽然上演一出负荆请罪，后来这事儿成了笑话。

程禧没想到冒出一家酒吧，还为他们的糟烂故事平添了这种插曲。

可酒吧是哪里引出的改变呢？

程禧迷茫又无奈，把那张照片揭了下来，垂着眼苦笑道："都过去这么久了，也不公开羞辱他了。"她把照片揣进衣兜，目光依然停留在墙角，无意间发现那里贴着一张泛黄的纸，上面写着字。

　　程禧好奇地蹲下身去看，那是一张 20 年前的欠条。

　　欠款 8800 元，约定半年内还清，右下角一个歪歪斜斜的签名，依稀能辨认出三个字：

　　蒋今明。

　　程禧怔怔地伸出手去摸，能感受到纸张的粗糙和表面的浮尘，很真实。

　　"怎么了？"白婧问道。

　　程禧没答话，又急忙在欠条附近搜寻，一张合影很快映入眼帘。

　　两个男生坐在吧台前，左边的稍黑一些，留着郭富城经典的四六分发型，毫无拘束地咧着嘴角，手肘搭着旁边人的肩膀上，拎着个啤酒瓶。被搭着的男生是利落的短发，大概喝多了，眼神飘忽没有看镜头，仓促地摆着手，抿嘴在笑。

　　是史崇和蒋今明。

　　程禧对着照片恍神许久。在此之前，她对史崇和蒋今明的关系摸不太清，并且先入为主地对史崇怀有敌意。

　　如今可以料想，那晚关于史崇的通话让蒋今明受到多大的冲击，激起怎样的反应……等等，历史不是已经改变了吗？既然那通电话被推翻，他还会知道吗？程禧陷入沉思，隐约听白婧打趣道："怎么，你现在喜欢这种弟弟啊？左边还是右边……哦哟。"

　　白婧指尖轻点右下角的日期，说："2000 年 4 月 15 日，那不行了，弟弟已经变大叔了。"

　　2000 年 4 月 15 日。

　　蒋今明下了班，沿着江边往家走。他按部就班地过起往常的生活，上班，下班，努力忘掉关于通话的一切，每遇到一件事，都先问自己，以前的我会怎么做？

　　按照既定的生活，做既定的选择，就不会影响她了吧？

　　一下子，人生好像变得特别简单，又特别复杂。蒋今明边走边想，不知不觉偏离了家的方向，猛一抬头已经拐进了后巷。

他转身正要离开，被人叫住了："哎哎哎，那个谁，来帮个忙！"

依旧是那件皮草，天热了还搭在身上。女人笑着招呼蒋今明："钱没还，工先打了，来！"

蒋今明这才记起那张欠条，也看到了歌厅门口卸货的小卡车，没多废话，上前两步道："搬到哪儿去？"

"里头里头。"

他闷不吭声地提起一箱啤酒，比想象中重。他微微弓着腰刚侧身推开门，跟出来的人撞个正着。

"……你怎么在这儿？"

"呵，"史崇一愣，骂道，"本来说去找你，经过这儿被你这个债主逮着了。"

蒋今明低头看史崇的手掌被勒得通红，史崇瞧蒋今明手上正提着的啤酒，两人相视无语，又都憋不住笑出来。

史崇再次抒发他的感慨："快点搬，找你有事儿。"

忙活了好一阵儿，他们坐在歌厅门口的小台阶上休息。债主踩着高跟鞋嗒嗒嗒地出来了，倚在旁边搭话："写欠条的是小蒋，那你叫什么？"

"史崇。"史崇没好气地说。

"小史。"

史崇瞥了她一眼，怎么这么难听，想想却没敢吱声。

"叫我蔷姐，我请你俩喝啤酒，来吧。"

"用不着，没那么多钱。"

"不要钱。"

女人身上喷了香水，被巷子里的风一吹，到处飘散。蒋今明和史崇出了一身汗，又渴得要命，眼神交流两秒，起身进了屋。

歌厅在这个点儿还很冷清，蔷姐没事儿干，闲坐在吧台里摆弄一架傻瓜相机，听着两人聊天。

"你刚刚说找我有事？"

"嗯，你是不是听季姨说什么了？"

"什么？"蒋今明装糊涂。

"江南那房子的事儿。"

"哦。"

酒醒的那天早上，季红提起江南要建新楼盘。后来蒋今明听她跟街坊邻居打电话还在聊这件事儿，说是地产公司组织看房团，似乎有什么想法。他心有疑虑，提醒她不要掺和，没想到这么快史崇就闻风而动了。

"哎，我得先声明，我可不是为了卖房子啊。"史崇一本正经说道，"那片开发区政府真的特重视，你看不看报纸啊？上个月市长都去考察了，那房子以后能涨成什么样，咱们真想象不到。"

蒋今明有意回避话题，随口答应了一声。

"而且我跟你说，"史崇凑近了些，低声道，"按照未来规划，你家这片肯定也要拆迁的。这么大的社区，这么多住户，拆迁款那是天文数字，绝对要往死里压。楼房面积是固定的吧，你还不像自建房能加盖，到时候也许都置换不了江南的大户型。"

"那就让他们自建房去置换，别忽悠我妈了。"

史崇一听愣了，完全没料到他是这样的反应，气不顺，连讲话都磕巴："我……蒋今明你还有没有良心？一听说这消息我立马跟季姨讲了，就怕以后你们吃亏，你……你说我忽悠她？"

史崇愤愤不已，好不容易从领导那打探了小道消息，上赶着来报信，却被反咬一口……越想越火大，咕咚咕咚把啤酒喝得见底，喊道："再来一瓶！"

蔷姐抬起眼，慢悠悠走了过来，拎出瓶啤酒顺手启开，问道："你们聊什么呢？江南买房子呀？"

"赚得够你把这儿盘下来自己当老板！"史崇说完，瞟了眼蒋今明，垮着脸补充，"不过碰上他这种死脑筋，一下子欠你8800元，也够赚了。"

蔷姐扑哧笑出声来，低头又去摆弄相机。

蒋今明听出他俩的揶揄，抿抿嘴唇，也一口气把酒喝完。他很矛盾，程禧先前和自己说的话像根刺扎在心里——事故和史崇究竟有没有关系？有什么样的关系？

不敢追问，不敢多说多做，他对改变未来什么的一知半解，程禧的哀求却时常浮现在脑海。

两人各自喝闷酒，气压低得可以。

好一会儿，酒劲逐渐上头，蒋今明才越发管不住嘴了。反正这事儿程禧本来就知道，蒋今明终于问出来："你们公司……想开发檀园路76号吗？"

"什么？"史崇大着舌头说，"那又不是住宅楼，怎么开发？"

蒋今明没有接话，在心里默默回答：商场、电影院、饭店……未来你们不就这样做了吗？

"再说，檀园路76号哪里敢碰，史老头不得跟我拼命。"

"你把你爸想得太保守了。"

"那你也得拼命，抽根烟你都差点和我拼命。"

蒋今明听完笑起来，顺势伏在吧台上，肩膀一耸一耸的，也不知道怎么这么好笑，眼泪都快泛出。

"有病。"史崇也跟着乐，兴致一上去，跟着卡拉OK就开始鬼哭狼嚎。

蔷姐在边上看着这一幕，左右也是闲来无事，举起相机道："还有胶卷，给你俩拍一张吧。"

"不不不……"蒋今明躲闪镜头，接连摆手。

"来，洗出来给我！"史崇毫不客气地将手肘搭在蒋今明的肩膀上，扯开嘴角。

闪光灯咔嚓一声，定格了不同的笑脸。

程禧和白婧二人在巷口分开，朝家走去。

她一步一顿，心里放不下那张照片，走着走着停了下来，终于又折返回酒吧。

进门直奔着照片墙过去，却惊讶地发现合影不见了——原本贴着照片的地方，已经露出墙纸。

这才短短十几分钟，程禧无法分辨是现实再次改变，还是有人后脚就拿走了照片，定定地杵在那儿。

"老……老板娘，"程禧转头迟疑地问道，"这墙上原本有张照片……"

"怎么又回来了？"老板娘闻声过来，瞧了一眼，好像恍然反应过来什么，说道，"刚刚有个女孩子把照片拿走了。"

中断的通话没有阻止改变，反而让程禧越发地找不到扇动翅膀的蝴蝶，稀里糊涂地生活在不断刷新的世界里。

为什么李思齐的拆迁补偿被改写，由此抹去了她、白婧和许安淮三人的晚餐和后来她和蒋今明的通话，自己没有去看望季红，兔子变回了洋娃娃？

又是什么让后巷出现一家蔷薇酒吧，自己凭空增加了关于老板娘和王逸帆的记忆，看到了蒋今明的欠条和照片？

此消彼长，还质量守恒？

程禧把笔一扔，盘腿坐在椅子上闭目养神。自从改变发生以来，她时常需要放空，总觉得记忆已经过载，脑子里装不下这么多东西，终会慢慢流失。

到时自己就会和李思齐、白婧一样，根本意识不到改变，如同游戏里的NPC，把每次重复当作第一次经历。这个念头冒出，让程禧一阵头皮发麻，不由得睁开了眼，越琢磨越难受。

犹豫片刻，重新落笔。

程禧把到目前为止发生的事，那些被覆盖的记忆，一字一句，原封不动地记录下来。直到夜深，程禧才写完这一个多月以来的故事。她把本子锁回抽屉，疲倦地爬上床，却怎么也睡不着……

她一动不动地盯着天花板，决定要利用这个休假，开展一项浩大的工程。

程禧先是去了电脑城，采购了一架小型DV、一个拍立得和一支录音笔。

她对着录音笔复述经历，用DV记录家里的每处角落，用拍立得拍下那些重要的东西。她轻轻甩着相纸，看着洋娃娃的轮廓慢慢浮现，安心了一点。

文字、声音、影像……哪怕都靠不住，也要竭尽所能留下人生轨迹。

程禧又花了几天的时间，逛遍曾经学习、生活过的地方，确认回忆不再有偏差。

这天下午，她带着拍立得去了幼儿园。拍完照准备离开的时候，听到身后几人在寒暄。

"您自己回去能行吗？儿子来接啊？"

"对，来接，回吧回吧。"

"不行，还是得送您到路口。"

程禧觉得这声音熟悉，顺势回过头去，果真是季红。季红对着几个人正摇头道："别送了，园里还有孩子，我回去了。"

"那老园长慢走啊。"

"哎。"老太太又摆摆手，略微佝偻着背，朝自己走来。

程禧一时不知该作何反应，如果那次看望没有发生，她还会认得自己吗？

程禧就这么傻站在原地，眼看着人越来越近，几乎要伸出手去扶一把时，两人的视线短暂交会，季红和自己擦肩而过。

季红的脚步迟缓地接着朝前走去。

程禧的手还僵着，望着季红的背影出神了好一会儿，才觉出哪里不对劲。

复园社区，明明在反方向。

思考片刻，她跟了上去，和季红保持着几米的距离，慢慢地跟在身后。

午后有微风，路两旁是熟悉的店铺，偶尔有人跟季红打招呼说上几句话。程禧听不清他们在说什么，但言语间热情又亲切，像是难得见着的老街坊。

这一老一少，一前一后，走了能有十来分钟。直到拐出巷子，视野陡然开阔，檀园路 76 号出现在眼前。

季红停住脚，远远瞧了一眼那楼，然后朝路的另一侧走去。隔着马路，程禧看到她靠近了一辆黑车，很快一个男人从后座下来，小心地将人扶了上去。来往的车流遮挡了视线，程禧晃动着身子想要看清楚，却总是只有被分割的画面。

西装、短发、高个。

程禧情急之下举起手上的拍立得按下拍摄键，之后意识到手机更方便，又慌忙点开相机连按拍摄。整个过程须臾之间，车开走了，只留下程禧一阵茫然。

手机抓拍的照片全都没法看，程禧泄气地顿足，结果一低头，发现挂在脖子上的拍立得，送出一张照片。程禧抽出来甩了甩，是关门瞬间一个模糊的身影。

有些眼熟，像是见过。

先前在幼儿园门口的寒暄，程禧听到季红说的是儿子来接她回家。

儿子……是史崇？可家呢？

复园社区就在幼儿园的后面，别说方向不对，几步路的距离也犯不着开车啊？

程禧心里一动，又匆匆折返回去。她一步不停地来到复园社区，轻车熟路地找到三栋，上了五楼，又站在了熟悉的门口。奶箱还是那个奶箱，没有任何变化。

她仔细观察，轻轻伸出手指去摸门上的灰，忽然身后响起开门声。

"找谁啊？"

对门是一位五十来岁的阿姨，穿着睡衣探出头来。

"季……季园长是住这儿吧？"

"老太太早搬走了。"

"搬走了？"她前不久还来过，虽然那次到访的经历已经被抹去，但改变的应该只是自己的行为啊？

"你找她什么事儿啊？"

"……我是她的学生。"程禧抹抹脸上的汗，顺手整理下衣服，礼貌地问道，"阿姨，您说她早搬走了……是指多早啊？"

"哦哟，十几二十年了吧。"

"那这房子还有人住吗？"

"空着，老太太也没卖没租，说是留个念想。"

"您意思是闲置了十几年？我……"程禧搓了搓手指，笑道，"我刚刚摸了，这门还挺干净的啊，不像是空房子。"

"是——"

程禧的这个发现，明显勾起了阿姨的兴致，阿姨把门开大，就地聊了起来。

"她儿子偶尔回来收拾，前阵子也来了，老太太还跟着待了几天。阵仗不小哦，不知道是不是要回来住。"

"她儿子您认识吗？"

"史崇嘛，四十来岁了也不结婚，上回他来收拾房子，我还说他了。"

程禧咬了咬嘴唇，又道："季园长好像有个儿子叫今明啊？我不知道是不是记错了，小时候听过。"

"那孩子——"阿姨略显夸张地叹了口气。明明和史崇同龄，因为人生停留在二十三岁，便在她口中依旧是个孩子。

"那孩子没了有 20 年了吧，唉，后来一家就搬走了，要不怎么放得下？一辈子在这儿等回不来的人，多苦哦。"阿姨又补充，"史崇嘛，他们从小一起长大的，也跟亲儿子一样，没话说。"

程禧从楼道里出来，心思还在刚才的对话上。死亡证明、搬家，也许都是为了走出痛失爱子的阴影，自己曾经的揣测，显得过于残忍了。她在楼下仰起头，后退几步望着五楼的那扇窗户。阳台上有两盆植物，隐约能看到厨房一角，与自己上次所见并无二致。

　　这让程禧困惑，疑虑闪进脑海。

　　如果本来季园长一直住在这里，阴错阳差被改写后，变成了如今的一家人早早搬走，那房子怎么会毫无变化？20年的岁月，两种发展必然导致某些状况的不同。而不是窗台的植物长势，甚至奶箱的新旧程度都一模一样！

　　所以改变的只是自己来看望的那一天。

　　诚如邻居所说，一家人确实早早搬走，却又特意回来收拾房子，有绿植有水果，有遗照有合影，把这里装扮成生活了几十年的家……

　　难道就是为了等她上门吗？

　　程禧觉得自己像个溺水的人，刚刚挣扎出水面喘了几口气，就又被按了下去。

　　她匆匆回家，路上总是不安心地东张西望。刚才拿出钥匙开门时，听到楼下传来脚步声，她的心脏猛跳，抖着手胡乱将钥匙插进锁孔，闪身进去迅速带上了门。

　　比起过去未来那种虚无缥缈的无力感，"当下"让人实实在在地害怕。

　　"干吗呢？慌慌张张的啊。"程妈从房间里走出来，探身望向门口，"有人啊？"

　　"没有。"

　　谁知话音刚落，身后传来猛烈的敲门声。程禧浑身一凛，那声波像有股力似的，直冲在自己后背，让她本能地往前一踉跄。

　　程妈面露担忧，却忍着没吱声，越过她打开了门，是个快递小哥。

　　"程禧吗？快递。"小哥气喘吁吁的，递过来一个文件袋。

　　"谢谢啊。"

　　程妈关了门，回头看着女儿的反常表现，欲言又止，说道："最近是不是压力太大了？有什么事都可以跟妈妈说。是不是工作不行了？辞职了也没关系呀，爸爸妈妈养你。"

　　程禧脱鞋的动作滞了滞，回道："没……公司就是给我放个假。"

　　"你爸说现在好些年轻人做这个自媒体，也是个办法，不一定非得有个地方上班，那都是老思想了。"

程禧料想母亲误会了，却无从解释，含糊其词道："我真没事儿，工作上是有点压力，这不就拍拍照当解压了。"

"你是我生的，你什么状态，妈妈——"

好在手机及时响了。母女俩愣了几秒，程禧才反应过来是自己口袋里传来的铃声。她掏出来瞥了眼屏幕，是人事徐姐。

"你看，这是公司人事，通知我上班了。"

徐姐打电话是来解释当月工资情况的。程禧早些时候收到了银行短信，这个月的入账金额少得可怜，再加上购置了那些器材，她现在的经济情况确实吃紧。关于复工时间，倒还没有消息，徐姐宽慰她只当再休息休息，估摸着也快了。

程禧嘴上笑着答应，实际忧心忡忡。现代人的难题，是人生乱了套更紧迫，还是没等乱套就已经穷死更紧迫？她甚至在想，万一自己突逢变故，男朋友没有，婚没结，留给爸妈的银行卡里只有百来块，是不是太苦涩？

季园长尚且有史崇照顾，她的父母能托付给谁？白婧？程禧深深叹了口气。

挂断电话，她重看今天拍到的那张照片，车里的模糊身影是史崇吗？下回见着许安淮，或许可以问问。于是她抓过包，将这张照片单独收了进去，无意间，又瞥见那个还没拆开的快递文件袋。

文件袋很薄很薄，像是空的。

莫不是人事还把工资明细寄了过来？程禧顺手撕开文件袋，往里一瞧，是一张照片，是她在酒吧看到的那张蒋今明和史崇的合影。

程禧按捺不住剧烈的心跳，来回翻看，但是照片上并没有什么信息，她又赶紧去确认文件袋上的快递单。

寄件人一栏写着：

檀山疗养院。

这座城市算是沿海，入海口距市区大约 30 公里。檀山疗养院就坐落在入海口的半山腰，再远眺是连绵的海岸线。

程禧摇下车窗，海风呼呼地过耳，总算把喋喋不休的李思齐屏蔽。

"哎，你说……"

她反正听不清，头都懒得转一下，眯着眼继续看外面风景。然后车窗就升了上去。

"哎，你说我的直觉准不准，我一早就觉得老板看中檀园路76号肯定有什么原因，估计就是跟疗养院有关。"

程禧转而闭目养神，没有搭话。

"所以那快递单上就一个疗养院的名字，没别的？你再多告诉我一点，我帮你推理下。"

"李思齐，你能安静一会儿吗？"

李思齐闭上嘴，没几秒又讪讪道："风景真不错。"

"嗯——"

这里依山傍海，潮涨潮落。正是因为这难得的景色，让程禧特别想获得片刻安宁。她把座椅调低，戴上运动衫上大大的帽子，遮住眼睛，静静地思考这件事的来龙去脉。

蒋今明和史崇的那张合影不久前被人从酒吧拿走，昨天又寄到了家里，寄件人是檀山疗养院。绕这一圈，是为了引自己过去吧。

其实程禧看到"疗养院"三个字的时候，本能地联想起了关于程老板的传闻。她上网搜索，却没什么收获，网上显示檀山疗养院是一家远离市区的高端私立疗养院，只要有钱都能住进去，仅此而已。

有钱人这么多，未免牵强附会。

鉴于"疗养院女人"已经是公司里公开的秘密，程禧想从同事入手，看看能否多打听点消息。她接连问了几个人，结果都是捕风捉影。

什么疗养院？——不知道，反正就是疗养院，也许是治精神病的吧。

疗养院在哪儿？——不知道，应该是在本地吧，要不怎么养着老板娘？

程禧从前也只当个八卦听听，毕竟哪个老板没点花边新闻？直到这一圈问下来才惊觉，一张嘴、一只耳朵，就是生产谣言的永动机。所以这事儿本身有几分真？和寄照片过来的檀山疗养院，又有没有关联？

她泄气之余，忽然想到了李思齐。想起他曾经猜测，程总在檀园路76号开店，或许就是因为疗养院。而那时一切都还没发生。

上午，程禧给李思齐打了一通电话，没过多久，他直接把车开到了自己家楼下。

"去看看就知道了，网上不是有地址吗？"他说。

蜿蜒的山路尽头，渐渐出现了黑色的欧式围栏，李思齐提醒她："到了。"

随后"檀山疗养院"几个字映入眼帘，透过郁郁葱葱的植物，能看见远处的回廊和白色房檐，与其说是疗养院，这里更像度假区。

大门紧闭，李思齐被迫停下车来，隔着窗与保安交涉，一会儿说是来考察的，一会儿改口说是来探望朋友的，聊不出个所以然。

程禧听了半晌，扶着他的肩膀将人往后一拨，微微探过身去，朝保安说道："我预约过了。"

还在掰扯的两人双双打住——费这么半天劲，倒是早说啊！

"叫什么名字？"

"程时，你看看有没有？"

那保安回到岗亭去翻看预约记录，李思齐盯着她的侧脸，愣是没瞧出什么表情，低声说："你用他的名字预约了？"

"没，来猜猜看有没有程时这个名字？"程禧关注着岗亭的动静，分心回道。

李思齐这才反应过来，紧张感接踵而至，搭在方向盘上的手出了汗，往自己裤子上蹭了蹭，也看向那岗亭。

时间过得好慢，仿佛每一秒都被拉长。他突然想起什么来，又道："但他也可能不用自己的名字预约，比如秘书或者——"

"或者编的。"程禧轻叹口气，"左右也进不去，碰碰运气。"

两人静静等着结果，注意力全在保安身上，丝毫没留意到一辆未鸣笛的救护车接近，直到人家按了喇叭。

李思齐连忙避让，保安也出来放行，两车终于擦肩而过。程禧望着救护车驶进大门，奇道："你们疗养院还接收救护车送来的病人啊？"

"这是转院。这是从医院送回来的，前阵子闹自杀，好不容易抢救过来，我还以为要多观察几天。"保安叉着腰，把目光收回来，朝程禧说，"你预约的不是今天。"

"什么？"

"你预约的不是今天，后天再来吧。"

"啊——好，好，我记错了，这脑子！"程禧笑眯眯道，"咱们先回，不要为难保安小哥。"

程禧也不是第一次冒用老板的姓名了，但这一次，正主就坐在那辆救护车上，有那么个瞬间，两人近在咫尺。

程时透过车尾的墨色玻璃，看到那辆奔驰掉了个头，很快离开了。他感到一阵烦躁，却不敢惊扰病床上的人。直到下了车，把人好好送进病房，确认无恙后，这才悄悄带上门，走到楼梯间，躲在那儿点了根烟，拨通了电话。

"你把她弄过来想干什么？"他问。

"我等不了了——"电话那头的情绪陡然激动起来，喊道，"她一直往后退，你再这样放任，就功亏一篑了！"

"你想得太简单了。"

"……我管不了那么多。"

程时缓缓吐出口烟，交代："不要再多做什么，你不知道事情会发展成什么样子，听我的。"

对方沉默片刻，挂了电话。

程时尽力舒展着眉头，在楼梯间里逗留。他清楚地意识到情况越来越无法控制，计划永远追不上变化，何况这变化将嵌入所有人的人生。

有点想停下来。

许久，还是迈开步子，推开楼梯间的门走了出去。

程禧推开车门，没料到进展这样顺利。他们虽然没能进去，却确认了最重要的消息：

老板和檀山疗养院有关联，不出意外的话，他后天就会出现在那儿。

她若有所思地走远，听见李思齐隔着车窗喊话："后天几点出发？早上？早上 6 点你起得来吗？"

"不麻烦你了。"

"哎——"他索性也下了车，追上程禧的步伐，"这条线索还是我启发你的，咱们已经是队友了。"

"后天你不上班吗？"

"我换班嘛，今天也是临时换班出来的。"

程禧一顿，警觉道："你是从电影院过来的？"

"是啊。"

"都有谁知道你过来找我？"

"……没人知道，我只说家里有事儿。"李思齐低头想了想，再次确认，"嗯，都不知道。"

程禧点点头，心不在焉地进了单元门，踏上台阶。现在程时也被扯进了这个局，那他在里面扮演什么角色？

一切都是未知。

自己供职五年多的公司，对老板却所知甚少，真到这节骨眼上，竟然找不出任何蛛丝马迹。而且她始终摆脱不了思考的惯性——线性时间的先后顺序。

入职在先，整件事情起因在后，难以构成因果关系。一如当初对物业公司租赁影厅的怀疑也是由此打消的，毕竟影院早早就与物业公司打交道了。除非大家都有预知未来的能力，提前几年谋划布局，只为了等待这场通话的开启，之后操控着、引导着一切。

谁能做到？

程禧越想下去越觉得毛骨悚然，她的思路又乱了，停下来歇了口气。身后的人收不住脚，猝不及防地踩上了她鞋跟。

"你还没走？"程禧回头。

"后天几点啊？我跟你确认好时间再走。"

"李思齐，你非要掺和进来图什么啊？"

"你没有好奇心吗？"

她看着他，这个连人生被改变都不自知的人，忍不住讲了句重话："好奇心迟早害死你。"

李思齐听着不大舒服，皱眉道："你就说后天几点——"

"嘘。"

楼上有动静。程禧做了个手势，探出半个身子，透过楼梯夹角往上望去。一个男人也正好从楼上看下来。两人的视线在窄窄的缝隙交接，男人率先开口："程经理，好久不见，你不上班，我只好冒昧地找到家里来了。"

是曾经在VIP厅待过的，那位物业的工作人员。他边说边下了楼梯，继续道："有件事儿麻烦程经理，咱们影厅里是不是捡着个摩托罗拉？现在手机还在你这儿吧？"

程禧不由得一愣，回答："不在，很早就被领走了。"

"程经理讲话很不实在，先前有人来领的时候，你不是还说没捡到吗？"男人已经走到了跟前，他的皮肤黝黑，额角有道疤，笑起来显得有些虚伪，"客人的手机，不能昧下吧？"

"当时是还没捡着，后来也确实被人领走了，这不矛盾，还有别的事儿吗？"

"啧，我都跟你们电影院的人确认过了。把人家的失物占为己有，程经理，这可是犯法的。"

"那你报警。"

程禧无心与他周旋，想走却被拦住去路。那男人站在高一级的台阶俯视着她，目光流转仿佛在想怎么处置猎物。两人僵持了好一会儿，忽然错身迈下一步，笑道："也不说请我上去坐坐，行，下回吧，反正也熟门熟路了。"

随后男人优哉游哉地下了楼，与后头的李思齐擦肩而过。

程禧呆立半天，才发觉自己的手抖个不停。转念一想，他说跟电影院的人确认过了，谁？

当初捡到这部摩托罗拉，整个电影院的人都知道。后来她拿走手机，为了掩人耳目，也曾有意在办公室提过几次，谎称手机已被客人领走。也就是说，除了李思齐，其他人都应该误认为手机早已物归原主了。

"除了你，还会有谁知道手机在我这儿？"

刚才的一幕，让李思齐也有些心惊。他急于撇清嫌疑，连忙解释道："什么意思啊？我要是会说，当初跟总部汇报的时候就说出去了。"

程禧也明白，心不在焉地继续往楼上走去，又听他在身后嘟囔一句："我知道了！有人一直被你忽略了！"

"谁？"

"保洁大姐！"

程禧瞥了他一眼，沉默填满了窄窄的楼道。

Chapter 7

涟漪

那司机碰了软钉子，以为刚才的话戳了病患痛处，又看他年纪轻轻，
生出一股同情，叹道："不过年轻人身体能扛，没问题的，我看你这是——"
"脑子。"蒋今明吭了声，淡淡道，"他们觉得我脑子不正常，
臆想没发生过的事，算是精神病吧。您要听听吗？"

❦

程禧扒着门，从猫眼往外看，隔着凸透镜变形的画面，是空空的楼梯转角。她暗自舒了口气，回头轻声说了句"我上班了"，按下门把手，侧身溜了出去。

"这么早啊？别空着肚子啊！"程妈的问话被关门声打断，消散在清晨的空气里。此时是早上 7 点，从檀山疗养院回来后的第二天，也就是程时预约的那天。

程禧本打算去守株待兔，没料到临时接到了复工通知。两件事情衔接得如此凑巧，让她不得不猜测这是老板刻意的安排。

但他是怎么知道的呢，通天吗？这么想着，程禧小心翼翼地下了楼，在单元门口观察一番，才快步往外走去。

社区一切如常，就像每个普通的工作日的早上。

程禧经过附近常去的早餐店，并没作停留，继续走了几分钟，才在稍远的摊位坐了下来。她点了碗豆浆，一口一口地喝着，食不知味。脑子里满是谜团，现实让人无从下手，或者说——

让人心生胆怯。

昨天自己想要出门，居然发现物业公司那男人就在楼下。她始料未及，吓得险些崴了脚，三步并作两步地又爬上了楼，迅速开门躲回了家里，瘫靠在门后平复呼吸。

好一会儿，才悄悄看向猫眼。

那边是另一只眼睛！

程禧猛地向后撤步，心突突地狂跳，同时听见阴恻恻的声音："程

经理，在家吧？"

程禧差点被折腾出心脏病。如果不是经历这么一遭，程禧也不至于今早7点就出了门。既然不能一直待在家里，只好尽量避开他。

她在早餐摊坐了许久，直到8点，街上的人渐渐多了起来，檀园路76号附近的商家也相继开门，她才拎着包准备去上班。结果还没拐上大路，后方突然驶来一辆白色的SUV，在狭窄的巷子里，车身堪堪擦过她的衣角。

程禧躲闪不及，眨眼的工夫只觉肩膀一空。等回过神来，包已经被车里的人伸手捞走。

那辆车……

她人傻了，站在那儿望着远去的车尾。那辆白色的SUV，被抹去的停车场记忆，竟然以这种方式重新出现在人生里。

惊愕、愤怒、后怕，还有种逃不脱的感觉——该出现的总会出现，该发生的迟早要发生。

这些情绪将她牢牢锁在原地，动弹不得。

程禧想过报警，又不知警察真的来了，该如何解释……争抢一部来历不明的无主手机？而原因是，它可以与过去通话？

那么可以预见的结果包括但不仅限于：一上交手机，二被当成精神病，三上社会新闻。

她不敢冒这个险，隔着薄薄的衣料握紧了兜里的摩托罗拉——好在没放到包里，而是揣进了自己的风衣口袋。眼下无法保证它还会在手上多久，一旦落入他人手中，后果不堪设想。她要先一步提醒蒋今明，警惕其他人的来电。而那些谜团，也该向过去寻求解答了。

一切都没有停下，通话终归无法说断就断，程禧决定重新联系蒋今明。她到了电影院，直奔四楼VIP厅，将影厅门反锁，毫不犹豫地拨出了熟悉的座机号。

"嘟——嘟——你好，檀园路76号。"

"……您好。"

程禧认得这个声音，曾经接过自己的电话："我预约参观，呃，时代电影院……"

那边记下几个字，伴着纸张翻页的声音，说道："你是不是预约过，我好像有点印象。"

"啊，是，我其实是——"程禧忽然无心圆谎，吸了口气直接问道，"你们有位叫蒋今明的工作人员，他方便接电话吗？"

"小蒋不在，请假住院了。"

"什么？"

"听说住院了，具体情况嘛，不清楚。"

"哦，谢谢。"

程禧挂了电话，涌起一阵不好的预感。

蒋今明悄悄睁开眼睛，先是一道缝，随后世界才变得开阔。

医生、护士都不在，季红也回家了，蒋父陪床，呼噜已经打得震天动地。

好机会。

他缓缓起身，顺手抓上一件外套，拎着鞋，蹑手蹑脚地离开了病房。在住院处门口等了好一会儿，才搭上一辆刚送完患者的出租车。

"师傅，去檀园路76号。"蒋今明边说边搂了搂被压扁的头发。外套遮不住病号服的衣领，洗脱色的蓝白条纹，显得人很不精神。

"哟，这时候关门了吧，没法参观了。"

"我在那儿工作。"

"大晚上的从医院溜回去工作啊，这还住着院呢。哥是过来人，我跟你说啊，年轻也禁不住这么折腾，身体吃不消的。"

蒋今明嗯了一声，揣着兜看窗外。

那司机碰了软钉子，以为刚才的话戳了病患痛处，又看他年纪轻轻，生出一股同情，叹道："不过年轻人身体能扛，没问题的，我看你这是——"

"脑子。"蒋今明吭了声，淡淡道，"他们觉得我脑子不正常，臆想没发生过的事，算是精神病吧。您要听听吗？"

司机大哥咽了咽口水，直至到达都没有再搭腔。

蒋今明心里既无奈又好笑，下车留了句谢谢，转身进了檀园路76号的大门。

他上了四楼，进入办公室，查看预约表。这是他最近每天都会做的事情，即便住院也不能例外。

程禧是否有留言，还可能再通话吗？

不想打扰她，但这些天匪夷所思的经历，让自己迫切地需要答案。

事情要从几天前讲起——

自从结束通话后，蒋今明的生活重归平静，除了偶尔跟史崇去蔷姐的歌厅，基本上两点一线。

那天，幼儿园发了五一节慰问品，几桶油和一袋大米。季红搬不回去，便差遣儿子来接。

也是离得不远，蒋今明借了同事的自行车，很快就到了。他将车停在门口，往后座固定着米袋子，无意间瞥见了放学的小程禧，依旧背着黄色小鸭的书包，在院子里徘徊，好似没人来接。

蒋今明默默关注着，却不敢上前。直到东西都装好，看她还在那儿孤零零地站着，才冲季红说了一嘴："吉祥的父母不来接啊？"

"嗯，经常来得晚点儿。"季红也看过去，交代阿姨把孩子看好，顺口问道，"你认识她啊？"

"没，上回你们来春游的时候见过。"

"春游你哪里能见过？你又没去。"

"……我正常上班，有什么去不去的。"

蒋今明没太在意，踢开自行车的支脚，推着车把前进，说："她走散了，我还给了她一个兔子玩偶……"

季红越听越不对劲，纳闷道："你也去儿童公园了？"

"什么儿童公园？"

"你说的是刚结束的那趟春游吧，幼儿园组织去的儿童公园。"

蒋今明停住脚，两桶油坠得自行车直晃，皱眉道："刚结束的那趟春游，不是来我单位？前一天早上你说去儿童公园怕下雨，我建议去我那儿，然后不就来了吗？"

"你说什么呢，今明？"

"怎么了？"

母子俩怔在了幼儿园门口。

就这样，当第二次改变的涟漪荡进了蒋今明的生活，他几乎是跟着体验了一遍程禧的错乱。从不敢置信到被迫思考，从一团乱麻到一团更乱的麻，去翻照片，去记笔记，反复确认自己的记忆。

但处境相似的两位母亲，却有着截然不同的反应——前后20年，年轻人的社会压力和心理问题不可同日而语，程妈的第一反应是女儿压力过大；而季红，自然而然地联想到身体病变。

尤其是脑袋。

蒋今明的爷爷生前患脑动脉瘤，破裂导致脑出血离世，也就是几天前的事。她很担忧，抽空去了医院咨询，得知这种病一般是先天发育问题，但也不排除家族性因素。如果家里有两人以上出现相同情况，还是要警惕。

季红急忙给各路亲戚打电话，这下又被她发现，一位远房表亲也是脑出血，现在已经落得偏瘫了。

担忧冲破了临界值。

当天晚上，蒋今明就稀里糊涂地被送去医院，接受全面检查。

蒋今明在预约本上发现了被划掉的"时代电影院"五个字，那种抓住救命稻草的感觉，让他忍不住拍起桌子，随即提起座机拨出号码。

而直到程禧下班前巡厅，电话才终于接通。

各自时空的情况错综复杂，两人一时不知从何说起。在中断联系的半个月里，事情的发展完全超出预期，需要一扣一扣地去解。

于是，通话从一句寒暄开始。

"我听说你住院了。"

"这不是从医院溜出来了，没那么严重，做些检查而已。"

蒋今明讲述自己如何发现了记忆偏差，原本是去他单位的春游变成去儿童公园，而其他人浑然不觉。

"我妈以为我脑子出了问题，把我弄到医院去了。"

那一连串的蝴蝶效应，绕了一圈反作用于过去。改变早已发生，而蒋今明这时才察觉。他初次经历的那种怀疑和慌乱，程禧完全感同身受。

只是居然被送到了医院？她不禁苦笑道："季园长还是那么的雷厉风行。"

"我爷爷是脑出血过世的，她怕这是家族病。"

"哦——"程禧好像想到了什么。

她在庞杂的记忆中搜寻，停在一个画面前——

复园社区，蒋今明的家，一进门供桌上摆着蒋父的黑白遗照。季红说，蒋金明的父亲是因脑出血去世的。

忽然之间，程禧有些明白了那房子的用意——一家人明明早已搬走，却把一切布置好，等着她上门，是为了透过她传递这个信息，是为了让蒋今明知道父亲的病故！

如果真的存在家族性因素，是不是可以筛查控制，早早预防？以季红的性格，自然会像这次一样，咨询、检查、放在心上，那未来……也许不是现在这样。只是谁都算不到，自己当时什么都没有说。

沉吟良久，程禧张了张口："这个脑血管疾病，还是要注意，家族性的话……你爷爷是这样，你父亲其实更应该定期筛查。"

她的医学知识极其有限，只能来来回回地说些废话。蒋今明虽觉突兀，还是答应："嗯，是。"

"既然都去医院了，不如一起检查，你说呢？"

"嗯……"

"还有，你住着院溜出来也不是个办法，毕竟检查结果还没出来。先回去吧，下次通话——"她心里盘算着。

"明晚。"蒋今明说道。

"好。"

刚刚恢复通话，很多事来不及说，却意外解开了另一个结，做出些弥补，这让程禧有种松了口气的感觉。

精神高度紧张的一天，回到家已然不早。她的眼皮直打架，头痛得很，边给自己舒缓边进了房间，发现早上被抢的包，就安然地放在柜子上。

程禧愣了一下，惯性地怀疑今早的事是否又被推翻，也许自己压根就没带包出去？然而程禧盯了这个包许久都没有新的记忆涌现。

于是转头问道："妈，我的包哪儿来的？"

"你这孩子包都能丢，服了你！多亏你同事，特意帮你送到家里的，小伙子人真不错。"

"什么同事？"

"一个三十来岁的小伙子，皮肤有点黑，挺结实的。"程母蹀步过来。

程禧的指甲掐进掌心，强压住声线的抖动，问道："他进来了？"

"那我不得请人进来喝口水啊？"

"他还干什么了？"程禧环顾自己的房间，看哪里都觉得不对劲，"进我房间了？"

"啧，进你房间干什么？人家喝口水就走了。"

"妈，下次不要让他进来了，下次……不要给他开门，不要随意给任何人开门。"她愤怒又恐惧，下颌线绷得紧紧的，解释道，"他跟我们有纠纷，没安好心，千万不能再给他开门，以后回家也要格外小心。"

"好好好。"程妈也有些吓到，忙说，"公司的纠纷那也不能盯着你呀，让公司出面解决，再不行咱们报警。"

"你说得对……让公司解决。"程禧反手遮着脸，轻声道，"我会让公司出面的，别担心了，睡吧。"

深夜，程禧洗漱完，精疲力尽地趴在床上，有些懊悔在刚才的通话中没有说这件事。

总觉得，需要尽快找到备用的联络方式，以防万一。什么能联通20年呢？或者说什么能留存20年，又要准确地被自己看见？

那支钢笔？不行，传递的信息太有限。

她忽然想到了酒吧的欠条。

早上在影院营业前，程禧照例巡厅。

自二楼开始，直至顶层。离VIP厅越近，就越心神不宁——早上出门没有碰见物业公司的那个人，那他会不会在电影院等着？

果然，踏入走廊，远远瞧见门开着，里面有光。

程禧料想他们不敢在电影院里怎么样，但还是禁不住心里有些忐忑，确认对讲机已经打开，她缓缓走进厅里……

没人？

她在门口站了一会儿，迟疑地往里走了几步，突然在最后一排座椅的中央，有人直起身来。

是保洁大姐，手里还拎着垃圾袋，做捂胸口状看向她："程经理，我还以为是谁呢！"

"昨晚没做卫生吗？"

"昨天家里有事儿，没找着您，就跟值班经理请了假。"

"哦——"程禧走过去，探身往垃圾袋里瞧，问道，"最近白天都出租，没什么垃圾吧。"

"那可说不准，他们之前中午都待在这儿，叫外卖进来，吃吃喝喝完都喊我打扫。"大姐早有不满，可算逮着个机会，发牢骚道，"前阵子您不在，所以不知道，我经常是别的厅清场都来不及，还得来给他们收拾。有时候他们自己找电影放，喝啤酒，吃花生吃得哪哪都是，这地毯多难清理啊，我都扫不出来，真的是！"

程禧巴不得找个由头把合约提前终止了，自然借坡下驴："按会议场地租给他们的，那是乱来了。还放电影，这都有版权问题……我等会儿找物业说一下，能租租，不能租解约。"

大姐连连附和，又嘟囔："咱们也不知道合约是怎么签的，没人敢管……"

程禧听出这话里有话，忽然回过味儿来。电影院一直半死不活的，在自己手上接到长期租赁业务，又由总部拍板，倒让别人多想了。

"就是正常的合同，按规矩来。"她说完想走，细想之下又停住脚步。按照保洁大姐的说法，这伙人前阵子还守着 VIP 厅，明显不清楚手机的下落，被动又盲目。也就两天的工夫，目标却迅速转向自己。

中间发生了什么？谁透了口风？

李思齐口中一直忽略的人……程禧打心里并不信，但还是顺口问道："大姐，他们平常在这儿还干些什么？除了看电影。"

"没干什么正事儿。哦，可能是丢了东西，有几次在这厅里翻翻找找的，上回还搬来了梯子。我说我可没有捡到啊，打扫的时候从没见过什么值钱的东西。"保洁大姐再三强调这点，又道，"我叫他们看看后面，东西没准儿不小心被踢进去了，之前那手机就是你在银幕后面找着的，一般人哪儿想得到。"

程禧听着听着，瞳孔不自觉放大了："你说什么？"

"就……上回那手机，最后不是您在银幕后面找着了？"

"你这么跟他们说的？还说什么了？"

保洁大姐不懂自己哪句话出了错，忙皱眉道："我没说什么了啊，别的我也不清楚啊。"

程禧脑子嗡嗡的，胡乱地抓了一下头发……还真是保洁大姐的这张嘴啊！

未必每件事背后都有什么惊天阴谋，也可能是该死的阴错阳差。

"你刚说搬梯子又是怎么回事？"

"我也纳闷啊，我说你们丢了东西，还能飞到梁上去了？"

"大姐，叫人把梯子搬来，我也看看。"

没一会儿，李思齐搬着梯子，吴悠搭把手虚扶着，两人进了影厅。

李思齐过来的路上已经听保洁大姐说了一嘴，跟程禧对上眼神，知道自己猜对了——还真的是保洁大姐。

可那并不是猜……李思齐心里清楚得很，有多清楚就有多诡异，不自觉地将视线转向吴悠。却见吴悠毫无察觉，轻快道："怎么又要用梯子呀？"

"嗯？"

"物业的人不是刚用过嘛，那天从杂物间搬的，不知道在搞什么，我还以为只有工程部来安装东西才用梯子。"

程禧的思路一直局限在"找东西"，从未想过"装东西"。如果借梯子是装东西，那么会安装什么呢？

几个人仔仔细细地找了一圈，终于在挂在墙上的音响下方，发现了一个摄像头。

ipad 屏幕上，是李思齐凑近的一张脸。他张了张嘴，声音略微滞后地传来："好像真的是摄像头。"

底下三个人都仰着脸，程禧的表情有些模糊，似乎皱着眉，说道："能弄下来吗？"

随后画面被一只手来回遮挡，伴着噪音，李思齐又说话了："不行，还是得找专业的师傅来拆。"

"那你先把摄像头堵上。"

"哦。"镜头像是被手指覆盖，话音还陆续传来。

"找个胶布，双面胶都可以……创可贴，这有创可贴，给你。"

李思齐把手挪开，又迅速贴上了什么，这下屏幕彻底暗了下去。

"你们说这摄像头能不能听见声音啊？"

这是 ipad 里传来的最后一句话。

半晌，程时将它放下，拿起手机给公司打了通电话，提前交代好一切。

程禧非常清楚 VIP 厅内没有设置监控，也许为了贵宾隐私，也许打个擦边球——要不怎么会在座椅下发现胸罩。也因此自己才敢安心溜进去午睡，能把场地出租开"高层会议"。

这个摄像头绝对是私自安装的。

私装摄像头存在盗录的可能，对电影院来说不是小事。程禧抓住这个把柄，先跟总部汇报，又找物业的负责人来谈。

对方极力否认，端着架子态度强硬。交涉中，程禧发觉他也不了解真实情况，对手机的暗示毫无反应，更不清楚影厅里到底发生些什么，只是租借影厅的中间人。

双方僵持不下的时候，总部法务及时接手了，后来摄像头也被拆下，解约成了板上钉钉的事。

程禧松了口气，却远远不能安心。恐吓自己的人是谁？他背后又是谁？而无论是谁，似乎还不清楚手机使用的机制，没有掌握完整的信息，一直在不断地试探……

晚上，程禧和蒋今明通上了话，将白天发生的事情简要说了，让他留意当年是否还有人知道手机的存在。

这已经是他们第二次聊起这个话题。

蒋今明不愿再怀疑史崇，却也想不出别的人，很快陷入沉默。程禧只好转移话题："说另一件事儿吧，我们需要备用的联络方式，檀园路后巷的一家酒吧，你留过一张欠条，还和史崇在那拍过照片，对吗？"

"……蔷姐的歌厅？"

"它原本并不存在，是改变后才出现的。你们做了什么吗？"

在蒋今明的世界里，歌厅一直开在后巷，已经有些年头。如果 20 年后不存在，应当是关门搬迁了，这也再正常不过。但现在可能由于自己的某些行为，导致它一直开到了 2020 年？

蒋今明在回忆里追溯，自然想起最近一次与史崇喝酒的场景，开口道："我们拍照那回，聊起过在江南买房的事，蔷姐似乎挺感兴趣的。史崇说房价会涨，她买了就能把店盘下来——"他说到这儿，又觉得十分不可能，自我解嘲道，"但我很怀疑，房子哪里会涨那么多，大家都有住的地方，谁还需要多买房子？这只是开发商的话术，他也这么劝我妈……"

"2000 年房价是多少，你知道现在是多少吗，今明啊？"作为跟父母住在一起的无房一族，程禧实在没忍住打断他。

但那声"今明"脱口而出，显得过于亲切，倒把自己惊着了，她咳了一声道："也许就是这样改变的，她不像你这么保守，所以买了房、盘了店，开到现在。"

蒋今明还有些发愣，僵硬道："哦，是这样吗？"

"你家也去买吧，不会亏的。"程禧心想反正后来季园长确实搬了家，丝毫没有察觉，当时间变成一个圈，自己这句话就是种下的因。她倒是想起了另一茬儿，还是关于江南的，"你是说史崇负责檀盛在江南的楼盘开发吗？"

"好像……他跟着搞拆迁。"

"你们当时都聊了什么，讲给我听听。"

蒋今明努力回想，将将复述个大概。在拼凑中，李思齐家拆迁赔偿的改变可以窥见端倪。

复园社区拆迁没成功，至今还保留着，可以想象当年史崇搞拆迁动员，后来一定受了阻。几年后，也许间接受史崇的影响，也许就是他本人主导——地产公司将视线转向附近的老宅。相比赔偿款，允许适当加盖，置换几套商品房，让几代人不用挤在一起生活，大家拆成小家，这是一套更节约成本也更可行的方案。就像蒋今明说的，让他们自建房去置换。

比如李思齐家的自建房。

程禧想到这儿，甚至怀疑李思齐小时候看见砖头掉下来砸伤挖掘机司机的景象，也许就是因为房子临时加盖所致。

两次改变，小小的蝴蝶就在那场谈话间，如此轻微地扇动了翅膀。

她重重叹了口气，交代蒋今明："酒吧未来会有一面照片墙，老板娘喜欢收集这些照片，挂在墙上，你和史崇的合影也在里面。如果联系不上我，在照片背后留言，我可以看得到。"

"好。"蒋今明还不知那张照片洗出来了没有，打算明天出院就去看看。

"对了，你检查得怎么样？"

"我没事儿，可以出院了。"

"你爸去检查了吗？"

"嗯，好不容易把他说动，晚点就能出结果。"蒋今明笑道，"他觉得自己很健康，犟得很，最不爱去医院，要不是这次陪我，还真的搞不定。"

是不是每个家庭都有一个自认为无所不能的爸爸，程禧也弯弯嘴角，说："可能所有的爸爸都这样。"

那天晚上，程禧是安心入睡的。

这么久以来，难得将事情往前推了一步，尽管还有很多谜团未解，但相信总会解开的。

在难得的放松中，她做了一个梦。事后程禧发觉，每当改变特别牵动自己情绪时，就会入梦——

那是幼儿园门口的缓坡，她拿着拍立得，慢慢跟在两位老人身后。

晴天，微风，一路上不时有人与老两口打招呼。季红的佝偻好像没那么严重了，搀扶着身旁的人，边聊边往前走着。晚上做什么菜、够不够吃、孩子几点回来，说着这样的家常。自己看着那两个背影，忽然被一阵风吹得眯了眼，站在原地用手遮挡，透过指缝瞧见他们过了马路。来不及追上去，两位老人走向那辆停在路边的黑色轿车，副驾驶位下来一个男人，将他们扶了上去。

程禧醒了。

她回想刚才的梦，意识到什么，起身下了床，去翻看自己的记录，发现那天的字迹改变了。

明明跟着季红一个人，变成了跟着季红夫妇俩。后半页空着，程禧轻轻拂过纸面，那应该是上门偶遇邻居的情节，也已经被抹掉了。

围绕复园社区三栋五楼发生的故事慢慢淡去，在新的人生中，蒋今明的父亲应该还活着。

凌晨，程禧坐在桌前，无法抑制起伏的情绪。她救了一个人，让原本受疾病之苦离世的蒋父回到了爱人身边。在混乱的时空交错里，这大概是最好的慰藉了。她毫无睡意，继续翻看那天的照片，发现那张模糊的拍立得，也发生了变化——

男人原本在后座，换到了副驾驶，这让他正好处在合适的角度，露出了脸。

不是史崇。

夜晚的医院走廊，脚步声响起。

史崇挨个病房张望，总算撞上出来交钱的蒋今明，忙道："蒋叔怎么了？"

"你怎么来了？"

"史老头给我打电话了。"史崇略微皱了皱眉，故作无所谓道，"他人呢？来了吗？"

"嗯，在那边陪着。"

"蒋叔没事儿吧？"

蒋今明摇摇头，顺手拍了拍他肩膀，说道："走吧，陪我去交个钱。"

转弯，下楼，再转弯，一路伴着医院特有的气味和病人、护士焦急的话音，他们边走边聊。

蒋今明与程禧通话的第二天便得知了蒋父的检查结果，脑血管发现了问题，要做进一步检查，再决定是否需要手术干预。

他一开始是蒙的，季红也一样，母子俩完全意想不到平时连个头痛脑热都没有的人，一检查竟是大问题。

史志勇在医院有熟人，闻讯赶来帮忙，算是稳住了失措的一家人。蒋今明原本对这些检查毫不在意，甚至偷偷溜走，而那时蒋父为了陪床，就仰在折叠椅上睡着……

想到这儿，心里就很不是滋味。

交完款，两人蹲在医院后门的台阶上。史崇从兜里掏出包烟，蒋今明瞥了一眼，提醒道："医院。"

"这儿没人。"

"嗯。"

这声答应，倒把史崇听得一愣，今天居然不说教了，这么爽快？

史崇满目怀疑地投去好几眼，才夹着烟点上火，结果还未沾到嘴唇，就被蒋今明接了过去。这人像模像样地吸了一口，直接咽了下去，呛得直咳嗽。

史崇不知说什么好，挠挠额头，劝道："喀，蒋叔这不是发现得早，没事儿的。"

蒋今明嗓子难受，只好点点头。烟蒂烧得掉在了地上，他咳完又接着抽了一口，这回吐出去了。

现在是种什么感觉呢？蒋今明无法形容。他甚至可以想象在另一个世界里，父亲已经带着病痛走到人生终点了，非常真切地感觉得到。

那也许就是程禧所在的现实。

蒋今明意识到这点之后，那种庆幸、后怕和对命运的抗衡感难以表达，几乎是让人瞬间成长。他沉了沉声音，说道："史崇，你就打算一直跟你爸这样下去吗？"

"干吗忽然说我啊？"史崇不耐烦，又点了一根烟。

"你有没有想过很多事无法预料，到时候后悔都来不及。"

"行了，别感慨了，咱都命大。"

"要是他忽然遭遇什么事故，你会不会后悔这几年让他一个人住？"

史崇终于垮起一张脸，也跟着烦躁起来。他挺多日子没见史志勇了，今天又因为蒋父住院的事受些触动，骂道："会不会说人话啊？"

蒋今明一度想告诉史崇真相，半晌，只是低头认真道："你搬回去住吧，真的。"

"我进去了。"史崇拍拍屁股站起来，没好气地回头道，"你脑子检查真没问题吗，蒋今明？"

"有问题。"蒋今明也跟着站起来，到处找地方熄灭手里的烟，喊着，"等等我，一起进去！"

两家人聚在病房，压低着声音聊天。蒋父半躺着，嘟囔着这真是小题大做，自己身体完全没问题，耽误大家工夫。季红往他嘴里塞了瓣橘子，将话堵住。蒋今明坐在不远处看着这个场景，脸上难得浮现了笑意。

史崇父子俩干站着，想沟通却不得其法。这种情况自史崇的母亲离开后，几乎成了父子俩的日常相处模式。

好一会儿，史志勇开口道："你们单位那宿舍住得怎么样？"

"挺好啊。"

"住宿舍不像在自己家，不要老是回去很晚，少出去喝酒。"

"用不着你说，我知道怎么住宿舍，大学住了四年。"史崇顿了顿，又道，"你怎么就知道我回去得晚？"

史志勇背着手，不作回答。

"……你去宿舍找过我？"

"不用去我也能知道你的德行。"

这二人平时好好的，碰到一起就成了心口不一的典型代表。一个期待父亲来过，偏偏要用嫌弃的语气说话；一个确实去看望儿子，扑了空，偏偏不承认。

于是说着说着反而杠上了，音量逐渐大起来。蒋今明的注意力被吸引过去，正好听到史崇追问："你认识我们领导？"

"赵飞。你少跟他出去应酬。"

史志勇往史崇裤兜看去，那明显是烟盒的形状："你一个学历史的大学生，现在抽烟喝酒样样不落，天天混酒局劝人买房子，像什么样子？"

"我劝谁买房子？我那不是好心？学历史学历史，天天研究你那历史就好了？我妈就不走了？而且你懂不懂什么叫房地产，城市想发展哪儿来钱？就是卖地，地贵了房子就要贵！"他实际想复述赵飞讲的土地财政，但记不得那么多专业名词，只能用大白话。

当然，后面说什么都无关紧要了，史志勇已经被那其中一句气得脑子嗡嗡直响，哑口无言。

"我妈就不走了？"

史志勇学历史，当老师，教历史，几乎是前半生的全部。他乐得在校园里钻研，然后结婚生子，住学校分配的房子，吃食堂，平淡安逸。但另一半不这么想，两个追求不同的人，没办法再把日子过到一块儿去。

兴许是受大环境影响，20世纪90年代刮起一股下海经商潮，这一刮，史崇也没有妈妈了。

季红一看这父子俩扯到劝人买房的事儿，说得可不就是自己嘛，居然还连带着扒出以前的旧事，再吵下去恐怕难以收场，赶忙劝架，然而越劝越是劝不住。

病房登时乱作一团，直到经过的护士喊了一嘴："哎哎哎，这是医院，安静下行吗！"

沉默袭来，随后史崇转头推开病房的门出去了，蒋今明见状快步跟着，连说："没事儿，我劝劝，我劝劝。"

其实他心里想的是，赵飞是谁？按照程禧所说，檀园路76号必然和檀盛房地产有什么联系，也许他们都想错了，这联系不是通过史崇……

而是通过史志勇呢？

史崇口中常提起的领导叫赵飞。

此人年近四十，对房地产开发有独到见解，与政府部门关系熟络，几个项目拿地都是他出面协调。

蒋今明暂时只问到了这么多，想赶回檀园路76号与程禧联系，却被史崇拽去了歌厅。

眼瞧着时间越来越晚，旁边这人却越喝越多，无奈打消了念头，听他絮叨。

"每次见面就是吵，你还说让我搬回去住！

"蒋今明你说，学历史是不是没前途……哦，不教书了，去当个馆长，我妈就能回来吗？能吗？"

蒋今明要么哼哼哈哈，要么皱眉不语，冲蔷姐使眼色道："有没有醒酒的？"

"我指着卖酒赚钱，还给你们准备醒酒的呀？你俩轮番在我这儿捣乱是不是？"

蔷姐虽是没给好脸色，仍然回身去倒了杯温水，往里面加了一勺蜂蜜，放到了吧台上。

"喝完赶紧回家。"

"哎。"

蒋今明悄悄地将史崇的酒换了，继续敷衍地应着，无意间瞥见吧台里有一沓照片，放在个铁皮盒子里。

他探过身去，问道："是上次拍的照片吗？"

"想要自己洗去，这些我要留着的。"

"不是，我不要。"他当然不能拿走，否则程禧无法在酒吧发现照片，未来将再一次改变。

蒋今明如今做任何事都需要顾及以后，他说道："我就看看拍成什么样。"

蔷姐想了想，唰唰翻起来，很快抽出一张："喏，挺好的。"

"……我像个傻子。"蒋今明掩面叹气，原来程禧看到的自己就长这个样子，一个满面绯红的醉汉。

他将照片翻转，趁着蔷姐忙碌，写下了一串时间，又若无其事地递回去，随口道："留着它们干吗呢？"

"小蒋，你看见那面墙没有？如果这是我的店，我是说如果啊，我就把照片都挂在那面墙上，会很好看吧？"

蒋今明顺着她手指的方向看去，仿佛真的看到了那一墙的照片。

Chapter 8

上帝视角

一片密密麻麻如同思维导图般的记录，布满整个墙面。
近看之下，才发现那是一张时间表，几十年里不断分岔，改写，再分岔……
好似上帝视角的图解，将人显得渺小。

程禧站在照片墙前细细观察。

没有其他改变，看来就是这个。她从包里抽出那张合影，凝视那串时间，早上 8 点，是约定明天的通话时间吧？

就在刚刚，自己走在回家的路上，眼睁睁地看着一串数字浮现在照片背面。她还是第一次眼看着改变发生，那字迹明明才出现，却马上干涸脱色，历经漫长岁月的样子。

程禧惊讶不已，她意识到这些字就是 20 年前的此时此刻，由蒋今明所写。会不会还有其他照片，其他留言？

他应该在哪儿？酒吧？

就这样，两个人相距 20 年，于同一个时刻，在同一面墙前驻足。程禧有时候想，终有一天时空会重叠吗，还是永远不会相见？

就在这当口，忽然耳边有人说话："还真是你，那照片是你收的吧？"

程禧觉得这声音似曾相识，不由得一恍惚，条件反射般扭过头去。

呆住了。

眼前居然是曾经的前男友。

王逸帆也没料到她反应这么大，多年不见，匆匆打量了一番，笑着打趣道："重逢这么激动？"

"……"

"毕业之后就没见过，这都多少年了，你现在怎么样？听说还在电影院工作，就旁边的檀园路 76 号？"

程禧一瞬间的期待落空，渐渐回过神。自打分手后两人就断了联系，她听说王逸帆去外地工作了，这几年同学聚会都没出现过，慢半拍回道："嗯。你这是……怎么在这儿？"

"考公务员，考上了的话就回来工作了。现在大环境不太好，还是体制内稳妥一点。"

她点点头，心想这人还是一贯的骑驴找马，找工作和谈恋爱一个德行。

两人站在照片墙前，客套过后便无话可说。王逸帆扬了扬下巴，用眼神示意："我们那张照片是你拿走的？"

原来刚才说的照片是指这个……程禧低头把蒋今明的合影收进包里，随意答道："嗯，正巧看见就摘了。"

王逸帆张了张口，有点想问为什么。他这几年偶尔回家，都会来这儿看一眼。起初发现合影上的自己被划花了脸，还很是恼火了一阵，但随着时间过去，恼火变成愧疚，愧疚又生出遗憾。

她该有多恨他、多放不下，才会让曾经的合照像罪证似的贴在这儿？如今又轻描淡写地说"正巧看见就摘了"？

王逸帆琢磨不透。

当然，他永远都不会想通，因为对程禧来说，那些都只是人生改写后，凭空出现的记忆片段而已。

"我跟朋友来的，本来想去电影院，没场次了，就说在这儿坐会儿，没想到还碰见你了。"王逸帆道。

"晚上场次少，下回挑周末吧。那个，时间不早了，我就先回去了。"

"你家还住这附近吗？我送你吧。"

"不用，几步路的事儿。"

程禧不愿再浪费时间，边婉拒边往外走去。王逸帆跟着直送到门口，踏进巷子，终于在她背后喊了一声。

"程禧！"

"嗯？"

"有些话我还是想说……当初我并没真的想跟你分手。"

她一愣，淡淡回道："是我跟你分的手。"

"我知道，错是我的错，但当初如果不是你叔叔找了我——"

"等等等等，谁？"程禧转过身，满面狐疑道，"我叔叔找了你？什么意思？你说清楚。"

蝴蝶仍然在飞，悄然落到了这里，改变正与人生同步，不知不觉发生着。

因为酒吧的出现，他们的恋爱多了一些插曲。也正是这些插曲让王逸帆无法释怀，提起了原本放在心里的，五年前的事——

2015 年，毕业季。

程禧和王逸帆是在校招上相熟的，很快就在一起了。当时程禧沉浸在热恋里，完全不知道对方和前女友藕断丝连，私底下偶尔见面。

说王逸帆骑驴找马属实不冤，王逸帆自己心里也清楚。他一面跟程禧谈着恋爱，一面处理不好前一段关系，让自己陷入焦头烂额的境地。

直到某天晚上，他瞒着程禧准备最后一次赴约时，在校门口遇到一辆黑色轿车。车停在了自己身边，车窗摇下来，一个男人微微探出头，喊他的名字："是王逸帆吗？"

"你谁啊？"王逸帆缓了缓步子，看着对方斯文的一张脸，三十多岁的样子，衣着体面，于是改口回道，"您有什么事儿啊？"

男人从副驾驶的位置拿起一个档案袋，递给他说："你这个毕业论文抄得厉害。"

"哈？"王逸帆莫名其妙，抿了抿嘴回道，"搞笑吧，我的论文答辩都过了。"

"你先看看吧。"男人又把档案袋往前递了递。

王逸帆心虚地接了过去，摸着那厚厚的一沓材料，只瞥了一眼就偃旗息鼓，说道："老师，我只是借鉴……那个，您是学术委员会的吗？"

男人摇摇头，又问："你这是要去哪儿？"

"呃……就是，去吃个饭。"

"程禧知道吗？"

王逸帆这才摸到点子上，更加心虚了，结结巴巴道："您是程禧的——？"

隔着车窗，两人对视半晌，男人转而道："撒谎不好，你跟程禧分手吧，论文的事儿就算了。"

"哥，叔叔，您听我解释，这个关系我会处理好的——"

"拿不到毕业证，你的工作机会也作废了吧？"

王逸帆闭上了嘴，呆立了几秒。那时他已经签了一家外地的公司，无论如何都不想放弃。而对方坐在车里，即便矮了半截，仍然带着一股强烈的压迫感，让人难以反驳。

权衡过后，他只好迟钝地点点头。

"你等等。"男人想想又抽出一支笔，在纸上写下了一行字，顺着车窗递出去，交代，"按照这个说，这件事儿不要告诉她。"

车开走了，王逸帆望着驶离的车尾，低头看了看纸条上的字，上面写着：

错的是我，你值得更好的。

程禧听完沉默了许久。

王逸帆陪她站在门口，欲言又止道："你叔叔没告诉过你吗？"

"我叔叔长什么样？"

他被问得一愣，努力回忆着，却说不出个所以然。那晚校门口的路灯昏暗，人又坐在车里，五官并不是很真切。

程禧烦躁地舔了舔嘴唇，掏出手机找到家里的大合照，问道："是这个人？"

她确实有个叔叔，但叔叔一家在其他城市生活，几年才见一面，更别提帮自己出面给男友下马威。她叔叔就是个中年发福的单位小领导，哪有心思跑过来干这个？

"不，不是。"

"这才是我叔叔。所以一个男的用毕业论文威胁你跟我分手，他谎称是我叔叔？他自己说的吗？"

"他——"王逸帆忽然也迷惑了，心想两人咄咄逼人的劲头如出一辙，还不足以证明亲戚关系吗？

"王逸帆，你在这儿扯故事呢吗？"程禧觉得这种桥段应该出现在八点档，而不是出自王逸帆的嘴里。

"不是。"百口莫辩之际，他想起来了，"他也姓程，想来是你长辈，我跟着叫了叔叔，他并没有反驳啊。"

"姓程？"

当年分手后没多久，程禧毕业留在了本地，顺利被招聘进程时的新时代影城。仔细想想，如果当时两人还在一起的话，自己会不会跟王逸帆远赴外地求职？

这之间是否有联系？

"叫程时吗？"程禧轻声问。

"不知道，我只听见司机喊他程总。"

程时还能回忆起那个晚上，说真的，他挺不满意自己被叫叔叔的。

看起来有差这么多吗？并没有吧。

早上，他洗完脸，对着镜子发呆。好半天，抓起毛巾三两下抹干，又回到了房间。顺手按下遥控器，墙上的幕布缓缓拉开。

一片密密麻麻如同思维导图般的记录，布满整个墙面。近看之下，才发现那是一张时间表，几十年里不断分岔，改写，再分岔……好似上帝视角的图解，将人显得渺小。

渺小的程时驻足半晌，找到合适的空白处，熟练地用笔标注了时间，并记下简单的几个字：

吉祥得知分手原因。

写完之后，他退开几步，看着眼前巨大的墙面。明明是自己一笔一画记下的东西，却连自己都觉得很陌生，很恍惚。

这一切究竟值得吗？他再一次想。

这时手机铃声响起，程时扫了眼屏幕，按下接听键，随口道："怎么了？"

"我问你回不回家吃饭。哎，你就不能回来住？一天问三遍，我很累啊。"

"回。"程时顿了顿，又低声说，"赵飞退休之后都在干什么？他在你们物业公司还有人吗？"

那边沉默了几秒，回道："是他吗？"

"查查吧。"

按照蒋今明在照片背后留下的时间，程禧和他通了电话。

"所以赵飞是史崇的领导，在檀盛房地产公司负责拿地拿项目，如果当年檀园路76号被开发，很有可能是他推动的。这样一来，你们史馆长认识他也就说得通了。"程禧总结道，"是这样吧？"

"嗯。"

"你觉得火灾可能和他有关？"

"我只是怀疑，"蒋今明撑着额头，沉吟道，"只是昨天在医院听了一嘴，觉得有些——"

"对了，"听到医院，程禧脑海中浮现了两位老人搀扶的背影，不由得打断了他，"你父亲检查怎么样？"

"发现了问题，幸好还算及时，他们在考虑手术。"

"嗯，那就好。"

果然命运就这样被改写了。

两人心下了然，都有些感慨，默契地没再说话。

半晌，蒋今明郑重道了声谢。

"是叔叔福气大，像我一样，我跟你说过'禧'是'吉祥'的意思吧。"

"说过。"不只如此，还曾经奶声奶气地说自己叫吉祥。蒋今明顿了顿，鬼使神差地接了句，"所以你才叫吉祥。"

程禧握着手机呆了呆。平时除了白婧没人这么叫她，顿时觉得浑身说不上来地一阵麻，连忙转移话题道："你接着说赵飞，是个什么样的人？"

"四十岁左右，善于跟人打交道，见识广。史崇动员我妈买房子，说政府卖地，地贵了房子就要贵，这些都是从赵飞那儿听来的。"

"呵，地贵了房子就要贵……"程禧喃喃，回想 20 年前谁能料到房价会涨成这样，谁家会买了房子不住，反而拿来投资？她感叹，"有这脑子的现在已经成富豪了吧。"

"总之史崇很信他说的。"

"这点人家就比你开窍。"程禧随口揶揄，又道，"但这个赵飞，现在得有六十了吧？"

如果 20 年前的事故与赵飞有关，如今阻止自己通话的会不会也是他？年过半百还这番折腾，是怕曾经的真相浮出水面，自己的舒坦日子走到头吗？

两人决定分头寻找原因。

挂电话之前，程禧草草提起了程时的事，并交代蒋今明，留意身边有没有叫程时的人。

蒋今明一头雾水地应了下来。

中午，蒋今明来到檀盛家园房地产公司。

即将入夏，天渐渐热起来。他抓着外套，眯起眼望着这栋大楼——

这是檀盛楼盘的一栋临街住宅，下面三层用作公司办公，看起来并不宏伟气派，紧挨着小区入口，甚至有些烟火气过重。

反正和他想象的相去甚远。

蒋今明看了半晌，走到旁边的电话亭，插卡拨了号码。很快，那边传来悦耳的女声。

"您好，檀盛家园。"

"你好，我找史崇。"

"史崇……请问他在哪个部门呢？"

蒋今明习惯了单位简单的人际关系，倒被问个措手不及。他还真不清楚，想了想又说："赵飞经理的部门。"

"项目开发部，您稍等。"

"好。"

他握着听筒，无聊地对着小小的屏幕读秒，过了 15 秒，电话被重新接听。

"喂，谁啊？"是熟悉的声音。

"中午顺路经过，请你吃饭啊。"

史崇反应了一会儿，才笑骂道："看见你了。"

史崇透过前台后方的玻璃，远远瞧见蒋今明靠在楼下的电话亭，正四处张望。

"行了，别找了，我下去接你。"

史崇满面春风地领着蒋今明进了公司，短短一路介绍个不停。直到走廊尽头的房间，门牌上写着项目开发部，他下巴一扬，笑道："就是这儿了。"

办公室很大，每张桌上都摆着一台计算机，人被遮在后头，只剩忙忙碌碌的半个身影，像极了电影里的场景。

史崇倚着桌沿，将手搭在计算机硕大的显示器上，一下一下轻轻敲着，冲他挑眉道："跟着史老头后悔了吧。"

"呵，用不习惯这玩意。"

"赵总说，用不习惯也要人人配上。"

话音未落，一个男人夹着皮包从里间走出来，笑道："你又跟人家吹什么呢？"

赵飞朝他们走来的瞬间，蒋今明发觉自己其实早就见过他。

在规划局的办公室，那个西装革履的男人，夹着同样的包，跟史志勇聊着天——正是赵飞。

后来史志勇让自己做檀园路76号的演示文稿，现在想想显然也是规划开发所用。他不自觉地抿着嘴唇，因心有疑虑而微微皱眉，差点没注意到伸过来的手。

史崇撞了一下他的肩膀，蒋今明这才回过神，忙伸出手客气道："您好。"

"小蒋是吧！"赵飞用力握了握，没有半点架子，"史崇经常说起你。"

"是吗？"

蒋今明并不擅长应对这种场面，总是无法自如，脑子里绷着一根弦似的，应道："他说我什么了？"

"说你顽固得很，不听劝，觉得我们都是骗你买房子。"史崇嘴快接话。

蒋今明尴尬一笑，又听赵飞打圆场道："史崇，你这话我不能赞同啊，说檀园路76号以后会变成电影院的，也是小蒋？这可是远见啊。"

史崇早已忘了这茬儿，反应片刻说："这您也信啊？"

赵飞乐呵呵地眯着眼，拍了拍蒋今明的肩膀，客套道："我中午有事，就不招待了，让史崇带你去吃饭。哎，这楼下有一家港式茶点，很不错，回头我报销。"最后那句他转向史崇，又顺口交代可以签单，才走出办公室。

史崇点点头，目光还停留在门口，感慨道："去哪儿找这么好的领导，你说。"

这话半天没有得到回应，史崇转过头去，看到蒋今明一副心事重重的样子，催促道："想什么呢？走了，先吃饭了。"

"他怎么知道电影院的事儿？"

史崇以为蒋今明埋怨自己拿他当笑料，不自觉收敛了点，挠头回答："喀，好早之前在办公室说过一嘴。"

"怎么说的？"

"咝，就说20年之后檀园路76号变成电影院什么的，你丢的手机被看电影的人捡着了……我忘了，就你当时给我讲的那些，顺嘴就——"

"史崇——"蒋今明一股火冒上来，脏话到了嘴边又给憋了回去，化成一句口型。

"干吗啊，至于吗？还不能娱乐一下大众了？没点话题我怎么在这儿打开局面啊？"

"都谁听见了？"

"办公室里的人都听见了，哎，你放心，你这点糗事没人当真，就听一乐子，转头就忘了。"

"没人当真？"蒋今明气得来回搂着短发，然后手就停在头顶，低声说，"等20年后这笑话实现了，你说会不会有人当真？"

他环顾偌大的办公室，这里的任何一个人，包括赵飞，都可能是20年后阻止程禧和他通话的人。

程禧也抬头看了看这栋大厦。

目测25层以上，玻璃幕墙上反射着随风飘动的云，楼体上有个大大的标志——檀盛集团。

她找了一家咖啡店，一边等待许安淮赴约，一边拿出手机，继续搜索赵飞的信息。程禧其实很清楚自己的能力所及，檀盛集团体量大，人员庞杂，涉及众多产业，而自己只认识一个许安淮，能问出什么？很难说，只好硬着头皮一试。

所幸时间是最大的加持。20年，足以让很多事清晰起来，蒋今明面对的难题，对自己来说也许就是动动手指的事。

她在网上确实查到了一些基本情况——

赵飞一直供职于檀盛集团，直到退休。他的名字出现在几篇集团新闻里，排得并不靠前，仅有的照片都是合影，站位也处于边缘，程禧要相互对照才能确认哪一位是他。

头发半白，笑容可掬，倒是一副与世无争的面相。

按照这几篇新闻稿里的头衔，赵飞确实曾在下属建筑公司和物业公司待过。程禧对这个行业了解不多，但企业结构和布局都有相似之处，从开发到建筑，再到物业，这是一直往产业链下游走，可见赵飞个人的发展并不太顺利。

她用手指放大照片，再放大，还没等瞧仔细，有人叩了叩桌子，正是许安淮。

"你来了。"程禧欠了欠身，示意对面的位子，"坐。"

"客气了，有什么事尽管说。"

"是这样——"

程禧其实早就跟许安淮聊过檀盛集团、聊过史崇，但这些对话却在改变中被抹去了，现下还要重新铺垫，可谓费劲。

她禁不住叹了口气，说道："我们电影院和檀盛物业有点纠纷，最近都在为这个事儿头疼。所以想跟你打听个人，叫赵飞，原先在物业公司待过，现在应该已经退休了。"

"嗯……"许安淮想了想，回道，"我知道这个人，但没什么接触。他算是我领导的师傅，确实已经退休了。提前退休，听说现在没事儿就带带孙子、逛逛公园，有时候回来参加参加活动，完全老年人的生活。"

这不是程禧想要的答案。

她沉吟半晌，又问："他还有没有什么工作关系上的……比如物业公司，还能说得上话吗？"

"面子还是会给的。你要是想请他当中间人来协调，我可以问问看我领导，能不能给搭个线。"

"啊——"程禧脑子转了个弯，"你领导是指？"

"史总。你稍等啊，我这就给他打个电话。"

程禧点了点头，心跳声渐渐增强，忙呷了口咖啡掩饰，留意着听许安淮讲话。

史崇，存在于蒋今明口中的人，在她脑海里一直是个不大靠谱的毛头小子形象。实际上，有那么几次，他们差点就见到面，比如在季红家里做客，再比如和许安淮的相亲饭局……

"他马上过来。"对面的男人说。

"什么？"

"我领导正好下来吃饭，他说过来跟你聊。"许安淮宽慰，"你放心，他应该能解决。"

"谢谢啊。"程禧摸了摸后颈，不知怎么有点慌了，无法面对突然而来的年龄差，怔怔问了一句，"你领导多大了？"

"四十……出头吧。"许安淮笑了笑，"用现在的流行语怎么说呢，中年海王？"

"啊？"

"嘘——"他做了个手势，然后就自然地半举起来，"史总，这里！"

程禧循着目光回过头，看见一个男人进了门，穿着简单的米色衬衫，棉麻质地，显得很休闲。

她几乎是一眼就认出了史崇。

和照片上很像，除了年龄增长的痕迹，没有太大变化。程禧甚至能对照那张合影的脸，想象出他现在的笑容。

不需要想象了，史崇走过来，目光在程禧的脸上停留片刻，自然地伸出手，打了声招呼。

"你好。"他笑道。

沿江的高层住宅，视野开阔。

这套房子位于顶层，一梯一户。史崇拿着文件袋出了电梯，按响门铃，等了好一会儿，不耐烦指数飙升。

20 年过去了，他心里依旧藏不住事儿，却不得已憋了太多东西。现下急着来分享消息，低头准备打电话问问人在哪儿，门轻轻地开了。

原来在家！

史崇一迈进门，就见这人正不紧不慢地趿拉着拖鞋往回走，忍不住朝他背影骂道："开个门这么慢！"

"在卧室，最近变化可能会很多，我要多过几遍。"程时黑着眼圈，分心回他。

"哪儿又变了？"史崇说着拿起手机，翻了翻聊天记录，顺口说道，"现在女朋友是……小林。"

前头的人肩膀轻微起伏，叹了口气："我对你女朋友是谁不感兴趣，超过三个月再说吧。"

史崇没吭声，手指按键在回复消息。程时想想还是转过身去，补充道："没有变化，还是她。"

"现在不是了，分了。"史崇将手机屏幕展示给他看，那是一条刚发的分手信息。

"……"

两个人相对无语。

正午时分，落地窗外是平静的江面，再远处，对岸的檀园路 76 号依稀可见。

沉默片刻，程时皱眉道："其实也不用——"

"这视野是真的好。"史崇岔开话题。

他习惯了，习惯人生充满意识不到的改变，偏偏有人能提醒你，提醒自己以前不是这样的，以前你身边的人不是她。那不如不要开始一段长久的关系，享受当下速食般的感情。

这些年来，史崇的恋情从未超过三个月。

"不是我说，你最英明的决策就是听我的买了房子。"史崇抱着胸继续道。

"不是听你的。"

"哦，听她的？"史崇满不在乎地反问，然后才恢复了几分正经，放慢语速道，"我见着程禧了。刚才要出门，许安淮打电话说她来咨询点事情，就在楼下咖啡馆，离我几步路，我就去了。"

程时看向他，面上装得云淡风轻，认真听完，问："你们聊什么了？"

"赵飞的事。我没说什么，只是想看看她现在了解到什么程度了。就网上查了点信息，听许安淮讲了一嘴赵飞的退休生活，没什么有用的。"

"嗯，她也只能找许安淮。"

"我说帮她打听看看，留了联系方式。"史崇拆开了文件袋，说道，"之前你交代的事，我确实查到了点东西，告诉她多少由你决定。"

"查到什么了？"

"之前檀园路 76 号跟物业公司租赁解约的事。我们集团的审计查了，物业公司自己有会议室，也有活动室，不需要去租什么影厅，那只是挪用公款帮别人租的场地。"

"这个我想到了。我当时同意签约，就是想看看背后的人到底是谁，想要干什么。结果来来回回只有几个跑腿的，还没找到什么线索，程禧就遇上麻烦了。"

"所以正好借着发现摄像头盗录的由头解约了？"

"嗯，"程时稍作停顿，解释道，"没有所谓的盗录，摄像头是我早就装在那儿的，他们应该也发现了，开始投鼠忌器，只有程禧不知道罢了。她想解约苦于没有法子，我只是给她提供个理由。"

史崇一愣，缓缓吸了口气。程时一直透过摄像头观察着程禧，现在反而推到物业公司头上，把自己择得干净。

"你把她耍得团团转，不怕她恨你？"

程时没有回答。其实他最近也时常在想这个问题，而每次这么想的时候，就会忍不住停下来。不要再推着她前进，就这样吧，给她原本的人生。

可问题是，哪儿还有原本的人生？

如果他什么都不做，当9月29日那一天到来，会发生什么？所有被牵扯其中的人，会迎来怎样的变数？

这是不敢，也不能冒的险。

史崇当然清楚，所以说完便后悔了，将话题拉了回来："物业公司那负责人倒痛快，宁可辞职也没有透露帮谁租场地。但是，你刚才提到跑腿的……"他从文件袋里抽出几张照片，摆在桌子上，手指点了点其中一人，三十来岁，额角有疤，说道，"这个人我见过。"

"认识？"程时抬眼道。

史崇有些分神，再度看向程时，却变成一脸困惑："你也见过啊，你早早就通过摄像头看见过他的样子，竟没想起来这是谁？"

程时心里一动，神经马上跟着绷了起来。他将那张照片拿到眼前，仔细地瞧，然后记忆猛地涌进脑海，一个画面接着一个画面，头像要裂开般痛。但顾不上缓解，他就神色匆匆地往卧室走去，站在那面墙前记录着什么。

史崇瞬间明白，程时有了新的记忆，变化产生了。

"你见到他，这是改变后的事？"

"确切地说，就是现在正在发生的改变。"程时停下来，说。

20年前的同一时间，两人从檀盛房地产公司出来，表情都不大好。

蒋今明的心思在程禧身上，她几次三番问自己还有谁知道手机的存在，想必遇到了不少麻烦，谁知又是因为史崇这张嘴。

烦闷散不掉，解决问题却更重要。蒋今明沉着张脸，终于开口问道："你和办公室的人都熟吗？"

"熟个屁。"对面更是张黑脸。史崇被一通数落，又完全摸不着头脑，不生气才怪。

"能不能给我写个名单，办公室都有谁？"

"蒋今明！"史崇简直哭笑不得，一泄气靠在门口墙上，说道，"你病得不轻，我发现你是越来越奇怪了，你当自己是特工啊？史密斯啊？"

蒋今明被他说得语塞。

史密斯，那是《黑客帝国》里的反派人物，他在影片中被干掉的场景，曾让两人在电影院里起身喝彩。偏偏自己现在一脸严肃地背着光杆在那儿，除了发型，还真哪哪都像。

史崇斜眼看着他，气消了一半，半开玩笑半认真道："你到底是怎么回事？要名单干什么？就因为人家听了你一个笑话，就要灭口？"

要不要告诉他实情？蒋今明再次权衡，既指望史崇能帮忙，又实在无法放心。他已经见识到现实怎样一次次地改变，不仅是自己的人生，还影响着身边的人……

"那不是个笑话，以后你就会知道了。就问你帮不帮忙？就要你一句话。"

史崇盯着蒋今明沉默了许久，别过脸去骂道："烦死了！写写写！给你写！"

蒋今明松了口气，伸手去拿兜里的钢笔。

"也得先让我吃饭吧！"

"吃饭吃饭，说起来我都没吃过，你们赵总说的那什么港式的……"

"港式茶点。"史崇接过话头，得意不自觉地又上了眉梢，"走，老子能签单。"

蒋今明笑了，史崇从小吃软不吃硬，吹捧永远能治得住他。

史崇用钢笔在纸巾上写名字，字迹很快洇开，只得反着笔尖，嘴里不停地碎碎念。

"把年纪也写上。"蒋今明在旁边提醒。

史崇斜了他一眼，依次加上数字，嘟囔着："我只知道个大概啊。"

"可以。"

史崇足足写了十几个名字，年龄从二十至五十岁不等。蒋今明粗略看了一遍，感叹道："你们一个部门，顶上一个檀园路 76 号。"

"所以我说嘛，史老头手底下才几个兵，跟这儿可比不了。"

"不能这么比较，你也别故意跟他置气。讲些不好听的话，心里就舒服了？"

又来了。史崇不耐烦地喘了口气，懒洋洋地起身就要去前台，被蒋今明抢了先。

"用不着签单。"蒋今明说。

"哎，你回来，能签为什么不签啊？"

两人在前台，一个掏钱一个提笔，正僵持着，桌上的签单本被人扯走了。

他们顺势看去，是一个十三四岁的男孩子，留着半长不短的头发，皮肤晒得黝黑，额角有道深深的疤痕，精瘦的身材套着件宽大的 T 恤，脚上踩着双塑料拖鞋，被汗黏得吧唧作响。

只见男孩握着笔，在签名处毫不迟疑地写下"赵飞"的名字。这两字简单，被他写得龙飞凤舞，像是有意模仿大人字迹。

史崇不客气地道："小孩，谁让你签单的？"

那孩子抬起头瞥了他一眼，没听见似的转头走回座位。同桌的还有几个孩子，看起来都是上初中的年纪。

"喂！"史崇气不过，又觉得这孩子面熟，跟上去重复了一遍，"问你话呢，谁让你签单的？"

"离我远点！"男孩忽然扭过头，恶狠狠地说。

史崇这一下又是尴尬又是震惊，人呆立在原地，火气蹿上脑门："你几岁啊就满嘴脏话？你——"

"算了算了。"蒋今明刚付完钱，转头就看见这场面，拍拍史崇的肩膀劝道，"一个小孩而已，兴许是赵飞的亲戚，别管了。"

"不可能，你看他那俩字写得——"史崇转而道，"我问你，你签的谁的名字你知道吗？"

那孩子明明还小，却不知从哪儿学了一副大人表情，丧着脸招呼了一声："扫兴，不吃了！"然后一伙孩子，把碗盘碰得叮叮当当地起了身，浩浩荡荡地朝门外走去。

"这帮小子……古惑仔看多了吧！"史崇目瞪口呆，火气没撒出去，只能冲蒋今明喋喋不休，"这才多大？啊？这种孩子就是大人没教好，得教训教训才能长记性！"

"是，走吧。"

史崇还没骂过瘾，忽然又想到了什么，把蒋今明口袋里的纸巾掏了出来，看了半天，恍然道："我就说这小子眼熟，是老高的儿子，来过办公室一次，也不知道因为什么，被他爸揍得脑门都磕出血了。"

"老高？"

"赵总的司机，"他指了指其中一个名字，"高成峰。"

程时捏着眉头，迟迟缓不过来。

这段时间，他对记忆被覆盖的过程的反应越来越剧烈，可能是脑子里装了太多东西，就像一台超载的电脑，随时有宕机的可能。

史崇用手指敲着那张照片，说道："高岭，高成峰的儿子。平时在电影院的一伙人，估计就是当年那帮小子。"

"嗯。"

"所以，这件事儿和赵飞撇不开关系。"

"应该是。"

"哎，你当时是不是拦着我教训他？后悔了没有？"

"你当时教训他也无济于事，那孩子……"眼神有点瘆人，程时想。

"还什么孩子啊，现在也是三十多岁的人了！他们还在找程禧麻烦吗？"

"解约这事情一闹，暂时消停些了。"

他最近时常将车停在檀园路 76 号附近，等程禧下班，然后慢慢跟在她身后，没有发现别人。

但担心还是不断地涌上来。

程时仰靠在椅子上，疲倦地叹了口气："查查高成峰父子，没确定之前先不要告诉她，缓缓吧。"

"但那边着急吧？"史崇也坐下，将腿跷上桌角，"疗养院。"

"嗯。"

程时感觉好累，眼睛不受控制地闭了起来，像是睡了过去，终于得到片刻休息。

程禧等了两天，并没收到史崇的消息，估摸着他可能指望不上。倒也能理解，非亲非故，受下属之托帮个小忙，犯不着上心。

那场咖啡店的见面，总共只用了十来分钟。

她当时看着史崇，二十来岁的毛头小子已经像如今这样事业有成，感觉既熟悉又陌生。她很想问他，还记得蒋今明吗，季红夫妇俩还好吗，又想问他，是不是知道些什么，复园社区的一系列改变是不是他在幕后安排。

短短时间，有太多想法过脑。程禧掩饰着内心的波澜，刚要张口，被史崇笑着问了一句："程小姐是安淮的相亲对象？"

"不，不是。"许安淮更加尴尬，忙咳了一声。看来当初的相亲局，许安淮还曾与这位领导提过。

"就是朋友，史总。"许安淮解释道，"她在檀园路 76 号的电影院当经理，跟咱们物业有点纠纷，想看看能不能托您……找赵总牵线说和一下。"

史崇缓缓点头，看向程禧说："老头子都退休了，你怎么知道他的？"

"我们跟物业打交道也挺久了，多少都听说过……人是退休了，关系还在吧？"

程禧飞快地瞥了一眼许安淮，对方帮腔道："是，多少能说得上话。"

"行，我问问看。"

"谢谢您啊。"

"不用。"史崇的手指摩挲着文件袋，她想知道的事明明就装在里头，一直以来，她都离实情那么近。

突然觉得程时这家伙确实可恨。

就这样两三句谈完，三人稍稍冷了场。程禧试图将话题重新引到史崇身上，假装无意问起："史总去过吗？檀园路 76 号。"

"去过，以前经常去，我父亲曾经在那儿工作。"

"哦——"

这回答坦然得让她反而接不住，在明知道史志勇已经过世的前提下，说什么都是揭人伤疤。

"算算也有 20 年没去过了。"史崇感慨，然后干脆地将话题打住，身体略微前倾道，"这样，我还有点事儿要先走，你留个联系方式，有消息我告诉你。"

"好的，我给您打过去吧。"

程禧按亮了手机屏幕，却停留在赵飞的搜索页面。尽管她不动声色地关掉，还是正入史崇的眼帘。

说什么打交道听说过，原来是前脚刚查的信息。史崇没有戳穿，留了号码便先行离开了。程禧目送他出门，朝许安淮说道："你们史总是个很干脆的人啊。"

"嗯，活得很潇洒。"许安淮说着，脸上流露出些许羡慕之情，被程禧敏感地捕捉到。

"最近跟白婧还好吧？"

"嗯？"许安淮回过神，只简单说道，"挺好。"

程禧已经许久没跟白婧见面了，超出了以往的频率，心里就像装着件事儿似的，时不时地惦记。

无奈分身乏术，听到这个回答权当安慰，也不好耽误对方太多时间，再次感谢后，两人各自离开了咖啡店。

Chapter 9

替代品

香精味怎么了？不也是香吗？替代品就都这么糟糕吗？上不得台面吗？
逃不开被比较被嫌弃吗？
她甜得发腻，嗓子像过敏似的发紧，禁不住又想，也许是的吧。

———— ❦ ————

这么一来，赵飞的线索暂时断了。

网上的信息有限，查也查不出什么，之前跟踪自己的人像是收敛了，没有再出现。

程禧倒没闲着，又把重心放回到程时身上，坐在办公室研究公司的发展史——关于老板只有寥寥几笔——

程时于 2005 年创建新时代影城，那时他应当不足三十岁，在此之前履历不详；到了 2010 年左右，可能获得了资金上的支持，影城开始迅速扩张，建立了总部；2015 年，自己毕业被招进公司。也就是说，至少在那之前，程时就已经认识了自己，才会有王逸帆关于"叔叔"的误会。

他究竟有什么目的？

是为了促成这场跨越时空的通话，从而改变过去？这么一想，似乎一切都说得通了。

威胁王逸帆，是为了把自己留在本地，以便顺利入职。派她接手檀园路 76 号，当然也是有意为之，甚至连 VIP 厅的设置，安静舒适无人打扰，连监控都没有，让自己去午休成了自然而然的选择。全都是算计好的，只等铃声响起。

难怪做着赔本的买卖，维持惨淡的经营，老板却毫不在意。程禧只可怜自己的事业心喂了狗！

进入檀园路 76 号以来的种种困惑找到了缘由，程禧坐在桌前，只觉一阵背脊发凉，被操控的作弄感和愤怒感涌上心头，她狠狠地踢了一脚办公桌的挡板。

吴悠正好回办公室喝口水，被吓了一跳，擦着嘴角怯怯道："怎么了，经理？"

"不关你的事儿。"

她人在气头上，说完才意识到自己的语气不妥，又有些愧疚。这些员工何其倒霉，把时间浪费在无用的职场上？李思齐也就算了，工作纯粹是玩票。吴悠呢？本本分分的小姑娘，这可是她的第一份工作。

说起来，自己好像从没真的关注过她。

程禧的口吻软下来，温和道："吴悠，我记得……你是刚毕业吧。"

"对。"吴悠垂垂眼，有些不好意思地笑道，"没读过大学，我念的是卫校。"

要不是今天聊到这儿，程禧还真不知道小姑娘有这个技能。她来了兴趣，问道："那怎么没去当护士呢？"

"从来没想过当护士，学这个是因为家里有病人，方便照顾。"

"哦。"程禧的愧疚感更强烈了。

沉吟半晌，程禧再次开口："你喜欢电影院的工作吗？"

"嗯，挺喜欢的。"

"咱们这儿发展受限，你也看到了，想升职是很难的。正常来讲，你票务场务做个两三年，也能往上走走……有没有意向去更大的电影院？我认识些人，倒可以帮忙推荐。"

"啊？"吴悠听到这儿，禁不住有些急了，"您要开除我？"

"不是，我是站在你的角度考虑——"

"我真的喜欢在这儿工作！"

程禧不知该高兴还是无奈，笑道："我不是想考验你什么的……你家也住这附近是吗？上班不想走远？"

"有点距离，不过我能搭李思齐的顺风车，也还挺方便，挺好的。"吴悠的声音越来越轻，结尾上扬的语调带着女生特有的小心思。

程禧一愣，随即反应过来，李思齐开车产生的变化，不只影响了自己，也影响了他和吴悠的关系。

因为顺路而多了相处的机会，使两人走得更近，仔细回想确实能发现些端倪。眼皮子底下滋生的情愫，自己竟然丝毫未觉。

程禧展展眉，心情都跟着缓解了些，说道："没关系，我就是提个建议，去吧。"

"嗯。"吴悠安心地点点头，转身要走，正巧撞上另一位当事人进来。她看了他一眼，没说话便跑出了门。

"你们在聊什么？"李思齐拉出椅子坐下，问道。

程禧瞥了眼放在吴悠椅背的狗头抱枕，笑道："没什么。"

李思齐皱着眉，一脸莫名其妙。顿了顿，才重提话头："哎，你还去不去那家疗养院了？"

"怎么？"

"我有办法进去了。"

"说说你的办法。"

李思齐从兜里掏出个东西，往程禧的桌面上一扔，挑眉道："工作人员出入口。"

桌上是一张门禁卡。

"哪儿来的？"

"能花钱解决的都不是事儿。"

程禧拿起那张卡瞧了瞧，抬眼道："说清楚啊，怎么花钱弄来的？"

"啧，网上跟人买的。"

这种事儿只可意会，讲出来就神气全无。李思齐催促道："多难得才买到，你到底去不去啊？"

程时费尽心思，让自己入局，让通话开始，一切一切的源头，就在这疗养院里吧？

"去。"她说。

疗养院有三栋主楼，错落于山间。微风吹拂，带来天然的山海气息，让这里显得宁静美好。程禧和李思齐漫无目的地走在草坪间，偶尔与散步的老人擦肩而过，倒像是来度假的。

"老了以后住在这儿也挺好啊，天天跟度假似的。"李思齐忽然感慨道。

"好？好的话为什么有人要自杀？"

李思齐想起那天偶遇的救护车，摸了摸脑门，说道："你说传闻中的老板娘是什么情况？"

"不知道。"

这偌大的疗养院从哪儿找起？程禧试图理清思路，根本无心搭理李思齐，听他继续念叨："你说她跟檀园路 76 号有什么关系？"

檀园路 76 号的通话可以跨越时空，改变过去。

"或者说，跟那场火灾有什么关系？"

程时是否像自己一样，希望在事故中挽救某个人的命运？

"难道也是受害者吗？"

程禧猛地抬起头，两人四目相对。

她当局者迷，总是将事情想得很复杂。而李思齐凭直觉将檀园路 76 号和疗养院联系到一起，所有思路围绕着这个中心展开。

檀园路 76 号、火灾、受害者……

程禧将这几个关键词串联在一起，再加上跨越时空的条件，构成一个合乎逻辑的故事——

自己为了改变蒋今明的命运，被动地卷入这场时空乱局。而这背后的操纵者是程时，程时为了改变某人的命运，主动开启了它。

两个人站在树荫下，各自紧盯着手机屏幕，查询火灾受害者的相关信息。他们搜索了好一会儿，终于发现了一则 2000 年年底的消息。发在学校论坛里，内容是这样的：

我校舞蹈学院新生吴静雯同学在檀园路 76 号火灾事故中受伤，术后仍需高额治疗费用，现呼吁全校师生捐款。

捐款地点：舞蹈学院办公室。

2000 年初夏，距离高考还有一个月。

吴静雯推着自行车出来时，天已经黑得彻底，默不作声的学生涌出校门，路灯下的身影被拉长，虽然都挨着，却显得很孤单。

都是高三的学生。

按理说她应该轻松得多，毕竟已经通过艺考，只等一周后正式填报志愿，以她的成绩，文化课根本无须担心。可难就难在报志愿上。

吴静雯默默叹了口气，正要跨上自行车，感觉后座一沉。

"我自行车没气了，这么晚也没地方打气了。"是周晓军，支着腿坐在她的自行车后座上，痞笑道。

"我载不动你。"

"我载你啊。"他说。

镇子不大，靠海，周晓军骑车载着吴静雯回家，经过一段下坡，海风在耳边呼啸而过。

"吴静雯，你不是通过艺考了吗，还这么拼命干吗？文化课对你来说不难吧。"

"嗯。"她轻轻答应一声。

"啊？"周晓军没有听清，回头大声问道。

"我说对！"

"那你还跟着晚自习？"

吴静雯不想再搭话。眼看这段下坡路越来越陡，速度越来越快，她抓着后座边缘，一声不吭。然后地势又上去了，周晓军靠着惯性猛蹬了几下，开始乏力，车把左右摇晃。没多久，吴静雯跳下来，两个人推着车前行。

"那你还跟着大家晚自习？"周晓军又重复一遍。

"我又不一定学舞蹈。"

"你不是都通过考试了？"

"我爸妈还是希望我学个普通专业，比如英语什么的。"

周晓军哦了一声，说道："学英语还是不错的。"

吴静雯瞥了他一眼，转而问："你要报什么专业？"

"计算机。"

"出省吗？"

"嗯……"周晓军大喘了口气，紧接着说，就像那话烫嘴似的，"你要是学英语，我们可以报同一所学校。"

吴静雯的父母都是镇上的中学老师，只有这么一个女儿，倾尽心思在培养。小时候让她练舞蹈，权当个兴趣爱好，谁知她身体条件优越，一步步被专业老师相中，才有这番艺考的尝试。

没想到就这么通过了。

父母不支持，也不反对，将选择权下放。但随着填报志愿的日子临近，他们话里话外还是希望她学个"正经"专业。

吴静雯难以抉择。

她没有回答周晓军的话，安静了好一会儿，又听他说："你要是学舞蹈也挺好的，不就在檀城嘛，放假的时候我可以去找你。"

"是啊，很近的。"

檀城是小镇附近最大的城市，也是很多镇上学生向往又看得见摸得着的地方，坐大巴车约莫四小时的路程。

周晓军已经察觉出吴静雯的心中所向，有点堵得慌，还是顺着这个话题往下说："哎，你这次艺考顺便去玩了吗？"

"时间紧，就去了江边。"

"檀园路 76 号那儿？"

"对，但我没进去，那天人有点多。"

"你知道吗，现在江上还能坐船夜游，是今年新开发的项目，我听我表哥说的，码头就在檀园路 76 号楼下。"

"是吗？"吴静雯稍微兴奋起来。

怎么说呢？其实不是对坐船夜游感兴趣，而是关于檀城的每个小细节，都像一枚砝码，让她可以理直气壮地倾斜心里的天平。

周晓军见状也跟着挑眉，兴冲冲道："现在国庆节能放 7 天长假了，那时候我就可以去找你。"

"行，你要是来的话，我带你去坐船夜游。"

"所以她是当年事故中的游船乘客。"李思齐皱着眉，浑身没骨头似的靠在护士站边上，追问道，"怎么受伤的？"

"这我可不知道。"那护士按了按笔，想想又说，"听说当时楼上着火噼里啪啦地往下掉东西，船正好靠岸，好多游客往上挤，她是被砸了还是怎么着，人倒了，不巧拦腰一摔，伤到腰椎了。"

李思齐看了看程禧，心道原来事情是这样。

就在刚才，他们按照新闻里的名字到护士站打听，得知吴静雯确实住在这儿，于是顺势跟护士攀谈起来，意外地得到这个消息。

"那她现在怎么样？腰椎骨折了？"李思齐又问。

"骨折？"那护士递过一个无知的眼神，"她腰椎神经断了，下半身瘫痪，在这儿住十几年了，比我进来得还早。"

两人很是震惊，不知道该说些什么。半晌，程禧开口道："我们能——"

"不能，你得预约。她平时不接受探视，连家人都不见。"

"家人？请问是叫程时的吗？"

"哎，你俩怎么进来的？"那护士猛然反应过来不对，有些警觉起来。

"我们来探视朋友，正巧发现她也住在这儿，过来看看。"

程禧信口胡诌。她还有好多疑问，心里有了大致的脉络，急需连上那几个关键节点，并不想走。

"那我也跟你们说一下，她情况很不好，自杀完又添新伤，搞得大家都紧张。你们要是认识，也跟着劝劝，说句不好听的，瘫痪也不是一年两年了，何苦还要折磨自己呢，总得活吗不是？"

"嗯……"

上次保安口中自杀的病人，原来是吴静雯。

20年生活在轮椅上，在别人看来，小半生都熬过去了，为什么又忽然想死？也许不是忽然吧，或许她每天都在想这件事，已经想过千百万遍了。

程禧能清清楚楚地感受到那种绝望，就像发生在自己身上一样。情绪翻涌，让她无法轻易接话，拖着长长的尾音，直到消声。

"留不留个预约？"

"不，不了。"

程禧摆摆手，转身时竟然有些脚软，忙扶着墙撑住，然后低头看自己的腿，有片刻的走神。

"怎么了？"李思齐问道。

"靠着站太久了，腿麻。"

"行不行啊？"李思齐丝毫不掩饰嫌弃，拎着她的胳膊，"走吧。"

"不用扶我。"

两人慢吞吞地来到电梯口，各怀心事。李思齐盯着电梯上行，红色的数字跳动，眼看就要停靠，忽然拍脑门道："我车钥匙落在护士站了，你先下去。"

"哦。"

李思齐几步路重返护士站，敲了敲台面，故作自然道："那个，我还是帮吴悠预约一下吧。"

"谁？"那护士抬起眼，定定瞧了他片刻，说道，"她姐让她最近都别来了，你正好跟她说声吧。"

李思齐失神数秒，才嗓子发紧地回道："好，好。"

回去的车上，还是那段沿海公路。

两个人都没有说话，在心里勾画着真相，他们的拼图都缺了一角，谁也没有想到这一角却在对方手中。

毋庸置疑，吴静雯是那场事故的受害者，檀园路76号的火灾间接地造成她瘫痪20年，而程时想改变过去，改写她的人生。

是他把自己引向吴静雯的故事吗？她的自杀导致各方面状况急转直下，因此等不及了？

正想着，李思齐默契地开口："吴静雯是事故伤者，程总将她安置在这儿，我明白，但这跟VIP厅、跟你，到底有什么关系？那摩托罗拉到底怎么回事？现在总可以告诉我了吧？"

他全程参与其中，人生也不知不觉被改变着，唯独没触碰到最核心的秘密。程禧看了看他，犹豫了许久，淡淡说道："电话可以接通20年前。"

李思齐握着方向盘，手心冒出汗来："所以可以改变过去？"

"是。"

联想以往种种，他一下子明白了——

为什么吴悠给自己讲老板的八卦；为什么她常在VIP厅附近出现；为什么上次来疗养院时，她主动帮自己换班；为什么她开玩笑似的跟自己说保洁大姐特别喜欢跟物业的人嚼舌根……

他就算再迟钝，在得知手机的事确实是保洁大姐说漏了嘴之后，也终于开始察觉，吴悠的很多无意之举，都暗含算计。

李思齐平静地看着前方的路，心里完全在苦笑。好奇心重，闲不住，话又多……自己的这些缺点被吴悠拿捏得精准到位，只需要一点点引导，就能轻易达到目的。

目的，就是为了揭开吴静雯的故事吧，她姐姐的故事。

已经没有时间再等了。

程禧和李思齐回到电影院的时候，吴悠正在卖品区专注着爆爆米花，玉米粒迅速膨胀着往外冒，隐隐散发着甜香。

甜腻的香。

李思齐头一回对这味道感到厌恶，不自觉地皱眉，程禧则是心不在焉，还在想疗养院的事情。

两人一言不发地经过前台，就见吴悠从爆米花机后面探出头来，喊道："你们回来啦。"

程禧回过神，停下来点点头。

"尝尝呗，刚出来的。"

吴悠打开爆米花机，兴致勃勃地盛了小半桶，转头却对上李思齐一张嫌弃的脸，

吴悠愣了愣。她猜想两人许是觉得自己占了便宜，嗫嚅着解释："这个是试吃的，不是卖的。刚刚你们出去的时候，有供应商送过来的，说这个口味成本价更低，可以试试看……"

"我尝一下。"程禧接过来，往嘴里塞了一粒，评价道，"香精味有点重，不如以前的好。"然后顺手递给李思齐，"你尝尝。"

李思齐并不接。

程禧这才注意到李思齐的脸色难看，像是跟吴悠闹了脾气，便直接把那桶爆米花对到他胸前交代："尝一下，给大家也尝尝。"

李思齐只好捧住。等程禧离开，又"啪"地放回前台，浑身不得劲地喘出一口气。

整件事他越想越窝囊。刚才在路上还只是自嘲，现在见到吴悠那副样子，就像迎头淋了热油，把自己给烧起来了。

她怎么就能装得那么好？！

"不吃吗？"

"香精味很假很廉价。"他说道。

吴悠的笑意凝固在脸上，化成尴尬。她不明所以，拿起一粒尝了尝，说："挺甜的啊，你什么意思啊？"

"就那个意思。"李思齐往办公室走了几步，想想又停下来，回过头道，"你姐说，让你最近别去疗养院了。"

啊……终于知道了。

吴悠僵在那儿，一时忘了咀嚼，爆米花在嘴里化开，确实是股廉价的香精味。

"哦。"然后她应了一声，表情也跟着平静下来。

人都走了，大厅空空如也。吴悠往嘴里送爆米花，一把一把地送，就像要把它们全部吃完。

香精味怎么了？不也是香吗？替代品就都这么糟糕吗？上不得台面吗？逃不开被比较被嫌弃吗？

她甜得发齁，嗓子像过敏似的发紧，禁不住又想，也许是的吧。

程禧在办公室里坐不住，查着网络上的游船信息，却完全无法集中注意力。她老是在想瘫痪的吴静雯。不知道为什么，这件事对她的触动非常大，已经超过了简单的共情。

那种感觉，就好像自己亲身经历过。麻木的双腿、无法控制的肢体以及坐在轮椅上的滋味，难受至极。

程禧试图驱散脑子里的胡思乱想，双眼紧盯着屏幕，发现第一条搜索内容竟然是自己曾经给蒋今明念过的报道。

2000 年 3 月 5 日，江面游览项目试运行的消息。

难怪总觉得有些熟悉。游船项目确实是在 2000 年初开通的，当时为了聚集人气，将码头设在了檀园路 76 号楼下，几乎是紧紧挨着。

旅游项目、商业改造、社区拆迁，现在看来这一套动作应该是整体规划。城市高速扩张的背后是一个个具体的人，带着各自的故事慢慢浮出水面。

当年火灾事故发生后，游船项目也被迫叫停，码头随之迁移到了广场另一侧的开阔处。直到今天，这项目还运行着，每晚都有装点着彩色灯带的游船在江上航行，成为一道夜景。

程禧看了看时间，关了电脑决定提前下班。

夜幕降临，江两岸亮起路灯。

程禧绕到檀园路 76 号后身，找到了码头旧址。那位置空间狭小，可以想象上下客时人群拥挤，本身就存在安全隐患。

但她抬起头，又觉得纳闷——

按照那护士的描述，当时楼体着火，噼里啪啦地往下掉东西，才酿成吴静雯的悲剧，可码头紧挨着的这面墙，连扇窗户都没有，从哪儿掉？掉什么？难不成掉砖头吗？而那面墙背后，应该是每层楼影厅中间的走廊，尽头挂着电影灯箱和海报。

程禧满腹疑惑地拍了张照，沿着江往新码头走去。一艘游船稳稳地停靠在岸，7 点，正是即将发船的时间。

工作日，船上的游客寥寥无几。她走到后舱，靠着扶栏坐下来，看着渐渐远去的檀园路 76 号，闭起眼睛放空。

等到再睁开眼的时候，对面已经多了一个人。

吴悠坐在她对面，脸被灯带晃得忽明忽暗。

程禧暗自吃惊，坐直了些，张口叫她的名字："吴悠？"

"程经理。"

"你怎么——"程禧欲言又止，明显感觉到这孩子跟以往不一样，又说不上来。她甚至还没换掉工服，一样的打扮，一样拘谨的坐姿，但就是哪里不一样了。

"程经理，我请一小时假，给你讲个故事好吗？"

游船全程 40 分钟，吴悠已经事先算好。

"你说。"

两人坐在船舱，伴着阵阵江风，一个讲，一个听。

"20 世纪 90 年代末，附近沿海的镇上有一家三口，父母和女儿。那时候重男轻女还挺严重的，家家户户都超生，被抓了宁可认罚。但这对夫妻都是镇上的高中老师，单位管得严，这个女儿是实实在在的独生子女。

"他们把全部心思都花在女儿的培养上了，该有的一样不差。女儿也争气，长得漂亮，会跳舞，学习也好，考个重点大学不成问题。"

吴悠说到这儿停下来，确认程禧的反应。

"吴静雯？"

"对，是叫这个名字。"吴悠继续道，"20 年前的这个时候，她即将高考，该填报志愿了。父母有很多期望，学英语、学经济、学新闻，哪一样都有大好前途。但她通过了艺考，想专门学舞蹈……其实他们培养她学舞蹈，只是想让孩子多个爱好而已，未来做什么不能继续跳舞呢？"

"可她还是学了舞蹈。"程禧想起那则捐款通知，接话道。

"嗯，父母不想干涉她，为此后悔了半辈子。因为她进入大学才一个月，国庆假期前坐上这个船，就出事了。"

程禧听得专注，直到这时才开始意识到吴悠和吴静雯的关系。她在心里默算年纪，吴静雯是独生子女，现在四十岁左右，而吴悠刚成年。

尽管难以相信，她还是迟疑道："你是吴静雯的女儿？"

吴悠摇头："她半身瘫痪，什么未来都没了，几次手术下来，家里也跟着垮了。但最难的不是经济上的窘境，而是一家人没了奔头，孩子天天想死，父母没有寄托，过得人不像人，家不像家。这么过了两年，不知道是不是意外，他们又要了一个孩子。"

程禧这才恍然大悟，怔怔道："你是她妹妹？"

吴悠，无忧，大概是那个家庭，在那个当下对孩子寄予的最大期许。

吴悠默认了。

"我出生之后，他们没有精力同时照顾两个孩子，姐姐也不愿意拖累家里，没多久就被接走了，住进檀山疗养院。"

"是了，应该是这样。"应该是程时的安排吧，时间对上了。

"姐姐特别优秀，聪明又漂亮，家里到处都是她的照片和奖状，我长这么大，连一张奖状都没拿过，大学也没有考上。"吴悠无奈地扯扯嘴角，自顾自接着道，"同样父母生的，怎么差距就这么大呢？我小时候很恨她，不想拿自己跟她比较。但每次去疗养院看她，又在想为什么她这么好的人，一辈子只能坐在轮椅上？我这个替代品却健健康康的。如果她是健康的那个，我爸妈该多开心，一家人该多幸福？"

听到这儿，程禧猛地抽了口气，感觉酸楚直奔眼眶，忙低头按着眼睛，皱眉道："你还太小，你想错了。"

"我想着等到那天一切都能改变，但是现在等不了了，我们没法看着她死。"

吴悠说完望向程禧，久久不敢眨眼。

这番话压在程禧心头，连呼吸都沉重许多。

她试图抽离吴悠的故事，一直侧脸迎着风，心里的很多困惑迎刃而解，好一会儿，才转过头去确认："那张酒吧的照片是你拿走，然后寄给我的。"

"嗯。"

"因为吴静雯的自杀让你着急了。你们原先的计划是什么？你和程时。"

"改变 9 月 29 日那天。"

其实刚才程禧也思考过，码头的选址很有问题，如果在事故发生之前能让项目暂停，让码头迁址，再或者只是让游船在当天停航，蒋今明应该可以做到。而这样对吴静雯的人生干预也最小。

"现在呢？"

"改变她的志愿。"吴悠早已想好，不急不缓道，"这件事是我们全家的心结，我爸妈一直后悔。事故发生之后，我姐开始抗拒一切和跳舞有关的东西，哪怕是电视上偶然看到，都要赶紧帮她转台。她一定恨透了跳舞，如果当时做了别的选择，这一切都不会发生。"

"那她整个人生都会改变，会变成什么样没法预料，你有没有想过后果？"

"还会比现在更差吗？她现在活着都艰难。"

程禧不再说话，默默盘算着这件事的可能性。吴悠看在眼里，忽然说："你们怎么一样冷血？"

"什么？"

吴悠没再重复，只是从衣兜里拿出一张照片，起身递过去，垂下眼，请求的口吻："程经理，这对你们来说不难做到。"

照片上是个笑容恬静的女孩子，眉眼弯弯，高洁的额头，修长的脖颈，一看就是练舞蹈的好苗子。她背后是高中的大门。

有些感觉难以言喻，像是冥冥之中被牵绊住，程禧确实非常想帮这个女孩子，想给她全新的人生，想让她免受身体残疾之苦。

"最后一个问题，程时跟吴静雯是什么关系，为什么要帮她改变过去？"

船将靠岸，广播响起，伴随着小幅度的晃动。吴悠站在她面前，慢慢蹲了下来，抬头说道："他该负责。"

顿了顿，她轻声接了一句："你也是。"

程禧夜不能寐，脑海里盘桓着那句"他该负责，你也是"，让她眼睁睁地看着手机屏幕的时间从 00:59 跳到 01:00。

算了，不再与清醒抗衡。

她起身下了床，摸着黑来到厨房，从冰箱里拿了瓶矿泉水，拧开就灌了几大口。解了渴，降了温，然后听见父母房间传来的隐隐鼾声。

又安了心。

家有多重要？家人健康平安有多重要？程禧听了吴悠的故事之后，感触良多。

她对着矿泉水瓶发了会儿呆，破天荒地听从程妈平时的念叨，将它丢进冰箱，又老老实实倒了杯热水，端着杯子回到了房间。

打开台灯，照例记录下这几天发生的事。

他该负责，你也是。

写完这句话，程禧又在下面加了两条横线，然后轻抬笔尖，陷入思索。

负责？

晚间听吴悠这么说的时候，就觉得很不对劲，为什么要用这个词？即便是恋人、爱人、亲人，也没有谁就该为谁负责，这种说法不常出现在亲密关系里，反倒像是——

程禧忽然转换了思路。

也许一直以来，他们都想错了程时和吴静雯的关系。他试图挽救她的人生，如果是在为自己的过失负责呢？更直白地说，是为了赎罪呢？

想通这个关窍，就像打开了思绪的阀门，各种可能性一股脑涌进脑海。

程时与游船事故有关？他直接或间接造成了吴静雯半身瘫痪的悲剧，希望通过改变过去来弥补？所以程时把她接到檀山疗养院，而不是一同居住；所以照顾她十几年，却绝口不提他们的关系，任由老板娘的传闻在公司里沸沸扬扬！

凌晨时分，程禧觉得自己精神百倍，浑身细胞处于亢奋状态，热水都喝出了咖啡的感觉。直觉告诉她，自己这次找对了方向，她想弄清楚程时的身份，还要从事故原因下手。

她把这番推理标注在旁边，可没写几行又停住了。

按照这个逻辑，那自己呢？自己要负哪门子责呢？明明自己与吴静雯没有任何交集啊！

程禧又失了主意，泄了气一般垂头抵在桌面，怀疑吴悠的话只是一句激将。

眼睛先感受到光亮，手臂有些麻……然后猛地，耳边铃声大作，把程禧惊一激灵，弹簧似的直起身。竟然这么趴在桌上睡了一夜。

她抹了把脸，接起电话，含糊地说了句："喂？"

"你没来上班？"是李思齐。

程禧听出他的声音，心想这小子还盯上自己考勤了，没好气道："干吗？"

李思齐的音调降下来，语气压抑而急促："有一件事，想了一晚上，还是觉得要跟你说。"

"说。"

"电话里说不清楚。"

"那就别说了。"

"吴悠是吴静雯的妹妹。"

程禧怔了怔，这才重新将手机贴近耳边，问道："你是怎么知道的？"

"疗养院的护士说的。"

她想起李思齐借口取车钥匙，曾经单独回过护士站，原来是有意支开自己。身边这一个个都藏着掖着，叫人琢磨不透，不禁扶额叹气道："对，是她妹妹。"

"你知道了？"

"嗯。"

"他们想要通过你改变过去，改变吴静雯在 20 年前事故中受伤的事实，是吗？"

"嗯。"

李思齐听到这儿，忽地急躁起来，问道："你准备怎么办？"

"或许可以补救，游船事故应该是可以避免的。"

李思齐倒抽了口气。他躲在楼梯间，一下下踢着墙围，发出闷闷的声响，伴着刻意收敛的话音："吴悠跟我说过她父母年纪都大了，是很晚才有的她。她还说自己没什么出息，原本就不该出生的，可我当时根本没听明白这是什么意思。"

程禧心里有根弦被拨动，恍惚之间好像也意识到什么。

"吴静雯受伤是 20 年前的事了，而吴悠不到二十岁，是在吴静雯出事之后才出生的……你还没想明白吗？"

程禧明白了，她比李思齐更了解整个故事，那一瞬间全明白了。

吴悠是事故两年后，在整个家庭陷入困境的情况下出生的。不论意外与否，她出生的大前提，是姐姐半身瘫痪，落得残疾。

"如果吴静雯免于事故，吴悠就不会出生。"她喃喃道。

"你只能选一个！"

两人握着手机，就此陷入沉默。

世上居然有这样艰难的选择，没人有权利做出的选择就这么被摆在了自己的面前。吴悠知道吗？她应该想到了吧，那她一直以来怀着怎样的心情为姐姐奔走呢？

程禧回忆起昨晚她说的话，现在却读出了不一样的意思。

"如果她是健康的那个，我爸妈该多开心，一家人该多幸福……"

是他们一家人吧。受人尊敬的父母，优秀出色的女儿，原本那个令人羡慕的一家三口。

"我们没法看着她死……"

是我没法看着他们死吧。

十八岁的吴悠，面对受尽病痛而选择自杀的姐姐，年事已高的父母无法承受刺激，她短短人生中最重要的三个人，此时就像随风摇曳的叶片，轻易便会掉落。

人生无望，不止于过去和现在，未来更让她胆怯。

李思齐的注意力在吴悠身上，昨晚稍加思考便想到这层，立马慌了，哪里还能再帮她隐瞒，忙不迭要告诉程禧。

现在程禧也终于明白——吴悠是抱着放弃自己人生的代价去改变过去的，她宁可自己没有存在过。

一时间，所有路都走到了死胡同。

赵飞，没有线索；吴静雯，没法选择；程时，依旧躲在幕后，身份成谜。他也准备牺牲吴悠，去改写吴静雯的命运吗？他是不是也面临两难？

所有事都纠缠在一起，就像解不开的结，任凭程禧怎么努力，也只是越缠越紧，越缠越紧。

一筹莫展之际，她接到了蒋今明的电话。

"我给你一份名单。"他说。

Chapter 10

受害者

程禧无法消化这段话，仿佛被定住一般，脑袋嗡嗡直响，
怔怔问道："你什么意思？"
"你们改变过去的时候，有想过会牵连多少无辜的人吗？"

———————— ❧ ————————

蒋今明连着几天在檀盛房地产公司楼下蹲点。

他对照着史崇给的名单，摸清了办公室里的每一个人，每一个知道手机存在，可能在未来威胁程禧的人。

其间，先排除了三位当天请假缺席的同事，然后排除了四位女性，还有一位已经申请移民、不日即将出国的同事。

皱巴巴的纸巾上，只剩 7 个名字。

蒋今明坐在台阶上勾勾画画，被人轻轻推了一把。

"喝口水吧，史密斯。"史崇递过来一瓶汽水，倏地想到什么奇怪的笑点，乐不可支道，"哈哈哈哈，史密斯，你还跟我姓了！"

天气炎热，蒋今明仰头咕咚咕咚喝了半瓶，才得空瞥了史崇一眼，回道："跟谁姓也不跟你姓。"

"你还真想跟谁姓啊？"史崇一屁股坐在边上，瞧了一眼那纸巾，实在好奇，"为什么有的人被划掉了？"

"你觉得呢？"

史崇看了半天，装模作样道："女的都被划掉了，你要找的人是个男的。"

"废话。"蒋今明把纸巾收回来，对照数字算着什么。

他在算年纪。

譬如五十来岁的同事，20 年后已经七十多了，实在不大可能给程禧找什么麻烦。那么把年纪控制在多大合适呢？怎么也要四十岁以下吧？

蒋今明据此又划掉几人，笔尖移到高成峰时，史崇又插嘴了："你到底是根据什么筛选的？"他想了想，选择了更简单粗暴的表述，"你要找的是什么样的人，好的坏的？"

"反正没干好事。"

"全办公室，就他最像不干好事的。"史崇伸手点了点高成峰的名字，不屑道，"你看看他儿子那副德行就知道了。"

"就是那天在饭店碰到的小孩？"

"对。"

蒋今明迟疑了。高成峰是个司机，如今四十出头，20年后也有六十多了。他有些难以想象，但年龄卡在线上，最终还是没有落笔，把这名字留了下来。

史崇满意地点点头，接着喝起他的汽水。实际上他和高成峰接触不多，这人是赵飞的司机，平时不大给别人面子，有点狗仗人势的意思。

前两天有饭局，一帮人喝得烂醉。高成峰最后送自己回宿舍，居然随口扯了个理由，老远就停了车，害自己走了一大段夜路，还摔了几跤。

现在膝盖还隐隐作痛。

这一老一小换着法子给人气受，要说作恶肯定有他们一份！

蒋今明哪能知道这些弯弯绕绕，最终誊抄了5个人的名单，高成峰赫然在列。他准备将名单给程禧，这些人都是本地人，都在檀盛工作，找找与电影院的交集，查起来应当不难。

蒋今明收好纸条，起身回单位打电话。

程禧通过人事徐姐，还真的联系上了檀盛集团的一位同行。没等多久，对方回话了。

这5个人中没有仍在檀盛集团供职的。

失去了单位这条线索，进入茫茫人海可就难找了。但20年的岁月，程禧本就没指望他们不换工作。蒋今明大概按照从前的做派，将人这一生想得太稳定了。

程禧还是道了谢，那人事又说："但这里面有个人我听说过，原先是我们这儿赵总的司机。"

"哪位？"

"高成峰。"

"他现在离职了吗，还是退休了？"

"不是，他过世了。"

"啊——"程禧答应一声，没再接话。

"几年前的事了，他工作期间开车出事故了，当时还是酒驾，我们公司替他赔的钱，闹得挺大。"

这种事不好评判，程禧只得附和地叹口气。

"不过后来他儿子好像接替了他的工作。"对方顿了顿，说道，"你等等，我查一下啊。"约莫两三分钟，她重新拿起手机，"叫高岭，挂着司机职位。"

"有他的照片吗？"

那边略显迟疑，或许觉得有违职业道德。程禧很快意会，改口问道："是三十多岁，长得高高壮壮，挺黑的，额头上还有道疤吗？"

"对，是他。"

程禧挂了电话，终于有了眉目。高成峰父子先后成为赵飞的司机，高成峰出车祸身亡，儿子高岭接任，同时在背地里寻找手机。

他是帮赵飞阻止通话，还是也想改变过去？

程禧不由得望向那部摩托罗拉。

她再次觉得那小小的工具，像一个潘多拉魔盒。人们带着极大的后悔和遗憾寻来，却只能开启时空无穷无尽的更迭。

除了病床和仪器，这里不像一间病房。衣柜、镜子、茶几、电视，倒像个家。

吴静雯坐在轮椅上，觉得手使不上劲，轻声道："帮我推到窗边。"

程时想了想，站在她身后推动了轮椅，然后将窗户关好，扣上了锁。

"干吗，怕我自杀啊？"她笑说，"打开，我要吹风。"

程时无奈地将窗户重新推开，自己索性就靠在旁边，陪她说话。

"那孩子肯定去找程禧了，是不是？我听护士说了，有一男一女过来询问我的情况。"

"嗯。"

"说女生很漂亮，男孩子也高高帅帅的。算起来我都没见过程禧，只看过她以前的照片，还是高中的时候？校车出游那次？忘记了。"程时没有接话，听她又说，"那个男孩子是不是吴悠的同事？姓李的那个，吴悠是不是喜欢人家？"

"叫李思齐。"

"你有没有他的照片？给我看一下。"

程时犯了难，微不可见地蹙了蹙眉，沉吟道："我找一下。"

"尽快啊。"

吴静雯今天的话格外多，让程时觉得有些意外。没多久，公司人事将李思齐的一寸照发到了他的手机上。

"有点愣啊。"吴静雯看了半天，抬头说道，"不过证件照都这样，他家里是做什么的？"

"拆二代，人……还不错。"当时在述职会上帮程禧打了掩护，他是知道的。

"嗯，人好就行。"

风细细碎碎地吹进来，只能牵动几根发丝。吴静雯梳着发髻，穿着圆领的黑色连衣裙，看起来像是舞蹈服。这让程时察觉到一丝异样，顺手关了窗。

"你休息吧。"

"你得答应我一件事。"她忽然说。

"什么事？"

"我不想改变了，你不可以改变关于我的过去，同时你还得保证吴悠以后的生活。"

程时压抑着呼吸，无法回答。

"我知道她的想法，6月份，填报志愿的时间，她想改变那个节点对吗？但重来一次我也还是会选择学舞蹈，直到现在我才真的了解我自己。没用的，让她别做无用功。"吴静雯说完歇了口气，像是讲话就已经耗费了她很大的精力，等待程时的回应。

"嗯。"

"9月29日那天，我也没什么后悔的。不怪你，更不怪程禧，事情就这么发生了，你们预料不到，这都是命。"她说着，缓缓加重了语气，"但如果你们再次改变那天，把吴悠的人生抹掉，我一定会恨你，程时。"

程时站在那儿，无力感袭来，别过脸去。

"你答应我，刚才说的事，你现在就答应我。"

"还有时间，再想想办法——"

"你用来拖吴悠的话在我这里不好使，我知道这个选择你做不出来，你就当我逼你吧。"

他低头答应了一声："好。"

十几年的时光，他们早已像亲人一样。吴静雯相信他，觉得安心，慢慢合上双眼，说道："我休息了。"

程时从病房里出来，照常拐进楼梯间抽烟。随着长长一口雾气吐出，他拿起手机，拨出号码。然后电话接通，能有几秒钟，双方都没说话。

"我姐怎么样？"吴悠先开了口。

"不太好，你太冲动了。你跟程禧说了多少？"

"没有说你的事。"她顿了顿，置气般说道，"到现在了你还只考虑程禧，你们都只会逃避，她现在躲着我，没时间了！"

"因为她想得到后果，就没法做这种选择。所有存在都被抹掉，没人记得你，包括你父母、你姐，也包括李思齐。吴悠，你真的明白这是什么后果吗？比死还彻底。"

吴悠怔了一瞬，好像大脑有种保护机制，让她不要去想，只反问道："那样大家都没有痛苦，不好吗？"

"没有痛苦吗？你把选择放到所有人面前，你姐宁可一了百了，也要让你放弃这个念头。在你和她自己之间，她选择你，这就是她自杀的原因！"

"那都是暂时的，等过去发生改变，我们一家就会拥有不一样的人生了，像以前一样幸福。"

程时竟说不出话来。

执着于改变过去的人，何止她一个。

许久，程时熄了烟往楼下走去，问道："你在电影院吗？"

"怎么，你来吗？来帮我一起找程经理？"

吴悠呛他，此时她正拿着手机挨个影厅找寻程禧的身影。这句话音刚落，猝不及防被谁拽着胳膊拉进影厅里。

影厅没开场次，黑暗里只剩两人的呼吸声。很快，李思齐"啪"地按开了灯，问道："你找程禧干吗？"

"有事情，你见着她了吗？"

"她不会帮你的，我已经跟她说过了。你是不是不知道改变过去会有什么后果？"

这个场景不在吴悠的设想中。她笃定李思齐已经讨厌自己了，不自觉地盯着他的脸，半晌回答："我不知道你在说什么。"

李思齐也回看着她，认真地说道："你要程禧帮你改变过去，后果就是你根本不会存在！"

"哦。"

不知怎么的，她心里隐隐生起点快乐，庆幸他想到了这里，并且赶来提醒自己。然而下一秒，她就亲手把情绪抹平，扯扯嘴角重复道："你见着程经理了吗？我真的找她有急事。"

"吴悠，你怎么回事儿啊？"

"我要找她。"说着吴悠转身往外走。

"不是——"简直不可理喻，李思齐跟上她说道，"你知道后果还要这样做？"

"嗯。"

"为什么？"

吴悠想了想说："如果可以选择，你是不是会把那桶香精味的爆米花倒掉，然后换上原先的？"

李思齐愣在原地。

他好像懂了，又好像没懂。人怎么能跟爆米花类比？他不怕浪费爆米花，但怕身边活生生的人忽然从世界上抹去，连个痕迹都没留下。就这样，他不放心地跟着她，两人找遍了电影院，又一路来到楼下，往门外望。六月份的天气多暴雨，外面阴沉沉的，风渐渐大起来，眼看又是一场电闪雷鸣。

程禧正在不远处打车。

"程经理！"吴悠一眼发现了她，喊着名字往外跑去。程禧循声回头，急得冲车流直挥手。

可人还是比车先到了。

"只差两天就报志愿了，没时间再等了！这对你来说真的不难，怎么说怎么做我都已经想好了！"

"吴悠，我没权利这么做，我没权利决定你们的命运，这个改变的代价太大了。"

"我愿意承担代价。"

"她呢？吴静雯也同意你这么做？"程禧头疼不已，不想再纠缠，补充道，"就算她同意，我也帮不了你。"

"所以你们造成的后果，就撒手不管了是吗？你说你没权利决定别人的命运，那为什么要帮程时？你让他幸免于难，代价就是我姐一辈子坐在轮椅上，你凭什么不弥补！"

远处传来一声闷雷。

程禧无法消化这段话，仿佛被定住一般，脑袋嗡嗡直响，怔怔问道："你什么意思？"

"你们改变过去的时候，有想过会牵连多少无辜的人吗？"

"什么？你说我改变过去，才让你姐姐变成这样？"程禧无法捋清时间线，因果关系完全混乱，"事故发生在20年前，她受伤早就是事实，我怎么能——？"

吴悠知道自己说多了，咬着嘴唇不再解释。她远远瞧见一辆黑色轿车，像是程时的车，一时间又生出怯意。

"而且这和程时有什么关系？你都知道什么？刚才你说的话，好好解释给我听！"

程禧拽着吴悠就要回去，争执之际，手机响了，是白婧，问她怎么还没到。

差点忘了这茬儿，出门是与白婧约好见面的。

"我耽误了一会儿，马上啊。"

"我先走了，别来婚纱店了。"

"啊？"白婧语气的变化，让程禧绷紧一根弦。明明刚才还兴高采烈地叫她帮忙去店里选婚纱。

"怎么就先走了？你要去哪儿？"

"再说吧。"

"别，你把位置发给我，我现在去找你。"

程禧挂了电话，回头发现吴悠已经走了，一辆的士也正好停在自己面前。

程禧按照定位，寻到一处烧烤摊，看见白婧坐在油腻腻的桌前，正独自喝着闷酒。

这转折来得急，让程禧极为担心。

下午收到白婧的消息，说自己要去婚纱店试婚纱，请她参谋，连发了几个表情包，开心溢于言表。

和许安淮进展如此神速，不声不响地结婚就提上日程了？程禧当时就感到困惑。谁知短短几小时，事情又变了样。

"白婧，"程禧坐下来，看了看桌上的白酒，把杯子挪远了些，"怎么还喝上白的了？"

"他没想过结婚，是我一厢情愿了。"

"慢慢来，这也没几个月啊，我都不知道你为什么有结婚的想法了？"

"跟时间长短没关系。"白婧看起来很平静，她微微皱着眉，红着脸颊，认真地说，"他就没有结婚的打算，没这个打算为什么要同意相亲啊？我搞不懂。"

程禧无言以对。她猛地回想起上次见到许安淮的场景，他对史崇所谓潇洒的羡慕，是眼下这结果的注解。

"也是好笑，同事结婚我去帮忙，在婚纱店被忽悠着办了张卡。"白婧有些自嘲地笑笑，捂着脸说，"我想着这也是迟早的事，反正大家都是奔着结婚去的……挺好，这下知道我们目的地不同，趁早各回各家。"

"嗯，不合适咱们就换下一个。"

白婧低头从包里翻出一张卡，拍在桌子上，上面是白色蕾丝纹样，簇拥着一件礼服。

"给你吧，等你结婚就不随礼了哦。"

"退了吧。"程禧推了过去。

"退不了。"

"那留着吧，干吗跟钱过不去。"

"给你了。"

"我也用不上。"

一阵推拉，谁都没有拿。

程禧沉默了，这简单几句话让她忽然也有点难过。以前总是被白婧推着去认识新的人，嘴上附和，其实从未真的觉得需要。对，从没觉得自己需要任何人。但近来越来越多力不从心，越来越容易觉得累，人生莫测，时空混乱，而唯一的同伴隔着20年的距离。

"换啤酒吧，我陪你喝。"

程禧扬了扬手，喊道："老板！来一打啤酒！"

不一会儿，有人提着啤酒瓶晃过来了，往边上一站，夸张道："哦呦，程经理！"

那老头子让自己消停一阵，不许出现在檀园路76号周围，正愁没机会找她，竟然在这儿碰见了，这不是巧了吗？

高岭笑着坐了下来，直接抬起胳膊，将桌上的半杯白酒用啤酒添满。程禧看着两种液体混合在一起，咽了咽喉咙，悄悄握上白婧的手腕，起身想走。

被高岭一把扯得坐了下来。

"程经理，为之前的冒犯敬你一杯。"高岭说着把那杯子搁在程禧面前，酒荡着洒出来些，他又添满，满得直往外冒，顺着桌沿一滴滴落在她的腿上，"无论如何要给我个面子。"

程禧没有去擦，能感觉酒浸透薄薄的西装裤料，她强装镇定地看向白婧："你在门口等我，叫个车，我随后就出来。"

白婧知道来者不善，脑子尚且清醒，手脚却有点不听使唤，在程禧来之前，她就已经喝了不少。她扶着桌子起身，低声道："那你有事儿叫我。"

"嗯，放心，我马上。"

高岭冷眼旁观，忽然笑起来："这是干什么，喝杯酒而已，生离死别吗？"他每次这样笑，都会不自觉地挑眉，进而牵动额角，让那道疤显得很狰狞。

程禧看着心惊，余光确认白婧已经走到门口，才回道："歉意我领了，确实没这酒量，我也确实有事儿。"

"啧，不给面子。"高岭缓缓摇头，"你就没有阿姨识大体，你妈还请我进去坐坐，留我喝杯水，还叫我以后多去串门。你别说，我也想着什么时候再去拜访……"

程禧听着这话，沁出一层汗来，如坐针毡。

周围嘈杂，猜拳声和劝酒声不绝于耳，丝毫没人留意角落里僵持的两人。她想了想，伸手拿到了那杯酒。

那是个最普通的一次性塑料杯。

程禧觉得自己可以扛住，咬咬牙，一仰头几大口灌下去，紧接着道："我先走了。"

"等等，等等。"高岭一手按着她的肩膀，一手握住酒瓶，说道，"我敬你，我还没喝呢。"

高岭不紧不慢地对瓶喝起来，喉结滚动，眼睛就死死地盯着她。程禧已经浑身发毛，往门外看了一眼，白婧还在叫车，只得等他喝完。

终于哐当一声，空瓶子放在桌上了。

"现在——"

"现在误会一笔勾销了，该说正事儿了。"他换了副脸孔，就像真有什么要紧事，认真问道，"手机呢？带在身上吗？"然后目光毫不遮掩地落在程禧身上，上下打量，像要把人灼穿。

"我没带出来。"程禧说着把椅子上的包拿过来，打开后，诚恳道，"没带，真的没带，在电影院。"

"你不会放包里，我知道。"

高岭虽这么说，还是往包里瞧了一眼，果真没有。谁想紧接着，他就伸手朝程禧的腰部探去，毫无预兆。

程禧吓得一惊，几乎是本能反应，挡住他的手，身体往边上躲，差点从椅子上掉下去。整个动作发生在转瞬之间，程禧一个趔趄，狼狈地离开了椅子。看到白婧已经等到车，正招呼自己，迈腿就往门口走。

"哎哎哎，别生气啊！"高岭也跟着起身，就像拎小鸡似的抓住程禧的肩膀，以一种恋人拌嘴的口吻劝道，"别闹！"

"你干什么？"

"别闹别闹别闹……"他低眉顺目地笑着，手上却使着狠劲。

程禧感觉到肩膀上传来的剧痛，不由自主地挣扎："你放开我！"

周围几桌的注意力被吸引过去，看了一会儿，只当小情侣的闹剧。有好事者举起手机拍视频，片刻觉得没意思又放下，接着喝酒吹牛。

程禧嘴里喊我不认识他，但很快就被淹没在嘈杂里，无力感席卷全身。拉扯中，她打掉了旁观者手里的酒杯，试图引起注意。

周围随着玻璃摔碎的声音，确实安静了那么一秒。但有时男人之间的默契实在可怕，高岭只说了句"不好意思啊，哥们儿"，那人便意会了。

突然好绝望。

就在两人纠缠之际，白婧从外头猛冲进来，用尽全身力气，从背后推了高岭一把。他毫无防备，被推得整个人往前跟跄了好几步，为了找平衡，扣着程禧肩膀的手也自然松开，等回过头，两个女生已经往外跑去了。

程禧心跳过速，耳边只剩巨大的怦怦声，白婧更甚于她。外面已经下起雨来，她们直奔门口停着的出租车，拉开车门就往里钻，白婧手脚并用坐进去，眼见程禧就要上车，人猛地朝后一仰——

她被高岭拽住了头发。

程禧痛得大叫一声，眼泪一下子冒出来，下意识反手去护着头，身体无法控制地被往后拖行。

"程禧！"

"报警！报警！"

白婧处于酒精和惊恐的双重刺激，她颤抖着掏出手机，拨通了110。

这家烧烤摊本就偏僻，高岭毫不费力地将程禧拖进附近的一条巷子，摔到墙上，脸上没有一丝犹豫，动手在她身上摸索。

在找手机。程禧知道他在找手机，而手机就在自己的西装内袋里。

衣服已经湿了，屈辱感让程禧的眼泪决堤了一样涌出，混着雨水往下滴，浑身筛糠似的抖个不停。高岭很快摸到了手机，往外扯的时候，被她紧紧抓住了。

"你想改变什么？你把手机拿走是没有用的！"

她拼命让自己冷静下来。高成峰车祸过世，高岭必然也想改变过去，才陷入偏执。

改变，改变就有周旋的余地。而手机落到别人手里，所有人的人生都将岌岌可危。

程禧满脸雨水泪水，不敢松开手去抹，用力吸了吸鼻子，强压着颤音道："我可以帮你，你想改变你父亲的车祸是吗？"

高岭的动作滞了滞，有些不解地看着她，然后脸上浮现了难以捉摸的表情。

"呵，这玩意还真能和过去通话。"

他不知道？

"改变我父亲的车祸……"高岭不屑地笑了一下，说道，"你还知道这个？"

"嗯，你把手机拿走没用的，你用不了，我们可以一起想办法。"

他哼了一声："想什么办法？想想怎么让他早点死吗？"

程禧恍然抬起头，以为自己听错了。

"倒也不是不可以，他活得也够久了，你说来听听有什么办法？"

程禧怔住了，眼里写满恐惧。

错了，完全想错了，眼前这个人不是想要改变过去，他从没想过救他父亲，反而生出了相反的念头。

程禧说不出话来。

高岭看着她，就像看一个无力反抗的猎物，缓缓地捏住了手机，想要拿出来。下个瞬间，程禧忽然双手钳住那只胳膊，低头就朝手肘内侧咬下去。这番猝不及防，还真把高岭吓了一跳，扯着她的后衣领把人甩开。程禧歪了歪身子，然后借着惯性，铆足了劲拔足狂奔。她头也不回地直奔巷口，正巧撞上找来的白婧，拉着她就往大路上跑。

脚踩在雨里，三个人步伐重且凌乱。

程禧和白婧拐上了大道，这是条环路，路边设有隔离带，除了高速通过的车流，几乎没有行人。而路对面是个加油站，前方有个人行天桥。

她们匆匆对视，爬上人行天桥的台阶。白婧酒劲还在，脚下发虚，平地还勉勉强强，台阶湿滑却失了平衡，让速度慢下来。

两人回头一瞥，高岭就在身后不远处，自是一刻也不敢停，相互拽着穿过天桥，慌乱地接着下楼梯。

就是那个时候。

下着楼梯，那么近的距离，能看到加油站里的员工在收油枪，能听见司机在大声聊天。

白婧一脚踏空，身体无法控制地跌下去，连带着程禧也摔下台阶。程禧痛得两眼发黑，时间只过去了几秒，却像几小时那么久。等眼前渐渐清晰，她看见白婧躺在台阶下面一动不动，头挨着路边石，汩汩流出血来。

这时，一辆黑车停到路边，车门开了。高岭意识到惹出了事，又被人瞧见，转头快步离开了现场。

车上的男人拿着伞，边拨打120边匆忙下车。他先是观察白婧的情况，不敢妄动，便将伞撑在地上为她遮着。然后朝程禧走过去，蹲到她面前，背着加油站的光，表情不明。

"能动吗？"他开口道。

程禧不说话，只是盯着他。从他下车那一刻起，不，是从那辆车停下的那一刻。

熟悉的车，接季红夫妇的黑色轿车，曾经在她眼前驶过。熟悉的身影，是照片上坐在车里的人，是出现在述职大会旁听的人。几乎不用再想，他的名字已经出现在脑海，一定是他。

"程时？"

"嗯，腿能动吗？"

就这么一个"嗯"，他答应了。

程禧有太多的疑问，尤其是听过吴悠那一番诘问后。究竟是他把自己拖进这场乱局里，抑或自己才是始作俑者，她已经分不清，底气全然不见踪影，摇了摇头，只问道："她怎么样？"

"撞到了头。"

程禧的心一下子沉到了底。

夜晚的医院门口，救护车停稳。

白婧昏迷不醒，被推进抢救室；程禧腿部骨折，进了急诊。程禧无法抑制担心，感觉脑子一团糟，不停地搓着额头，陷入无穷无尽的自责中。

程时帮忙联系了白婧的家人，在抢救室外等待。他好像连叹气都麻木了，再次感觉到也许任何事都无法避免，一切都是徒劳，就像西西弗斯周而复始地推动巨石，永无止境。

外面又传来救护车的声音，程时朝那方向瞥了一眼，又垂下头去。他料想脑部手术不会快，准备先去看看程禧。

而门口的医生和护士忙着接病人，正要简单查看，就听车上的人说道："疗养院过来的，自杀了，人应该已经没了。"

"吉祥，这名字取得多好，特有福气，什么事儿都能逢凶化吉的！"白婧穿着校服，坐在操场边的乒乓球台上，晃荡着双腿，扭过头来笑道，"我以后就这么叫你！"

阳光透过叶片洒在白婧的脸上，程禧看得呆了，毫无预兆地流出眼泪来，伸出手想去够，好似怎么也够不到，急得全身用力。

然后就醒了。

病房开着夜灯，很安静。程禧能感觉到自己的耳朵两边潮湿一片，抹了抹脸，脑袋挪了个位置，默默地盯着天花板。

那个场景应当是初中。她和白婧初中就认识了，两人常常坐在乒乓球台上边聊天边听MP3。台子是石头的，很原始也很简陋，坐上去凉凉的。

从那时起，白婧就喜欢喊她吉祥，一直延续到现在。每次程禧又渡过什么难关，她就会说："你看，我说得对吧，吉祥是有上天保佑的。"

这次却再也听不到了。

白婧颅内出血严重，手术未能成功，没有留下一句话就永远闭上了眼。她的父母无法接受突如其来的噩耗，在走廊哭到无法起身，真正一夜白头。

程禧小腿打了钢板，住进了病房。她不敢面对白婧的父母，无时无刻不被愧疚折磨，每晚都做相似的梦，再像这样醒来。

除了愧疚，还有深不见底的恨意。

她将意识回拢，强迫自己从情绪中挣脱出来，按亮了床边的灯，抽出本子和笔，开始推算。

白婧和自己在烧烤摊喝酒，遇见高岭，追逐中发生事故。而白婧借酒消愁的原因是因为对许安淮失望，失望的原因在于两人关于结婚的态度产生了分歧。这就要推回到那场相亲。

在一环套一环的因果关系中，程禧只要改变其中某个节点，就能改变这结果。想想很可笑，每个人都想利用她改变过去，现在也包括她自己。

但改变只能通过蒋今明触发，那又怎么能保证20年前扇动的翅膀，能准确地作用于今天？

她能抹去那场相亲，让恋爱没有发生吗？太难了，几乎没有可能。除非从直接原因解决问题——

高岭。

程禧目光一凛，忽地想起高岭谈及高成峰所说的话。

"想想怎么让他早点死吗？"

她冒出一个阴暗的念头，而后无法抑制地在脑子里肆虐，将理智和情感统统搅乱，横扫一空。

如果没有高岭这个人，会怎么样呢？

一命还一命，只是早了20年还而已。

早上，程妈过来送饭，不敢流露出什么情绪。病房里只有微不可闻的叹息。

程禧一声不吭地吃了早饭，又老老实实地任由程母清理身体，之后才听她小心地提起："那孩子后天出殡，妈妈替你去送送她吧。"

"……好。"

"发生这种事儿是意外，不怪你。心里难受就说出来，哭出来，千万别憋着。"

"我知道。"程禧垂了垂眼，平静道，"我想自己多待会儿，这外面都有护士，你们正常上班就好，不用陪我。"

程妈不放心，想了想还是答应："好。"

程母去倒水，惦记着提醒护士多照顾些，便出了病房，将门虚掩着。没多久，程禧再抬起头，发现门外多了一道身影。

是程时，一身黑衣，只露出半张脸，黯淡无光。两人视线短暂交会，他低了低头，又悄悄走了。那晚入院后，在急诊室他也是这么匆匆一瞥，人还未进门，接到一通电话便急忙离开了。

程时突闻吴静雯自杀身亡，两位老人经受不住刺激双双住院，这几天他兼顾照看生者和料理后事，已经身心俱疲。

程禧并不知情，猜想应该是出了什么事儿，正琢磨着，听见有人推门而入，随即门被锁上。

吴悠深深吸了一口气，朝程禧走去，同时从衣兜里掏出一把折叠水果刀，在病床前停下了。她眼含泪光，将刀刃抵在手腕处，豁出去道："程经理，你能不能救救我们一家？"

程禧心里震惊，极力克制着情绪，慢慢撑起身子问道："你在干什么？"

"我姐走了，我爸妈都住院了。"吴悠稍微用力，在手腕处留下一道浅浅的血痕，紧接着道，"明天就是她报志愿的时间，这是我自己选的，是我逼你决定的，或者你把手机给我，我不需要你为难。"

"她……事情到这个地步你还要改变……还拿自己威胁我？"

"我是在求你啊！"吴悠哭喊道，手抖个不停，崩溃就在一瞬间，"你们怎么就不肯帮我？他们本来不是这样的人生，我们一家人不应该是这样的人生啊！"

这话在程禧心口重重一击。白婧不也一样，匆匆和这个世界道别难道是她该拥有的人生吗？白发人送黑发人，是她父母该拥有的人生吗？

不是，这一切本不该发生。

恍惚间，程禧动摇了，有些理解吴悠的执着，又为她感到可悲。小时候跟父母赌气，偶尔会报复性地想：这个家要是没有我就好了，你们可以有别的小孩，不用再对我感到失望。

但吴悠，在她人生短短的十八年中，真切地这样觉得，她脑海中关于家的美梦，从来就没有她自己。

外面响起急促的敲门声，把思绪打断。程禧再度抬起眼，像是做了决定："把刀收起来，眼泪擦一下，你能不能弄来一辆轮椅？"

"能，我姐平时都坐轮椅。"

程禧一顿，稍感介意，但也顾不上许多，接着道："一小时后推轮椅过来，现在去开门，就说来看望我，不小心把门反锁了。"

"好，好！"吴悠忙不迭地收起那把刀，擦着眼泪奔向门口，又听程禧提醒道："手腕遮一下，等会儿去找护士包扎。"

"知道。"吴悠回头，终于露出微笑。程禧看得愣了，慌忙低下头去，心里涌起难过。

她此时才觉得自己的人生有价值，世上还有什么比这更难过的事。

Chapter 11

莫比乌斯环

程时知道她乱了，又推着轮椅继续朝前走，轻声道：
"有些事是没法想通的……你觉得'程时'这个名字，是你取的还是我取的？"

❧❧❧

以程禧的情况，现在是不该下床的。好在吴悠学过护理，一直以来照顾瘫痪的吴静雯又富有经验，能够细致地将她转移到轮椅上。

两人趁护士不注意，悄悄地溜出医院，赶往檀园路 76 号。在路上，她问了吴悠的打算。

"我姐有个高中同学，叫周晓军，出事时也在船上。他们相互喜欢，但是还没来得及说出口，事故就发生了。据说我刚出生那几年，他还常来看望我姐，也见过我，后来出现得越来越少，工作之后……"吴悠抿抿嘴唇，轻声道，"出国了。"

"嗯。"也算人之常情。

"他说过，后悔没有劝我姐跟他考同一所学校，如果他们当时一起出省读书，也许现在已经结婚生子了。"

"你想通过这个周晓军，说服你姐改志愿？"

"我姐当时也很犹豫不决，只是没人推一把罢了！"

程禧没想到是这么个办法，有些顾虑，沉吟道："周晓军现在的情况你清楚吗？"

"他至今没有结婚。"

"嗯，就算这么做了，可他能劝得动吗？你姐会听吗？"

"她那时才十八岁，哪能那么清楚未来要做什么呢？而且他们是同学，就算没有说服……他可以偷偷修改她的志愿，如果知道这能避免未来的悲剧，我相信他会去做的！"

程禧扶额，只觉得这办法很难行得通。但转念一想，就算吴静雯没有听劝，依旧学了舞蹈，也只是保持现状而已。

正好让吴悠放下执念，真正开始自己的人生。

"试试吧。"程禧叹息道，闭上眼休息，心里在盘算着另一件事。

要紧的事，要命的事。

程禧在 VIP 厅拨通了电话。

蒋今明好几日没有联系上她，担心因为自己提供的名单害她陷入危险，接起电话就问道："你没事吧？"

"我还好，但是有两件事想请你帮忙。"

"没事就好，没事就好。"他很是自责，终于松了口气，回道，"你说。"

"今明，这两件事你只管去做，不要问为什么，可以吗？"

如果他知道这可能会抹去另一个人的存在，如果他知道——不，不能让他知道。

"什么事？"

"可以吗？"程禧重复。

蒋今明犹豫片刻，答应了："嗯。"

"你尽快抽空去一趟岚海镇，找一个叫周晓军的男生……"

程禧将事情一五一十地说了，唯独省了背后的原因。蒋今明虽然困惑，但知道是火灾事故造成的间接伤害，也就答应了下来。

"第二件事呢？"

"你给我的名单中，有一个人叫高成峰，是赵飞的司机。"

"对，问题出在他身上？"

"他有个儿子叫高岭，你认不认识？"

"我见过。"蒋今明不太明白她的用意，"我跟史崇在饭店见过他，大概上初中的年纪，怎么？"

程禧攥了攥拳，手心一片潮湿。她知道，她知道高岭在 20 年前不过十来岁，可如果未来注定会成长为一个恶魔，她能不能提前讨要公道？

"他是个……什么样的孩子？"

"嗯……"蒋今明想起上次那场景，蹙眉道，"可能家里人不太管，辍学了在混社会。"

"今明，是我请求你这么做的。"程禧吸了吸鼻子，横了心一鼓作气道，"高成峰有些问题，我现在还不能确定，后天下午 4 点半，你把高岭约到新新旱冰场，多聊聊他父亲的事。"

"好。"是自己该调查的时候了？但蒋今明总觉得哪里不对，"我约他晚上吧，4点半我还没有下班。"

"不不不，晚上你要赶回来跟我打电话。你下班后再过去，他先到了可以滑冰打发时间，孩子嘛，容易迟到。"

"嗯，新新旱冰场。"

"离檀盛公司不远，他去那儿也方便。"

"行。"

"今明，你要记得下班后再过去，我会给你打电话的。"

蒋今明有些摸不着头脑，又记得她让自己不要问原因，握着听筒嗯了一声。

程禧说完这番话，没有轻松半分，反而感觉一呼一吸都像被人扼住了咽喉。她想到白婧人生的最后一幕满是惊恐与无助，最后挂心的事是失恋的遗憾，是一张没有花出去的婚纱店充值卡……

她反复告诉自己这么做是对的。

忽然影厅的门被推开，程时几步走进来，夺下了她的手机，冲电话那头说道："绝对不要去找高岭。"

"你是？"没等蒋今明把话说完，程时就挂断了电话，然后握着那手机，并没有归还的意思，弯腰注视着程禧的眼睛。

"你在干什么？你有什么权利——"

"你有什么权利让我去杀人！"他直看到她的眼底，叹了口气，"吉祥，还有很多办法，这么做你会后悔的。"

"腿还没拆线就跑出来，是想以后一直坐轮椅？"程时推着程禧出了影厅。

他的动作和说话的语气都显得自然而熟悉，那一点点的不安也很好地被他隐藏在表情里，不着痕迹。

而程禧还难以回神，通话以来经历的一桩桩、一幕幕，走马灯似的在脑子里闪过。

程时就是蒋今明？

极度的震惊和困惑直接让情绪走到了相反面，程禧出奇地冷静。她没有吭声，静静地看着前方的路，经过走廊，拐弯，再拐弯，来到对角处的货梯。

程时停了下来，按键下行。

这货梯平时很少使用，隐蔽在角落，好些员工都不清楚位置。檀园路76号楼层不高，加装客梯容易破坏整体风格，因此基本靠楼梯上下。

程时倒是轻车熟路。

程禧不由得仰脸，正巧他也低头。这不是照片上蒋今明的模样，程禧都没察觉到自己蹙了蹙眉，又陷入思考。

"这里在檀盛做开发时我就介入了，装修改造都有参与，所以很熟悉；面部受伤做了手术，模样变了。你还有什么疑问，可以问。"

他回答得很干脆，但远不足以消除她的困惑。蒋今明和程时两个身份的割裂感，也让她根本不知该如何同他说话，只好淡淡地道："请先把手机还给我。"

"这好像是我的手机。"

程时从口袋里摸出那部摩托罗拉，摩挲着它的外壳，小小的入网贴纸还在背后，一如那天从百货大楼买回来的样子。

时空开了怎样的玩笑，对程禧来说，捡到手机不过数月，于他而言却已丢了20年……她难以理解，难以接受，再正常不过了。

电梯来了，程时将人推进去，门缓缓关上，封闭的空间让沉默更彻底。

程时张了张口："你已经查好了，新新旱冰场会发生事故，想通过'我'引高岭过去制造意外，是这样吧？"说着他弯下腰去，把摩托罗拉重新放回程禧的手上，继续道，"不要再找高岭了，那时他才十三岁，罪不至死，也不值得让人背上愧疚。更重要的是，这会引发什么新的改变我们都很难预料。"

程禧被他戳穿，一言不发。

两人从电梯里出来，到了一楼。程禧抬头透过天井，正巧看到吴悠站在二楼的扶拦边，静静凝视着一个方向。随着他们往门口走去，视野也跟着移动，李思齐出现在了画面的另一角。

他正背对着她，在接收片盘。

关于吴静雯的事，程禧已经如数交代了蒋今明。不出意外的话，他很快便会动身去找周晓军，而一旦成功改变志愿，吴悠的人生被抹去，也是瞬间的事了。

也许下午，最迟明天。

吴悠是在告别啊，紧绷的身影写满不舍与克制，无意间低头瞥见了楼下的两人，又迅速地抹了把眼睛，朝楼梯间跑去。

程禧的心被攥紧一般，忽然后悔了，急道："你刚刚进来之前，我已经跟今明……跟蒋今明说过了，他可能已经出发去岚海了，那吴悠——"

"还没出发。"程时接了一句。

他理解程禧还将他们看作两个人，暂时也沿用了这种说法，解释道："他还没出发，等他到了岚海我会知道。而且周晓军……也说服不了吴静雯，放心。"

"你怎么知道？"

"吴静雯对跳舞的坚持，她自己也是很久之后才意识到的，没那么容易被说服。"

那是吴静雯临别前的话。那天她整齐地梳着头发，穿着黑色的舞蹈服，明明白白是在告别……程时不免又叹了口气，说道："正好让吴悠放弃。"

程禧嗯了一声，他们倒想到一块儿去了。

这时吴悠也从楼梯间过来了，有些不敢正眼瞧程时，只是上前查看程禧的腿，支吾道："伤口还好，我送你回医院吧。"

"不用你了，我送她回去。"

"你那车……"吴悠抿抿嘴道，"车太小，容易挤着她的腿。"

"我们走路。"程时早就拿了主意，推着程禧径直朝门外走去，没几步，又回头交代，"给你放假，给李思齐也放假，想干吗干吗去吧。"

"我——"

"去吧，别跟着我们。"

天气很好。

温度缓缓爬升，所幸有些微风。医院并不远，程时推着轮椅，在行道树下慢慢前行。

"我不知道从哪儿说起，因为不知道哪里才是开始。你问吧，能解答的我会如实告诉你。"

"你有蒋今明的记忆，所以刚才才能赶来制止我，你知道我们通话了。"

"当然有，我记得自己做过什么。"

“好，如果你是蒋今明，你经历了那场事故，实际没有失踪，而是改名换姓成了程时。”程禧略微回头，“你知道一切，完全可以与过去的自己通话，为什么要把我扯进来？”

“我没法做这么大的改变，要尽可能保证一切按照原本的样子发生，必须有你。”

“原本的样子？”

“你捡到手机，提醒我火灾会发生，我们改变 9 月 29 日那一天，这一切已经发生过了，吉祥，但对你来说，那是未来。”

“什么？”她强行止住了轮椅。

程时也就跟着停下来，弓下腰轻轻展开她的手心，画了一个圆，象征性地指了两个点：“哪里是先，哪里是后，你觉得的未来，也可以是过去，在圆里没法分辨，也没有分辨的意义。而现在——”他的指尖沿着那看不见的圆，就像时针走了一遍，“是时间至少绕了一圈，又再次到达的点。”

程禧呆呆地看着自己的手心，脑子被过去和未来搅得混乱不堪，所以自己三个月以来所经历的，与其说是改变过去，不如说是修复过去？

程时知道她乱了，又推着轮椅继续朝前走，轻声道：“有些事是没法想通的……你觉得‘程时’这个名字，是你取的还是我取的？”

当然不是自己！程禧几乎要脱口而出，却生生地咽回了喉咙里。

这个名字是她告诉蒋今明的。不仅如此，通过房地产完成资金积累，开创新时代影城，租赁檀园路 76 号……关于程时的一切，蒋今明都是通过自己知道的。

他是在自己的指引下，才一步步成为程时。

这是个首尾相连，因果循环的圆。

夜晚，程禧无法入睡，直勾勾地盯着天花板，想象着一个圆，没多久就陷入逻辑混乱，只能作罢。

她又从那个简单的问题入手，程时的名字是谁取的？恍然间她明白了姓名中的含义。

程，是自己的姓。

今明，今天明天是时间。

像是她取的，又像是他自己。无论如何，这注定是个无解的问题。

程禧掩面叹息，她以为自己与程时的对峙，会是激烈的、悲愤的、掷地有声的。没想到现实平静且无奈，在时间面前，他们渺小得不值一提，就像两只被丢进转盘里的蚂蚁，可悲又可笑。

白婧怎么办？蒋今明会顺应她的请求，还是听从自己给自己的忠告？如果高岭这条路行不通，她要如何改写白婧的命运？

不知道，但蚂蚁再渺小，也要一搏。

病房外，程时透过窄窄的玻璃窗，看到她醒着，想必仍旧难以接受。他想敲门，又收回了手，转身就着门边的长椅坐了下来。记忆浮现，20年前的自己已经找过周晓军了，真的无法说服吴静雯吗？其实心里并没有定数。

答案就在明天。

吴悠说不上来自己的心情。

她终于完成了这件事。不知道从何时起，像牢牢背在肩上的使命，是自己的选择，是非常值得的牺牲，应该感到前所未有的安定。但心里好像缺了一块，填不上的空白。

回到电影院，她习惯性地走进前台，将玉米粒填充进爆米花机，恰好李思齐经过。

"你怎么回来上班了？"

李思齐手上拿着片盘，几步上前皱眉道："不多休息几天？"

"嗯……我姐姐的事差不多了。"

"哦。"李思齐垂眼想了想，郑重问道，"葬礼是哪天？"

吴悠微微一怔。当然，他当然以为自己说的是葬礼，不禁心里苦笑，含糊答道："过几天。"

"我——"

"不用参加，我爸妈也住着院，简单走个形式，你不用参加。"

"好。"

李思齐知道她难过，但总归不会再有改变过去的念头了，不由得展眉，露出几分轻松："哎，你回去再休息几天吧，程经理肯定给假，等你回来带你去玩。"

"能不能现在？"吴悠忽然抬头道。

"什么现在……"李思齐说着反应了过来，笑道，"我现在没空，明天就上映的电影，片盘才刚送来，我拷贝完还要试试，找个周末吧。"

"周末……周末就来不及了。"

李思齐摸不着头脑，手上摆弄着片盘，正欲开口，被吴悠打断："我陪你吧。"

"行啊。"

狭小的放映室，机器运行散发的热让李思齐出了汗。他不断提着 T 恤领口，回头冲吴悠说道："这里面太热，你去外面等。"

她摇摇头。

李思齐有点纳闷，只当她心情不好需要人陪，喃喃道："那再等一下，我弄好就可以出去了。"

"不着急。"在他看不到的身后，吴悠弯弯嘴角。她很喜欢和李思齐独处，如果说记忆里有什么真正的轻松快乐，就是每天下班顺道搭他便车的短暂时光。

他有太多话可说了，一路不停，能把她逗得哈哈直乐。后来一段时间，她晚上明明要去疗养院，也会坐李思齐的车先回家，再自己折返。

放映室有些像车里，除了热。

"你谈过几段恋爱？"

突然打开的话题，把李思齐听得一愣，回头瞧她，尴尬地道："问这个干吗？"

"我没谈过。"

"喀……"李思齐不自然地抓了抓头发，换了个姿势，嘴里嘟囔着怎么这么慢，汗滴在机器上，他一把给抹掉了，"你这么小，没谈过不是正常？"

吴悠低头抠着自己的手。她把这当作人生的最后一天，以前从不觉得，此时才感到时间飞逝，攥得越紧流得越快，眼看就不够用了。

还有遗憾，于是吴悠铆足了劲，问了句："我们谈一次？"

李思齐感觉一股热气直奔脑门，整个人僵在那儿能有几秒钟，转身把放映室的门推开了，大步跨出去。

"太热了。"他说，"出来吧，拷贝要个把小时。"

"嗯。"

吴悠从嗓子眼里挤出一声应答，跟着李思齐出了放映室。她闷声走在他身后，也不知哪里冒出的勇气，忽然拍拍他的后背，在他回身的瞬间，笨拙又冲动地踮起脚。

嘴唇堪堪碰到了下巴。

李思齐能感觉她的气息打在自己脸上，一瞬间大脑空白，还没反应过来，见吴悠挤出一个笑容，眼睛亮亮地看着他，说："我得走啦。"

还要去医院看一眼父母，还要回家整理一下自己的物品——虽然它们会一下子消失，也要给予存在过的尊重。

再然后，躲起来。

程时在病房外徘徊，一副有急事的样子。

程禧透过门玻璃看到了，奈何程妈这会儿正在削水果，程爸也陪着，找不到合适的理由支开。

"来，"程妈递过半个苹果，自顾自喃喃，"还是吃苹果好，我怀孕的时候最爱吃苹果，所以你才能生得这么白。你出生的时候，白得啊，医生护士都来看。"

程禧心不在焉地听着，咬了一口，又瞥了眼门口——他还在那儿。

"对了，明天追悼会是几点？"

程妈止住了唠叨，她其实就是怕程禧什么都憋在心里，才拼命找话说，眼下见女儿主动提起，也放心点，说道："9点，场地挺好，没直接用殡仪馆的布置，都是自己挑的鲜花。你阿姨还叫我问问你，白婧喜欢什么样的花，我也没敢提……"

程禧手中的苹果刚送进嘴里，鼻子泛酸，又停了下来。

"白玫瑰。"她说。

"啊，那我赶紧跟你阿姨说一声。"

"你们替我买点送去好不好？"

"哎哎，对，附近有花店，我现在就去。"

程母作势起身，看见程禧拿着那咬了一口的半个苹果再也吃不下去，心疼地摸了摸女儿的头。

"我没事，你们路上注意。"

两人出了病房，程禧又不争气地流下眼泪来，谁知程时紧接着进来了，她连忙一擦，掩饰道："找我什么事？"

他看出来了，但没有说破："今天见到吴悠了吗？"

"没有，昨天分开就没见过。"程禧心里一紧，"怎么？你不是说不会成功吗？"

“嗯。”

“有变数吗？你有新的记忆了？”

“没，没事。”

他有了新的记忆。

记忆中吴静雯叫自己的名字，从程时变成了今明，她提前认识了自己。但20年前去岚海镇，只找了周晓军，并没有和吴静雯直接接触。也就是说，两人之间沟通过了。周晓军确实进行了劝说，吴静雯应当也听进去了。

这让他非常不安，总觉得改变正在逼近。填报志愿就在今天，截止时间是下午5点。

“她是不是在电影院？在她父母那儿还是在家里？”

“别急，我去找。”

程时开车跑了几个地方，直到下午4点多，才在疗养院的天台找到了吴悠。

这里像她的半个家，是从小到大最常来的地方。别的小朋友去公园、游乐园的时候，她却是去疗养院。

她总是抱着压抑的心情来，跟姐姐玩得乐和时被迫分开，又抱着失落的心情回去。在痛苦和快乐中反复，就是她最熟悉的常态。

程时叹了口气，他早该想到人在这里，慢慢朝她走去，说道：“你跑到这儿来干什么？”

“我不想被别人看着消失。”

“他们不会记得。”

“我不想看着别人……”眼看着面前的人，吴悠不知道哪句话会是告别，无法预料哪一秒钟自己会不见……她把头埋在膝盖里，不再说话。

程时蹲到她面前，看了眼自己的手表，距离志愿填报截止还有15分钟。当年的志愿不是网上填报，以吴静雯的性格，应当也不会在最后关头修改。他心里有底，便静静地陪她等着。

“我没有后悔。”吴悠说，忽然止不住哽咽地问道，“等改变之后，你会不会跟他们说，其实有过我这个人？”

程时跟着眼眶发酸，清了清嗓子，答道：“你想让我说吗？”

“别说。”吴悠大口喘着气，拼命忍着上涌的眼泪，有种窒息的感觉。她从不知道当这一刻真的来临，自己会如此不舍和害怕。

"你和程禧能记得我多久？"

程时低头看了眼时间，还有 5 分钟。

"可能很久，可能没多久。"

吴悠终于再也绷不住，哭了出来，好像找到了长久以来的发泄口，从呜咽变成哭号，满是害怕、遗憾和委屈，哭声回荡在天台。

在久久不息的哭声中，时间从 5 点来到了 5 点零 1 分。

程时往前半跪着抚住吴悠的头，轻轻拍了拍，说道："好了，过去了，你姐希望你能好好开始自己的人生。"

程禧远远地望着灵堂，没敢进去。

她戴上耳机，听着初中时两人爱听的歌，有种恍若隔世的感觉。意外来得太快，这些天她始终在麻痹自己，告诉自己一切都会改变，痛苦是短暂的、虚幻的，这段经历最后也将消弭在时空轮回里。

但此时真真正正地意识到白婧躺在棺木中，接受着亲人和朋友的鞠躬告别，无声痛哭。那种冲击之猛烈，让程禧几乎喘不过气来。

没留意脚步声渐近，直到被人拍了一下。

王逸帆穿着黑色衬衫，胸口别了一朵含苞的白玫瑰，正站在她面前，略微弓腰问道："你在这儿，怎么不进去？我推你进去。"

"不不，不用。"程禧下意识扶住轮椅，随后摘下了耳机，说道，"你也来了。"

"嗯，上次回来之后，跟几个大学同学联系上了，正好听说这事儿。前两天还跟他们去了白婧家，帮帮忙……其实也没帮上什么忙。"他说着坐在了树下的长椅上，接着道，"本来打算顺道再去医院看看你，白婧妈妈说你需要静养，让我们别去打扰。腿怎么样？"

"我没事儿。"她根本没脸提及自己的伤。

白婧父母从未责怪自己，反而处处体谅。程禧心里苦涩，关心道："他们状态怎么样？"

"她爸妈，强撑着，换谁谁能受得了。"王逸帆的胳膊随意搭在膝盖，低头叹道，"连我们都堵得难受，大学同学里竟然有人早早离开了，咱们才多大啊，程禧，还不到三十。"

程禧听得沉默了，气氛显得有些凝重。王逸帆缓了口气，将话题岔开："对了，我回来的工作定了，上次见面跟你说考公务员，上岸了，在规划局。"

"规划局？"程禧稍稍留神，"已经上班了吗？"

"哪有那么快，流程还是要走的。但单位想让我提前去上班，应该是缺人手吧。"

"去吧，提前去就当适应适应。"

王逸帆不知道她另有盘算，熟悉的语气让他恍惚回到了两人恋爱的时候，笑着点点头："也行。"

"你们等会儿还有安排吧？"

"对，等下还有流程，中午也安排了一餐。你不去？"

"不去了。"程禧沉吟半晌，说道，"留个联系方式给我吧。"

其实程禧不提，他也正想开口，于是起身留下了号码，顺便嘱咐："你现在腿不方便，要是有什么事儿就找我，离得近了，不用客气，再怎么说也都是同学。"

说到最后那句，王逸帆抬眼看了看她，得到了一个肯定的回答："是，相互帮忙，这次也谢谢你能来。"

王逸帆和她们并非同专业，当年因为程禧的缘故，又加上都是本地人，才混进一个圈子。程禧没想到他会来参加葬礼，甚至提前帮忙张罗，略感安慰。

"你胸前别的这个花……"

"白婧妈妈准备的，说是白婧喜欢的花。"

"能给我吗？"

王逸帆没有犹豫，取下来递到她手上，临别前低声说："程禧，别自责，这种意外不能怪你。白婧生前跟你关系最好，她不会后悔有你这样的朋友，也一定不希望你这样愧疚。"

所有人都在说，不怪你不怪你。只有程禧心里清楚，事情是怎样发生的，白婧被无辜卷入，根本就是自己的责任！

白婧会不会后悔和自己成为朋友？

程禧扪心自问，别过脸去没有应答。

她在墓园待到傍晚，看见程时和吴悠从远处走了过来。他们刚为吴静雯扫了墓，在另一侧。

夕阳映着斜斜的三个影子，程禧开口说："他没有听我的，没有约高岭去旱冰场。"

时间已经过了，现实没有改变。十三岁的高岭好好地活着，长大后仍然作恶，世间没有道理可讲了。

程时没吭声。

"我告诉你，我对高岭没有丝毫同情，不管他是三岁还是十三岁，如果这件事是我自己去做，我会毫不犹豫。"

她也不知自己在说气话，还是本就这么阴暗。程时敷衍地嗯了一声，心里有事儿，没想要辩解。

"今明不知情，我不能把愧疚强加给他，我认了。你阻止我这一次，我还会尝试别的办法。"

"你可以试。"

程时有些无奈，在程禧心里，自己和蒋今明仍然是两个人，并且身处不同阵营，话里话外一个是伙伴，一个却像敌人。

程禧也在权衡，她用了很久才建立对蒋今明的信任，那她是否可以同样相信程时？思虑片刻，她终于试探性地提出："我确实想到一个办法。"

"你说。"

"这次事情的发生，涉及几个关键的人。许安准，但他们相恋的偶然性太强，从 20 年前入手几乎不可控；高岭，被你拦了下来；还有一个人……"

程时垂眼，目光落在她头顶，明白了她的意思。

"我可以改变我自己。"

"如果没有我这样的朋友，白婧不会是这样的命运……我宁可她不认识我。"

夏日酷暑，透过玻璃窗看出去，街道是一片气化的虚影。

这段日子，程时偶尔来病房，后来程禧回到家，每周固定去康复医院，他也就不再避嫌。接送、跑腿、陪程禧做康复训练，他们利用这些时间一点一点地商量着计划。

"我和白婧是初中同学，那时起就成了好朋友。你有没有发现，不管时间怎么循环，感情是最难改变的，所以要改变感情产生的条件就是我们那时根本没有认识。"

"你想改变初中的学校。"

"对,当年初中是划片的,如果我不在那个片区,就不会跟她在同一所学校。"程禧边做负重训练边分心道,"所以今明要做的就是,让我搬家。"

"我怎么让你搬家?"他们已经习惯了不统一的人称,能够顺畅交流。

"通过季园长。"程禧歇了口气,看向程时问道,"你家是什么时候买的新房子?"

"事故发生前就买了。我妈其实一直有意向,当时社区里很多住户组成了看房团,是被我劝住的。后来你一再强调房价的问题,再经我和史崇推波助澜,自然而然就买了。"

"季园长认识我妈,让她把我妈也拉进看房团,有没有难度?"

"这办法可以试试,但还有很多问题要解决。"

"首先,如果你家买了江南开发区的房子,会引发哪些变化?会不会影响你的工作?"

他们在医院附近的餐厅吃午饭,继续打磨细节。

"不会,就算上班地点离得远,我也会接受公司的安排,你未免把我想得太没有职业素养了。"程禧喝了口水,淡淡道,"我当初就看出这项目是个烂摊子,准赔钱,不也一样接手了。"

程时撑着下巴,不自觉地笑了笑,随即认真起来接着道:"还有个问题,如果你不住在檀园路76号附近,还会去蔷姐的歌厅吗?"

"什么歌厅,那叫酒吧。"程禧细想片刻,又说,"不一定,看命。"

程时挑挑眉,做出一个请继续的表情。

"如果我没去过酒吧,会产生两个连锁反应:第一,吴悠没法引我去疗养院;第二,我没碰见王逸帆……"

"吴悠那边你不必担心,她当时很迫切,主观意愿强,还会有别的办法把你引过去的。"

"那王逸帆……"

"见没见过,甚至认不认识这个人,有什么关系?"

"可他现在去规划局上班了,兴许有帮助。"

"哦。"

从医院返回家里的车上,仍旧逃不开这个话题。

"其实还有个问题,没有白婧,我就不会认识许安淮。"

程时握着方向盘，皱眉道："他又发挥什么作用了？"

"我和许安淮的接触被改写过。算起来，好像只有第一次见面，在酒吧聊天，还有找他了解赵飞那次。"

"这些事情都没有实质性推动，你打听赵飞的消息，史崇什么都没告诉你。"

"史崇？"程禧看向他，反应过来，冷脸道，"呵，早该想到你们是一伙的。"

"我能介入檀园路 76 号这个项目是通过他。确切地说，应该是我们一起推动檀盛接了这个盘子。但史崇没有改变前的记忆，他的记忆会一次次被直接覆盖，为了让事情顺利进行，我需要将每一次的改变告诉他，这也……很痛苦。"

程禧张了张口，没有说话。她能体会到那种痛苦，就像自己从没告诉过李思齐，他原本骑着小电驴走街串巷，这对双方来说都很残忍。

"还有什么问题吗？"程时问。

"没有万全的计划，改变总是阴错阳差。"程禧靠在车窗玻璃上，叹气道，"交给时间吧。"

千算万算，没算到计划卡在了第一步。

程禧与蒋今明通了话，大致讲述了前因后果，顺利交代了买房一事，想要以此推动自己搬家。

可就在通话结束前，蒋今明忽然平静地问道："你知道新新旱冰场发生了坍塌事故吗？"

"知道。"

"你知道我几乎是眼睁睁地看着它发生吗？"

程禧呆了，迟疑道："你约了高岭？"

"嗯。"他轻轻喘了口气，"你不是说过，不要听信别人打来的电话？"

蒋今明选择了无条件信任她，这让程禧有些口干舌燥，急道："你没事吧？"

"我确实有些犹豫，耽误了些工夫，只能把约定时间顺延。我们到达的时候，事故已经发生了。"

他和十三岁的高岭，在道路两旁目睹了那栋二层小楼化为废墟，到处是满身血迹的人，残缺的躯体，惨烈的哭喊声与鸣笛声混成一团。

"你知道那场事故死了多少人吗？你明知道它会发生，但你想到的只是顺道置别人于死地！"

"今明……"

这些谴责像刀子一样刺进心里，让程禧不知道该如何解释。没人能当救世主，这是他们最初达成的共识，但在亲眼目睹牛死时，这个共识被拷问，被撼动，不堪一击。

"我们顾不了那么多，我们连身边的人都救不了，眼看着最亲近的人离开也无能为力。如果世界不是这样子，如果没有这么多轮回、这么多意外，没有无辜的人受牵连，我愿意救他们。但事实是，你连身边的人都保不住！你能想象未来要在两人之间作取舍吗？一个留下，另一个就不能存在！你能想象这种残忍吗，今明？知道我们多渺小吗？世界不是你想的那样！"

双眼所见，双耳所听，血腥气味，亲身经历带来的触动，在那个节骨眼上超越了她的话。蒋今明一言不发，许久，才僵硬地回答："是吗？那是什么样？我可能还没想清楚。"

程禧陷入一种无奈，叠加着自我怀疑，听到电话那头的杂音。

"今明？蒋今明！"

他挂了。

程禧慢慢地从影厅出来，看见了在门口等待的程时，问道："你都知道吧，他约了高岭，看见了事故发生。"

"知道。"

"怎么不告诉我？"

"告诉你也无济于事，而且……我不知道他反应会这么激烈。"

他？什么时候分得这么清了？

程禧冷笑道："那不是你自己吗？"

程时搀扶住她的胳膊，若有所思地回答："我在想，拥有不同经历和不同记忆的人，还算不算同一个人？"

时间过去20年，20年间现实不断改变，记忆不断更迭。程时忽然发觉，他已经猜不到曾经的自己会做出什么选择，就像变成了另一个人，从身体里抽离出去。

让人感到一阵寒意。

"你什么意思？你不知道他会怎么做吗？他会选择退出？"程禧急了，反拽住程时的胳膊问道，"他就是你啊！今明，你不知道自己是怎么想的吗！"

　　"现在不知道了。"程时答，"他能改变我，我没法控制他。"

Chapter 12

循环

程禧这才咕咚咕咚一饮而尽，喝得急，放下杯子平复了好半天，
问道："没有办法停下来吗？难道就这样循环下去吗？"

※

几天之后，一个清晨。

程禧睁开眼，发现自己在陌生的房间醒来。

不，不能说陌生。房间里都是自己的物品，台灯、衣柜、桌子，有些不完全相同，也极其相似。

那个黄头发蓝眼睛的洋娃娃依旧摆在橱柜上，但是多了阳台。

程禧远远看向阳台上的花，觉得自己睡迷糊了，闭上眼又重新睁开，终于可以肯定，这不是自己曾经的家。

蒋今明还是成功地帮了自己，她搬家了！

程禧猛一起身，发觉自己的腿也完好如初。脑子里涌现出非常多的记忆，杂乱无章，来不及细想，她跑下床推开了门。

这房子莫名地又陌生又熟悉。

小小的客厅，连着厨房。程禧又转回自己的房间，走到阳台往外望，能瞧见不远处的小学操场，以及那栋熟悉的建筑——檀园路 76 号。

这不是江南开发区？！

程禧彻底蒙了，隐隐浮现一种不好的预感，快步赶到客厅打开了大门。楼梯间有五层的标识，门边的墙上，有一小块发白，像是挂过奶箱的痕迹。

程禧很乱，正纳闷，对面开了门，一位阿姨探出身来。

"程禧，出门啊？"

"啊？"

面熟，像是见过，但实在想不起来。她感到头痛，不禁伸手捂着，

听阿姨继续道："你说你年纪轻轻的，周末就宅在家，也不去约个会什么的。你妈都着急了我跟你说，是不想找啊，还是要求太高啦？"

程禧在记忆中捕捉到邻居的样貌，干脆地敷衍道："不想找。"

"哎，这孩子——"

程禧没有再理她，趿拉着拖鞋就跑下了楼。楼道里墙皮剥落，印着开锁刻章的小广告，一楼有两辆电动车私拉着电线正在充电。

她奔出了单元门，回头看那顶上写着：

复园社区三栋。

程禧穿着睡衣站在楼下，仰着脸看五楼的窗户。早上的阳光已经很毒，晒在她裸露的胳膊上，耳边蝉鸣不绝，吵得人脑仁生疼。

她记不起这是哪里，只是凭直觉，觉得自己来过。不只是改变后的家这么简单。

曾经的记忆与全新的画面交织，一时间难以理清。程禧正发着呆，后背被人轻轻一推。

"干吗呢，在这儿杵着干吗？"程爸和程妈拎着菜，看样子刚从市场回来。

"这孩子穿个睡衣在楼下傻站着，要不你就出去走走，要不你就多睡一会儿。"程妈又拍了拍她的肩膀，装作不在意地道，"迎我们啊？"

"嗯……"程禧胡诌，讪讪道，"怕你们买东西多，太沉。"

"又不是七老八十了。"程母表面揶揄，暗地里跟程爸使眼色，女儿会心疼人了。

一家三口上了楼，程妈在厨房里忙活早餐，程禧站在边上环顾这个家，一点点拾起新的记忆。她在客厅看过偶像剧，在阳台养过花，靠着墙量过身高……

有两组刻度。

程禧走过去比对，其中一组与自己符合。她轻轻抚摸更高的那组划痕，问道："这是谁的？"

程妈分心回头瞥了一眼，答："季园长家孩子的吧。"

"季园长？"

"你幼儿园的园长，这以前是她家的房子，你没印象了？"

程禧只觉一阵恍惚，那是蒋今明的身高刻度。从小到大，一点点长高，然后停留在二十三岁。

她磕磕巴巴地问："怎么，怎么买了他家的房子呢？"

"哎哟，多少年前的事了。还是你小学那会儿吧，房地产刚开始热闹，好些人要买到江南开发区，张罗着一起。那房子我们也看了，是挺好的，但离着我们的上班地方太远。"

程妈端着盘子出来，喊着吃饭了。三人坐下，她又接着道："后来怎么回事儿呢，你们季园长要买开发区的房子，钱有点紧，就想低价卖了这个房子。我跟你爸一合计，咱家原先那个房子是单位的，如果不要还能得补偿款。就这么的一买一卖，等于都换了嘛。"

程妈解释过程中还不断跟程爸确认，两人又絮叨了一阵房价问题，说起当年要是有远见，哪怕借钱也多买两套房子，一些老生常谈的话题了。

程禧听得一知半解，也大概明白计划出了岔子。当年的钱更值钱，一边差个三五万，一边等着补偿三五万，两家人选了折中方案，这么阴错阳差的，她住进了蒋今明曾经的家。

程禧不禁叹出声来，靠在椅背捂着脑门，忽然想起件重要的事——

"那我上的哪个初中？"

"啊？"程母和程爸面面相觑，程妈道，"你逗我俩呢？"

"哪个初中啊？"程禧一脸急切。

"十六中啊，这不就家旁边，你从小到大上学也没走远过。"

程禧手中的筷子"啪"的一声掉在桌上，愣了足有半分钟，感觉全身力气都被抽空一般，动弹不得。

没有变。原本的家和复园社区，围绕着檀园路 76 号一东一西，在同一片区，对应同一所初中。

简直徒劳得可笑！

程禧特别想自嘲，想嘶喊，想发泄，但现在只能无声地张张嘴。脑袋像是被人翻搅般痛，胃也跟着翻涌，随后四肢都灌了铅似的。

她两眼一黑，身体往边上一沉，晕了过去。

程禧再次醒来，是几小时之后。

还是那个房间。

她睁开眼，感到口干舌燥，嗓子极其不舒服，往床头看去，正好有杯水。程禧撑起身，伸手去够那杯水，发现玻璃杯有凸透镜的作用，正巧放大了什么符号。

是它后面的墙上有什么!

她顾不上喝水，凑过去仔细看，果真有字。尽管颜色已脱落得差不
多，写得也比较潦草，但依然能看出，那是——

我还是要去。

程禧认识蒋今明的字迹，意识到这是他的留言。什么意思呢？什么
时间留下的呢？

她想不清楚，记忆经历了一次大面积覆盖，陷入紊乱。这时房门吱
嘎一声被推开，程妈探头进来，捂胸口道："你吓死妈妈啦!"

"最近太累，天还热。"程禧重新躺回床上，扯了个理由，"可能
中暑了。"

"我说过多少回了，不要一心扑在工作上。年轻人没个年轻的样子，
身体还不如我。"

程禧没吭声，拿过水来喝。垂着眼，目光落在自己的腿上，猛地想
起——至少受伤这件事被改变了不是吗？刚才心思都在这房子上，又听
闻和白婧仍在同一所初中，等于计划全部白费，竟没注意到最直接的改变。

"妈，白婧她——？"

"哪个白婧？"程妈回道，表情自然，与前些天在医院难以开口的
模样形成鲜明的对比。

程禧愣了，耳边传来自己的心跳声，紧张道："初中同学。"

"没听你说过有这个同学。"

心跳如鼓点般密集，程禧翻出初中毕业照，自己身边确实没了白婧
的身影。又找到年级集体照，一张脸一张脸地看过去，发现了白婧的笑容。

她们不在同一个班级。

重来一次，入学分班发生变化，她和白婧成了同一张集体照上的陌
生人。

程禧仰倒在床上，心情起起伏伏，大悲大喜，终于笑出来。

笑出眼泪又变成了哭。

她的笔记本仍在抽屉里，没有被这次改变波及。程禧翻看记录，明
白了自己为什么对这里有种熟悉感，甚至对对门的阿姨都似曾相识。

她见过。

她曾经两次来到复园社区。第一次看望了季园长，家中有蒋父的遗照；第二次找来，从对门阿姨口中得知季园长一家早已搬走；第三次，她已经改写了蒋父命运，上述经历都被抹去，而自己在幼儿园门口见到季园长夫妇俩。

如今自己一家搬入，已经是关于复园社区的第三次改写，当初见到季园长老两口的记忆开始模糊。

那步履蹒跚的身影，好像又变回了一个人……

程禧倒抽一口冷气，拨通了程时的手机。

程时上午醒来，脑子有些木木的。

他意识到有什么改变发生了，却无从分辨，坐起身面对着巨大的时间表，陷入了沉思。然后手机响起，程时接起电话，听到的第一句是："我住进了你家里。"

"什么？"

"我爸妈买了你家的房子，复园社区三栋五楼。"

程时紧紧蹙起眉，好似在脑子里找到了些片段。他捏着眉心，断断续续地说道："嗯，他还是按你说的做了，看房团的事——但后来变成了买那老房子，我也没能拦住。"短短两句话，一会儿"他"，一会儿"我"，其实说的都是蒋今明，也都是程时自己。

程禧知道他仍旧混乱着，没太在意，只是问道："你那里有什么变化吗？"

"我还不知道。"

"嗯……季园长还好吗？"

"我妈怎么了？"

"程时，之前引我去复园社区，是你和史崇有意的安排吧，为了救你父亲。"

程时心里咯噔一下，泛起巨大的不安，答道："是。"

"我去过你家，知道他脑出血去世，才想通了这件事儿，劝你给你父亲安排体检，改变了他原本的……是这样吧？"

程时依然记得那天醒来，发现父亲回来了。所有人都那样自然，忙忙碌碌，又是平凡的一天。只有他无法言语，看着早已离开的人，重新出现在人生里，沉浸在失而复得的庆幸中。

"是这样。"

"好像变了。"程禧咬咬嘴唇，无奈地重复一遍，"好像变了。"

如果她本就住在复园社区，那么关于这里的一切安排都是枉然。她没能了解到蒋父的情况，没能提醒蒋今明，也没能挽救他父亲的生命。

程禧不知说什么好，沉声道："对不起。"

程时赶回家，喘着粗气拼命敲门。

"急什么啊？"史崇开了门，手里还提着东西。

程时顾不上答话，连鞋也没脱就往里走，也只是两步，便停了下来。

那张黑白遗照，就摆在客厅供桌上。

史崇莫名其妙地跟上来，把拖鞋扔在他脚下："换鞋，小心季姨骂你。"

程时回过头去，茫然地看着他。

"来得还挺早，哎，我这回换了瓶白酒。"史崇打开手里的袋子，叹道，"俩老头换换口味吧，几点出发？"

"出发？"

"不是说了今天去墓地吗？"史崇瞥了他一眼，"蒋叔的忌日你不记得？"

对程时来说，昨天还和父亲通了话，前天还回家吃了饭。这些一家人忽然多出的美满时光，他才刚刚适应，便又失去了。

"是你不记得了。"

程禧来到白婧的公司，在楼下等待她出现。

重来一遍，她的生活轨迹是否相同？

现实给了肯定的答案，没多久，白婧推开公司大门，和一位男士走出来。看那身影，竟是许安淮。

程禧忍不住走近，看他们聊了几句，然后握了握手，互道再见。不像是恋人，更像是工作伙伴。她忽然想起白婧曾经说过，绝不跟客户谈恋爱。

程禧站在树荫下笑了，后知后觉地抬眼，才发现白婧正看向自己，目光流转，然后一步步走过来。

"还真是你，程禧？"再次听到白婧的声音，让程禧恍若隔世。

"好久不见啊。"

"嗯——"程禧无措地眨眨眼，试图纾解上涌的酸意，"好久不见。"

"大学毕业就没见过，你也留在本地吗？"

她们仍然读了同一所大学，只是从闺密变成了最普通的点头之交。

"嗯。"

"好巧，我在这儿上班。哎，要不一起吃个饭？"白婧笑着问，时间正值中午。

她还是热情又爱笑，大学时怎么没能成为朋友呢？程禧看着她，好一会儿，说："不了，我正好有事儿，下次吧。"

"行。"白婧答应，指了指身后的大楼，"那我先上去了。"

"好，再见。"

"拜拜。"

白婧转身进了门，很快消失在视野里。

程禧想，如果有一天这循环终于停下来，她一定来找白婧，哪怕再死皮赖脸，也要讨回这一顿饭。

也要重新和她成为朋友。

每次祭扫，季红都喜欢单独在墓前说会儿话，今天也是一样。兄弟俩给她腾出空间，就站在不远处的树荫下抽烟，沉默半晌，史崇张口道："看你不对劲，哪里又改变了？"

"没有。"

"不用瞒我，你会忘了蒋叔的忌日吗？"

程时没作声，挪了挪脚，无意间瞥见程禧出现在墓园的入口处。她穿着黑色衬衫，捧了一束花，远远朝他点了点头，没再往前。

"等会儿你先送我妈回去吧。"

"嗯。"史崇顺着他目光看去，皱眉道，"认识？"

当初在檀盛集团楼下，程禧打听赵飞的那场会面已经被抹去，加上离得远，史崇自然没有认出。

"那是程禧。"程时把烟熄了，试图提前散散身上的味道，同时堵住他的问题，说道，"晚点在我家见吧，到时再说，是有变化。"

"你——"恰好这时季红缓缓起了身，史崇只得将话咽回去，快步走了过去，解释了几句，史崇带着季红先回了家。

程禧看到他们离开，这才朝程时走去。

她把花摆在墓碑前，双手合十静默了片刻，然后看向程时，沉吟道："我没想到会是这样的结果。"

"跟你没关系。"

"其实这件事还可以挽救，我还可以提醒今明，只要你父亲早做检查，这情况是可以避免的。"

程时何尝没有想到，甚至不必这么麻烦，蒋今明本身就保留着记忆，只是缺少一个契机让他意识到未来已经改变。一句话、一个提醒，一家人就能回到其乐融融的昨天。

但经历这么多，程时已经明白改变总要付出代价，自己的代价，或者是别人的代价，他也许付不起。

阳光照在两人身上，投下小小的阴影。程时下意识扶住她的胳膊，说道："这儿太热，边走边说吧。"

程禧没拒绝，竟然也习惯了，过了几秒才吭声："我腿已经好了。"

程时后知后觉地收回手，揣进裤兜，随口问道："白婧怎么样？"

"我搬到了复园社区，划片仍然是那所初中，但我们没有同班，所以——我刚才见到她了，她挺好的。"

白婧重拾了自己的人生，却阴错阳差地让蒋父离世。程禧前几天在这里参加了闺密的葬礼，而今天面对的是蒋父的墓碑，这种命运的交替，让她背负很重的愧疚。

自然也不好讲太多，草草结束了话题。

"总算没有白费。"程时点点头，又道，"总算我们还是一致的。"

"嗯？"程禧看向他，反应过来，"你说今明吗？"

"对。"

程禧最初总觉得蒋今明和程时，是两个截然不同的人。一个自然真诚，一个不动声色，就像头顶这些树，蒋今明是向阳那一面，程时在背阴处。但渐渐地，两个人有些重合。骨子里有相同的东西，才会在20年前面对新新旱冰场的事故崩溃，又在20年后无法抉择吴静雯和吴悠的命运。

树还是同一棵树，即使长大了，本质也是一样的。

她想到这儿，笑了笑说："那房子里有你的身高刻度，在客厅的墙上，从很矮到——这儿。"

程禧比画了一下，举起手停在略低于他身高的位置。

"啊，"程时摸摸鼻子，回道，"我妈爱记录这个，她在幼儿园的习惯。"

"我还在卧室墙上发现了字，是你留下的吗？"

"字？"

程时停住脚，在回忆里搜索。好一会儿，他像是有了答案，犹豫道："'我还是要去'，是这几个字吗？"

"对，什么意思？"

"9 月 29 日晚，我还是要去檀园路 76 号。当时已经来不及了，只给你留了五个字。"

程禧仍旧不明白，兀自喃喃："9 月 29 日？"

"还记得我跟你说过时间是个环吗？那天其实已经改变过一次了，那次改变到底发生了什么，我现在告诉你。走吧，带你去个地方。"

程禧没想到这个地方是他家。

江边的高层住宅，宽敞安静。她有些拘谨地跟着进了门，穿过短短的走廊，落地窗外的江景出现在眼前。

檀园路 76 号伫立在对岸，天气好的时候，能看得很清晰。程禧刚要说什么，听程时解释道："我需要一个能看到那儿的住处。"

"像你原先的家一样？"

从那个小小的阳台望出去，也能将檀园路 76 号收入眼底，她今早已经发现了。

"对。你问我为什么留下那几个字，因为那天晚上，我看到了檀园路 76 号的情况，不得不赶过去。"

"看到什么情况？"

程时移步到吧台边倒水，问她："喝什么？"

从外面回来，她也确实觉得口渴，答道："水就行。你看到什么了？那天到底发生了什么？"

"喏。"

他将杯子递到她面前，抬眼道："吉祥，上次也和这次一样，我们尝试了很多办法，最后的保险就是事故发生时躲避开，等待究竟会发生什么。我明明提醒了大家当晚不要过去，但还是从阳台看到史叔进了馆里，很着急的样子，像是忘记了什么重要的东西。我赶紧拨打办公室的座机，很多遍才有人接听，传来的却是争执声。等放下电话再回到阳台观察，发现檀园路 76 号已经起火了。"

"所以你留了字，说你还是要去……你是去救人了？"

"嗯。"

"然后呢？"

"馆里的木质结构和文件资料极易燃烧，我到的时候，火势已经不小了。史叔尝试用馆里的消防器材救火，根本无济于事。我要带他走，他不肯，一定要抢救那些文物，说都是他的错……"

程禧呆呆地望着他，水都忘了喝。史志勇的错？是他导致的火灾？

"时间一点点耗尽，想出去的时候已经无路可走了。我们被逼到四楼办公区，这时候只有一个办法，就是跳窗出去，跳进江里。"

"跳窗……哪儿有窗？"程禧偏过头往外看去，檀园路 76 号沿江一侧只有密不透风的墙体。当初调查游船事故时她也专门留意过，没有窗户。

"四楼走廊尽头有窗，改造后封死了，现在那个位置挂着电影灯箱。你如果拆掉它，能看出原先的痕迹。"

程禧深吸一口气，恍然道："所以吴静雯——"

"是，破窗过程中窗棂掉落，砸到了停靠的观光船。她的意外是我造成的。"

至此，程禧才明白吴悠口中的负责是什么意思。如果没有那次改变，吴静雯不会受到牵连，她满怀期待出游，本该尽兴而归，平安而归。

"那史馆长呢？"他为什么还是在事故中遇难了？

程时舔舔嘴唇，喝了一口水，接着道："那时烟已经很大，顺着窗户往外飘，我转头却发现他不见了。于是回头去找，看不清路，没几步感觉腿被人拽住，史叔往我手里塞了一个信封……那时候他已经倒下了，后来我用残存的意识跳出去了。"

"所以他们没有找到你，认定你是失踪……"

"9 月份是汛期尾声，我再醒来时已经被冲到下游，信封也没了。"

"信封里是什么？"

"证据吧，相信和檀园路 76 号的违规开发有关，也许涉及地产拆迁、规划用地，以及火灾真相？"

"你的意思是有人纵火，为了销毁证据，不惜把史志勇和整个檀园路 76 号付之一炬？"

"现在看来，也许就是赵飞。"

程禧将胳膊撑在吧台，用力揉了揉太阳穴，若有所思道："他极力制止我们通话，就是怕真相浮出水面，毁了他现在的生活？"

程时不置可否。

停了一会儿，他才继续讲述："他们事后知道我到过现场，怀疑我拿走了证据，派人在我家守了很久。再后来我申请了死亡证明，用了程时的名字，那时已经隐隐察觉到，自己会不会就是你口中的人？吉祥，你告诉我程时创办了时代电影院，为了试验，我加了一个新字……"

程禧睁大了眼，回想起当初与蒋今明的通话约定，在留下预约参观信息时，自作聪明地去掉了一个"新"字。

像是齿轮，在过去与未来中严丝合缝。

两人四目相对，一时缓不过劲来。程时看了看她干燥的嘴唇，轻声提醒："喝口水吧。"

程禧这才咕咚咕咚一饮而尽，喝得急，放下杯子平复了好半天，问道："没有办法停下来吗？难道就这样循环下去吗？"

"不知道，也许循环不是无尽的。"他想了想，往卧室方向走去，"跟我来。"

"去哪儿？"她有些迟疑。

"工作室。"

程禧打眼瞧见张大床，脚步一缩，站在门口没进去。

"这个房间会改成工作室。"他倒是大言不惭，毫不心虚地拉开了墙上的幕布。

那幅巨大的时间轴逐渐显露。

程禧的目光被牢牢抓住，也将那一丝别扭抛到脑后，不自觉走到跟前，张口无言。

"我在想,我们一直在等的9月29日,这天到来之后,会发生什么？"

时间轴起于2000年3月，止于2020年9月29日，两点之间被电话联通，构成一个闭环。

在那之后，是空白。

"已知的经历中,我在2000年3月丢失了手机,开启了跨时空通话。"他指向那个起点，并顺着它继续走，停在了2000年的9月29日，"跟我通话的，是未来的你。我们改变了那场事故，也就是2000年的9月

29 日。随后我以程时的身份生活。"

"是的……"

"同时你正常长大，对一切毫不知情。直到 20 年后的 3 月份，通话再次开启，这实际已经是我们第二次通话。"

程禧紧蹙着眉，试图跟上他的线索，应道："对我来说，故事是从这里开始。"

"嗯。"

"我们被电话重新连通到了 20 年前，等于进入一个循环，导致同时出现了两个你。随着我们离 9 月 29 日越来越近，20 年前也将再次来到事故发生那天。但你有没有想过，对我们来说，那天过了之后，世界会是什么样？我们是会继续沿着时间线向前，10 月，11 月，2021 年……还是开启新的循环？"

程禧看着墙上 2020 年 9 月 29 日之后的空白，心里涌现一丝希望，不禁看向他。

"但前提是——"

重重的敲门声响起，程时被打断，知道这不耐烦的劲儿定是史崇，向程禧交代一句后便转身去开门。

程禧留在房间对着巨大的时间轴，感到前所未有地渺小。自己化成一个符号，她甚至能窥探 20 年间的成长历程，千禧年七岁，随后初中、高中到大学，毕业后顺利进入新时代影城，每一步都有标注。

这才来到二十七岁，等待一通命运早已安排好的电话。

她忽然明白了程时说了半截的话。

想要抓住继续向前的机会，前提是保证 20 年前那场事故再次改写，保证事故中的他们无虞——如果失败，世界会怎么样？

也许再次循环，也许一切都将归零。

史崇进来的时候，程禧也正从卧室往外走。她听见了脚步声，意识到自己在卧室独处不大合适，匆忙出去，两人还是在门口撞个正着。

其实也没什么，就像程时说的，这是间工作室——心里磊落，觉得是它就是了。

"你好，"程禧稍微点了点头，脸上闪过一丝局促，还是多嘴解释道，"里面有那个……线索。"

史崇带着笑意，听到这笑得更明显些，伸出手去自我介绍："史崇。"

程禧微微一怔。对，今天成了初次见面。

她慢半拍地伸手去回应，却见程时拿着杯水迎面走来，顺势放到了史崇掌心，说道："你们见过了。"

"哦？"史崇只得握住，又转向程禧确认。

"是，跟您在檀盛集团楼下见过。"

"这样。"史崇云淡风轻地点点头，喝了口水，斜眼看程时，低声道，"你说的改变就是这个？"

"一部分。"

"所以我现在跟两个先知在一起？"这种唯独自己失忆的感觉不大好受，史崇开了个玩笑，作势要进房间，"来看看是什么变化。"

"等等。"程时叫住他，看着手表说道，"时间差不多了，先去吃饭吧。我叫人把这房间收拾一下。"

三人一起吃饭，程禧总觉得哪里别扭，直到听见史崇叫他今明，才猛然发觉——

通话时，他们都是同龄人，程禧甚至还要比他们稍长几岁，没少点拨蒋今明，也没少嫌弃史崇。

时间流转，就像只作用于他俩身上。愣头青已经成长为体面的男士，此时共处，又将这种反差感无限放大。

程禧握着筷子走了神，被史崇的话音拉回来："所以你都知道了？"

"嗯？"

她以为是说卧室里那时间轴，点了点头。

"你跟小时候很像，我也参加过你的毕业典礼，还给你们学校捐了东西。"

"什么？"程禧没听懂。

"她不知道。"程时吭了声，示意史崇不必再说。

"校车的事也不知道？"

"吃吧。"

两人一来一回，空气安静了几秒。程禧不明所以，叩了叩程时手边的桌面，问道："你们说的是什么意思？"

"当初去你学校校招，打点关系捐过一批东西，还赶上毕业典礼。"

这时间顺序不对，校招怎么会和毕业典礼同时进行？然而程禧并未察觉，又问："那校车的事？"

程时抬眼说道："捐的校车。"

程禧恍然大悟，知道程时为了保证她顺利进入公司，花费了不少心思。所有安排都构成开启通话的必要条件，她轻轻叹了口气，没再说什么。

回到住所，卧室的床已经被移走，临时放置了一张边桌和几把椅子。

史崇站在墙前沉默许久，对蒋父的事感到遗憾。他回头递给程时一个眼神，疲惫地往椅子上一靠，仰脸叹道："只有一个月了，你就说我们需要做什么。"

"需要搞明白一件事。那就是 9 月 29 日那晚，在我到达檀园路 76 号之前，到底发生了什么？史叔为什么一定要回去？与他争执的人是不是赵飞？信封里装的——"

"是他。"未等程时的话音落下，史崇干脆回答。

如果不是程时先起疑，进而牵出高岭，史崇无论如何怀疑不到赵飞头上。深入调查高成峰父子的情况后，又几乎把这怀疑坐实。

高成峰生前一直是赵飞的司机，即便赵飞失势，也始终保障着高成峰的饭碗，让他挂着闲职混日子。这一混，就是十几年，混出一身毛病，最要命的是赌博。

高成峰酒驾出事前有负债的情况。

史崇早在 20 年前就瞧不上高成峰，觉得此人狗仗人势。但那时他们每次出去应酬，烂醉后都是高成峰开车送回。他板得住，开车从不喝酒，又怎么会酒驾肇事身亡呢？

史崇的眉头难以舒展，只得搓搓脸道："今明，当年火灾后，赵飞代表公司来慰问，说事故发生时自己在外地，还有司机证明，所以我从没怀疑过他。"

"那个司机就是高成峰？"

"对，前阵子你让我查他们父子。高成峰这十几年一直在赵飞手下混日子，直到因为酒驾出车祸死了。他死前还欠下了高额赌债。"

程时抬眼："这里面有问题。"

两人目光交会，默契地想到了一起。

"如果赵飞当晚去过檀园路 76 号，高成峰就是帮他做假证，等于拿住了把柄，这才舒服了十几年。没承想赌博欠了一屁股债，走投无路，也许动了威胁赵飞的心思，然后……"然后被赵飞解决，并伪装成交通事故。

史崇接着道："高成峰去世后，赵飞又以长辈的名义照顾高岭，让他接了司机的工作，实际成了自己的帮手。"说到这儿，禁不住自嘲一句，"多熟悉的手法。"

他自己不也是一样？曾一度被赵飞的关怀和照顾感动，以至于20年来，逢年过节还时常去看望他。

"你最近去看他了吗？"

"嗯，快六十了，在街心公园陪孙女玩，手里还提着小书包。你没见到他，无法相信一个人可以伪装得这么好。"

程禧一直在静静地听，一言不发。对他人的恶和对至亲的善，并不冲突，甚至无须伪装。或许正是晚年美满，才让赵飞不择手段地阻止改变。

可儿孙满堂的现在，不应该踩在别人尸骨上得来。

三人沉默，各怀心事。

好一会儿，程时简单总结："那就解释得通了，檀园路76号开发项目有猫腻，史叔手里应该有证据，当晚赵飞去馆里找证据，史叔也闻讯赶到，二人发生争执，赵飞放了火。"

"只要让今明阻止史馆长去檀园路76号，就既能救他，又能阻止火灾？"程禧问道。

"没用的，赵飞出现在馆里这件事不可控，单凭今明没法阻止史老头……回去。"

史崇说出那三个字，很是恍惚地顿了一顿。许久没提了，依然无比熟悉，没来得及表达的父子感情在史崇心里挖了一个洞，他无意地喃喃："老头倔得很。"

"所以关键在证据。史叔给我的信封里到底装了什么？又为什么要把这么重要的东西放在办公室？"

程时不自觉看向自己的手，极力回忆当时的场景，尽管他已经回想过无数遍。那是个最普通的牛皮纸信封，不大，还被折叠，按照大小来看……

"像是个软盘。"他回过身，沉吟道，"吉祥，你要让那时的我先一步找到信封里的东西。"

程禧点了点头，欲言又止，终究没有把心里的疑惑说出来。

史志勇在整件事中扮演什么角色？他和蒋今明说都怪自己，只是一个馆长作出错误决策这么简单吗？

太阳落山，讨论也暂告一段落。两个男人出了房间，程禧起身动动脖子，松松筋骨，再次审视墙上的记录。她从头捋到尾，发现 2009 年有个明显的标注，但内容似乎被擦除了。

伸手去摸，指腹残存了一点黑色的墨迹。

可能是记到了别处去，这也属正常，一面墙不可能记录下 20 年间的所有变化。就连她几个月的记忆，都写了整整一本。

程时，一定也有这样的东西。

也许是好奇心作祟，也许出于对猜想的验证，她开始仔细观察这房间，发现另一侧的装饰板有些奇怪。

这个装饰板的面积很大，紧贴着墙，木质，乍看起来像是房间的装饰，也确实和原木风格协调。

程禧敲了敲，发现装饰板的后面是空的。她琢磨了半天，意识到这应该是个镶嵌在墙体里的柜子。她想打开，又碍于隐私不敢妄动，最重要的是——

无从下手？

房间外的两人大概在抽烟，程禧踱步到门口，又掉头回来，想起程时调节幕布的遥控器就放在他刚才坐的椅子上。

那是个黑色的小巧装置，按键不止一个。她宽慰自己只是为了帮忙关闭幕布，试探性地按下了几个键。

第一个关闭了窗帘，遮光度相当好，房间整个暗下去。她又急忙打开，然后正确关闭了幕布。

犹犹豫豫地按了第四个键，那面墙上的柜门开了。

Chapter 13

守护

程禧就像被什么击中，心脏一个飘忽，然后狂跳不止，再次细看照片上的人。
2005 年，已经是事故发生 5 年后。程时为什么还长着蒋今明的脸？

❧

　　如果程禧见过蒋今明的办公室，会发现这几乎就是他那个铁皮文件柜的翻版。

　　上面整整齐齐码着文件，像是装订好的档案，仔细标注着年份、地点和人名，分门别类。

　　这就对了，20 年的记录，怎么也要这么多。

　　程禧啧啧称奇，在这柜子面前找回了蒋今明的古板劲儿。曾经一门心思制定消防预案之类的事迹涌进脑海，她心想小古董长大了也是老学究。

　　就这么愉快地扫了一圈，她瞧见角落里有张照片。

　　再如果，如果程禧能够记得数次改变之前的事，会一眼发现蹊跷——然而她脑袋空空，只觉得有些好奇。

　　那是张在旅游景区的合影。照片上有四个人，分别是季红夫妇、蒋今明和史崇。

　　蒋今明戴着鸭舌帽，面目清秀，史崇皮肤晒得有些黑，戴着墨镜，两人嘴角都挂着微笑。

　　程禧第一次去复园社区探望季红时，曾看过这张照片的另一个版本，并误以为蒋今明离世后，史崇鸠占鹊巢。实际上蒋今明就在镜头的另一边，他是拍摄者。

　　她当然不记得，眼下只觉四人一同出游，证明两家关系确实好，蒋今明和史崇不是兄弟，胜似兄弟。直到发现照片右下角的时间：

2005 年 10 月 5 日。

程禧就像被什么击中，心脏一个飘忽，然后狂跳不止，再次细看照片上的人。

2005 年，已经是事故发生 5 年后。程时为什么还长着蒋今明的脸？

世界浓缩成一阵轰鸣，程禧拿着照片，好半天才平复了心跳，耳边重新听到房间外的声响。她迅速将照片放回，按下遥控器。在柜门关闭的瞬间，又瞥见写着"吉祥"二字的档案，于是几乎未经思考地，把它抽了出来。

外头脚步声渐近，程禧疾走到座椅边，抓着档案的手心黏腻潮湿，使劲往自己包里塞，奈何怎么都露出大半截来。情急之下，她松开衬衫的两颗扣子，直接从头顶将衣服脱了下来，然后盖在包上。下一刻回头，程时已经站在了门口。

程时猝不及防，愣了半秒将视线移开。

程禧穿着件轻薄吊带，静电让它紧紧贴着皮肤，勾勒出身材轮廓，也凸显了腰部的手机——几次经验教训让她在贴身衣物上缝了内袋。

她假装无意地把手搭在腰间，挡住那部摩托罗拉，侧身对着他，淡淡说道："水洒衬衫上了。"

"我给你拿件衣服。"

程时垂着眼转身要走，没两步才想起那是自己的房间，只得背着身说："要不你自己从衣柜里找一件？"

"好。"

"我出去了。"

他说着反手带上门，忽然听程禧叫了一声："今明。"

"嗯？"程时下意识地停住。

"谢谢啊。"

"应该的。"

"咔"的一声，门缓缓合上了。

程禧这才转过身去，看到人确实已经离开，松了口气。她刚才冒出一些念头，甚至怀疑程时究竟是不是蒋今明，于是脱口而出喊了他的名字。程时那瞬间的反应很真实，完全是条件反射。

大概是自己想多了，程时拥有蒋今明的记忆，这是不可否认的事实。

何况史崇、季红总不会一个认错兄弟、一个认错儿子。

程禧摸摸后颈，很是烦闷地瞧了一眼被衬衫遮住的档案，无奈地叹了口气。有那么几秒钟，她宁愿自己没有发现，继续信任他，完成该做的事，让所有人的生活回到正轨。

就这样呆立了好一会儿，觉得肩膀有些凉，程禧才打开了衣柜门。不同色系的衬衫板板正正地挂着，最右侧却是件夹克，套着半透明的防尘罩。

她轻轻提起那件夹克，很老的款式，但看得出质量不错，干干净净的，仍然当穿。

说来奇怪，程禧总能在这房间感到一种似曾相识的感觉，非常扰乱心智。眼下这件衣服也是……她松开手，利落地拿了一件黑色衬衫，宽宽松松地套在身上，然后小心地提着包，走出了房间。

"吃饭吗？"程时见她穿了与自己一样的衬衫，稍稍一顿，问道，"讨论起来时间就过得很快，晚上想吃什么？"

史崇被他赶进阳台，这会儿也熄了烟，推开玻璃门搭话："我中午看到楼下新开了家店。"

"不了，我先回去，今天听你们说得太多，要回家理理思路。"程禧径直往门厅走去，嘴上解释，"早想通，也早跟今明打电话，要给他时间找证据不是吗？"

"嗯……什么时候通话，我跟你去。"程时跟在她身后。

"好，再看情况。"

"手机你是带在身上吗？"

他还是看到了。程禧脚步一滞，点了点头。

"时间不多了，不知道赵飞那边会不会有什么动作，我怕你带着不安全。"

程禧没应声，本能地警觉起来，弯腰去穿鞋，暂时把包搁在地上，才轻轻说："没事，还是先放我这儿吧。"

"……嗯。"程时放心不下，又道，"我送你回去。"

"不用。"

"那——"他顺手帮忙去提地上的包，被程禧抢先了一步。两人都握住了提手，四目相对，近在咫尺，同样的黑色衬衫，萦绕着相似的味道。

一个警惕，一个有些乱了阵脚。

"我先走了啊。"

片刻，程禧撤回身，转头开了门，迅速离开了。

已是傍晚，天气依然闷热。

程禧头昏脑涨，居然回到了之前的家。她试图开门，钥匙孔插不进去，捣鼓一小会儿，里头有人开了门。

是个小女孩，睁着双大眼睛直勾勾地盯着她。

程禧一时失语，而后才反应过来这已经不是自己家了，忙道："姐姐开错门了。"

"哦。"女孩抿抿嘴唇。

"快关上吧。"程禧将门推上，看那孩子毫无防备，又抵住门缝，问道，"你自己在家呀？"

"嗯，我妈妈还没下班。"

"自己在家不能随意给人开门，你妈妈没告诉过你吗？"

"你有钥匙，我以为是我妈妈回来了。"小女孩眨着大眼睛，说得有理有据。

"那也不行，坏人就这么骗你怎么办呢？你起码要问清楚是谁，再开门。"

女孩不说话了，小手握着门把，想要往回拽，但哪里抗衡得过成年人的力气。

"记住了没有呀？"

"嗯。"女孩赶忙答应，程禧这才松了手，门"砰"的一声关了。

也不知道自己和一个孩子较什么劲，费这闲心，程禧慢慢转身下了楼。刚才匆匆一瞥，房间布置已完全不同，竟然没有多少熟悉的感觉，真的不再是自己家了。

这么一耽搁，她回到复园社区时，爸妈已经吃完晚饭，正在收拾碗筷。程禧谎称自己吃过了，钻进房间开始看那档案。

翻开第一页，是自己进入高中的那天。她又翻回封面，发现"吉祥"后面还跟着小小的序号。这不是完整的记录，只是有关她档案中的一本。

程禧心里涌起一种异样的感觉，有些抵触，但还是无奈居多。很琐碎的情绪纠缠在一起，她意识到程时忛只是大学才介入自己的生活。而是极有可能从2000年，七岁之后，就默默关注着自己。

是啊，他需要20年后的她开启通话，前提就是保证她顺利长大。

档案记录着她高中发生的大小事。有些很详尽，跟谁是朋友，甚至考试成绩都记录在案；有些很粗略，"如常""顺利"一两笔带过。

程禧就这么翻看了半个多小时，直到一页空白，夹着张照片，照片里是穿着校服的自己正低头整理一面旗子，背景是校门口，有几辆大巴和一些同学。

她很快有了印象，找出自己的相册对照，确定了那是高一学校组织出游的照片。当时每个班级配一辆校车，照片里近处这辆大巴，还能依稀辨认出高一（七）班的字样。

只有照片，没有记录？

程禧纳闷了。很显然那天程时也来了，拍了照，却没留下只言片语？连"顺利"都懒得赘述吗？她往后翻了三四页，才又发现字迹，但与之前的字体明显不同。新的笔迹直到高中结束，毕业典礼是最后一幕。

这是两个人完成的，分界点就在那次出游。

为什么白婧总喊自己吉祥，说自己是老天庇佑，因为从小到大，她确实没遇到过什么磕绊。

每次都能化险为夷，就连谈恋爱分手这样的小事，都是占据高点的那一方。程禧躺在床上，那本档案就在手边，顺遂的20年人生，在别人的记录里，在别人的守护下。

那次出游确实遇到了意外，如果不是特意回想，早已遗忘在脑海里。她们班级的大巴在去往景区的路上，遭遇了一场惨烈的车祸。

一辆轿车和一辆渣土车在十字路口相撞，而校车在轿车的另一侧，校车司机紧急打方向盘避让，才躲过一劫。

那件事后，高二高三的出游统统被取消，同学们因此怨声载道，认为无辜受到牵连。程禧仔细回想，如果没有轿车抢道，被撞的就是自己。

程禧将这些事串起来，心里浮现出一个答案。

不久前的电影院，程时解释面部受伤做过手术，导致容貌改变——在那个场景，那个语境下，他根本是在误导自己，以为受伤是因为火灾。

实际上，9月29日当晚他只是呛了烟后跳江逃生，何至于换了张脸？所以2005年的合影没变，真正受伤做手术是在2009年吧，因为与渣土车相撞。而之后的记录，大概是由史崇代笔，才会说参加过自己的毕业典礼。

他参加的不是大学毕业典礼，而是高中毕业典礼。

程禧只觉气滞难以呼吸，不得不坐起身来。他需要她捡到手机，需要这一切重来，自然竭尽全力护她周全，甚至不惜将自己置于险地？

她回头看向床边那一行字，眼眶猛然有点发酸。

我还是要去。

程禧自认为是个普通的好人，她的善良有前提、有底线，绝不愿过多损害自己，总是充满权衡和计较。程时怎么不一样？这个人怎么仅仅凭心就能为了别人犯险，一次又一次？

她很想打电话问问他，确认自己的猜想，拿起手机又不安地摸摸额头，在纠结中陷入迷思。

程时照常整理档案，发现少了一本。再联想起程禧之前的反常行为，心里便有了数。

他坐在阳台上抽烟。

闷热的夏天，离开空调身上很快汗涔涔，但程时无心顾及。他想起吴静雯临别前的那番话，曾提到程禧校车的事。

那时就知道她的用意，所以他什么都没说。

吴静雯不想改变过去，除了自己的一句承诺，实际得不到任何保证。她是想提醒自己，永远存在这样的意外，像校车事故一样，是改变后凭空出现的，无法预料的事。

这一次，程禧毫发无损。

下一次，他未必能救得了。

吴静雯知道他难以抉择，给自己添上了程禧的砝码，明明白白地警告着，不要改变，一旦改变，吉祥未来难料。但履行对吴静雯的许诺，则意味着那晚破窗的行为必须发生，也就是说，自己将有意致她重伤，实实在在成为让她瘫痪半生的真凶。

这对当时毫无所知的吴静雯来说极其残忍，对程时来说也过于艰难。

他觉得自己在钢丝上行走，想找出真相，想避免檀园路 76 号被毁，想救史志勇，又要保证程禧的人生圆满。

难上加难。

现在计划顺利推进着，但对程时来说，每一步都充满不确定因素。他对着夜幕发呆，不明白错位的时空为什么落到了自己身上，无法选择的选择，遗憾永远如影随形。

许久，静谧被手机铃声打破。他回过神，看到是程禧来电，整理好情绪，接了起来。

"我理了理你们白天说的计划，有些具体的想法，要听听吗？"电话那头传来程禧的声音，顿了顿，又道，"没打扰你休息吧？"

"没有……"程时坐直了些，习惯性熄灭了烟，"你说。"

时间已经不早了，碰巧两人各怀心事，都没有睡意。

程时以为她是来质问的，关于那本档案……他还没想好怎么应对，却听她平静地说起计划。

"今明那边需要尽早开始找证据，但史崇说得对，凭他自己，毫无头绪的，多半只能像没头苍蝇一样乱撞。"

"是。"他简短应答，其实脑海里掠过很多，20 年前的自己确实像没头苍蝇，这样的话她也曾经说过。

"所以我们不能闲着，要帮他找到切入点。关于檀园路 76 号的开发，你记得我说过王逸帆去了规划局吗？我可以通过他了解一些情况。"

"我查这条线。当年史叔、赵飞在规划局碰面，接待他们的是用地规划处处长。这个人姓卢，事故发生后曾经被调查过，没几年提任了规划局局长，后来进了市委班子，现在已经病逝了。"

"他不仅择得清，还能步步高升？"

"吉祥，你不了解 20 年前的情况。那会儿城市建设是很粗放的，又高度依赖土地财政，檀园路 76 号的这场事故在他们看来，只是发展路上不可避免的小失误，在容错率内。他不可能择得清，但一定会被包庇，除非当年拿到实实在在的证据。"

事情又回到了这里。程禧想了想，颇有些决断道："我们要分头去找，证据肯定不止史志勇手上的那一份。"

"嗯。"

程时在心里苦笑，她的状态像极了十几年前的自己，誓要找到真相，重置一切。只是随着时间的推移，会发现改变永远不尽如人意，真相在命运波澜中显得微不足道，活下来，让每个人活下来，都已是奢望。

20 年间，他的心理发生了很大变化。

吴悠和吴静雯有遗憾，史崇和史志勇有遗憾，自己也有遗憾。到最后，程时不得不自问，如果拼尽全力也只能保全一个人——

选择谁？

程禧不知他的想法，沉浸在自己的计划里。她没有提起校车的事，只是暗下决心，一定要帮他。

第二天上午，程禧回到了电影院。

好长时间没有正经上班，如今再踏入办公室，有种大梦初醒的感觉。

排片、市场、统计、报告，那些好像远离了的东西又忽然把自己拉回了现实。她坐在办公桌前，打开票务系统，皱眉盯着难看的数据，听见开门声。

"你回来了？"李思齐一脸诧异。

"这票房怎么比之前更烂了？"

"那我可不知道，我也刚回来。"

他漫不经心地回答，打开储物柜，在里面翻翻找找。程禧听着吱啦吱啦的声音，不悦地从屏幕后探出头去。

"接着——"

一个灰影迎面飞来，她忙不迭接住，发现是个小玩偶，是《疯狂动物城》里的兔子警官。还没回过神，另一只狐狸玩偶紧接着落在了办公桌上。

"这什么？你刚说从哪儿回来？"程禧看了看玩偶身上的标签，问道，"迪士尼？"

"嗯，这东西是吴悠给你带的。"

"你们一起去的？"程禧泛起笑意，把那玩偶放到一旁，跷起二郎腿问道。

"嗯……"李思齐抓抓头发，叉着腰在小小的空间原地绕了一圈，含糊道，"我去放映室了。"

"等等，她人呢？"

"在盘点卖品库存吧。"

"行，你去吧。"

程禧摆摆手，见李思齐又扬脸示意桌上的玩偶，提醒道："不都是给你的，那个是给程总的。"

"哎，你们自己给他——"

人已经出去了。

程禧低头看着那两只玩偶，知道两个角色在动画片里是一对儿。她把兔子收进包里，把狐狸单独放在显眼处，这才抬头扫视一圈，发现李思齐和吴悠的桌上，也有相似的情侣摆件。

真是小孩儿心性。

把思绪收回来，她又想，这段时间自己不在，李思齐和吴悠外出，电影院没剩几个人，也没开几个场次。

程老板这是不想干了？也是，等一切被改变，这些所谓的现实还有什么意义？

程禧出了办公室，沿着走廊抚过两侧的电影海报，看着大屏幕上寥寥的场次信息……毫无疑问，这是自己喜欢的工作。如果蒋今明成功阻止火灾，这里也将不复存在，自己又会在哪儿呢？做着什么呢？

程禧有些出神，信步走到了储藏间。她倚在门边，看见吴悠拿着本子和笔，正专注地点着数量，不敢出声打扰。

好一会儿，才轻轻咳了一声。

吴悠转过头来，先是惊讶，然后绽出笑容："程经理！"

"玩得开心吗？什么时候回来的？"

"嗯，回来也没几天。"吴悠走近了两步，笑得腼腆，藏不住眼睛里的光，"我跟你说啊，迪士尼真是太有意思了，就是赶上暑假人有点多，但是排队也不累，热闹嘛，晚上还有烟花非常好看……"她停不下来，又意识到自己的滔滔不绝，抿抿嘴唇道，"哎呀，你肯定去过的。"

程禧大学毕业后去过，从没觉得有什么意思，烈日下排队能要了她的命。但她为吴悠感到高兴，打从心里高兴，微笑道："没有，看来有空一定要去，谢谢你给我带的礼物啊。"

"我特意挑的……哦，我没看过那动画片，只是感觉样子很像。"

自己像只兔子吗？

兔子？

她不知怎么的，脑海中有什么转瞬即逝，却没有抓住，心不在焉地道："《疯狂动物城》，有空让李思齐陪你看。"

"嗯……"吴悠答应着，尾音有点失落。她有好多事想做，世界刚在眼前徐徐展开，这也新奇，那也喜欢……但她无法安心，快乐过后是罪恶感里的诚惶诚恐，害怕那天到来，一切又都会失去。

这些微小的情绪没被程禧察觉。

没多久，程禧离开了储物间，遇见了刚上楼的程时。

这是昨晚约定好的通话时间。

程禧没再叫他出去，于是电话两端，是跨越 20 年的同一个人。她对着听筒喊了一声今明，抬眼发现程时在看自己，这感觉太诡异，让人浑身不自在。

另一边，自从上次冲动挂断电话，蒋今明就陷入后悔。他完成了程禧拜托的事，还不知结果如何，却断了联系。这会儿如常坐在办公室里，接起电话听到她的声音，竟有些张不开口，半天憋出一句道歉。

"不用道歉，你上次说得没错。"程禧垂着眼不敢看身旁的人，又道，"发生改变了，我搬家了，搬到了你现在的住处，还有——"

余光里，程时摇了摇头。

"还有我查到史志勇手里有证据，也许能证明赵飞和火灾的关系，需要你留心去找。大概在他的办公室，可能是软盘之类的东西。"

蒋今明还没从程禧搬家的震惊中缓过来，又听到新的消息。他迅速地瞥了一眼门口，沉声道："他最近确实常锁着门，我可以想办法进去。"

有好几次了，他经过馆长室，都是大门紧闭，而史志勇往往就在馆里，不免让人生疑。

两人又商量一阵对策，结束了通话。程禧把那摩托罗拉揣进兜里，轻声冲程时说："你不想让他知道你父亲的事儿……"

"知道只会再生变故。"

程禧不作声，更觉得亏欠他很多，心里盘算着如何弥补，不停地关注手机来电。他们出了影厅，慢慢下楼，铃声终于响起。

"程禧，我到了。"电话里的人说。

"好，你在大厅等一下，我就下来了。"

程禧挂了电话，加快了脚步。程时不明所以地跟着，拐了弯，一眼瞥见大厅正中间的王逸帆。

空空荡荡的大厅，想不注意都难。

程禧迎过去，边走边笑道："上次说看电影，我早该请你过来了。"

他们在白婧葬礼的那幕被抹去，酒吧的相遇却保留了下来。程禧昨晚试着联系他，得知他已经去规划局报到了，时机正好。

王逸帆则一直觉得程禧还记恨着自己，因而对这通电话感到既意外又惊喜，准时赴了约。他笑着打招呼，搓搓手道："我查了最近上映的电影，好像没有你会喜欢的。"

"我都行，请客自然是依客人。"

"不，客随主便。"

程禧没心思跟他寒暄，挑了最近的场次出了票。两人往影厅走去，王逸帆这才看到楼梯口的程时。他愣住了，想起校门口那辆黑色轿车，想起涉嫌抄袭的毕业论文，想起与程禧的分手，半羞愧半拘谨地张口来了句："叔叔。"

程时一言不发。

程禧呆立在那儿，瞬间沁出一层细密的汗珠，解围道："误会了，我不是说了，他不是我叔叔。"

王逸帆先入为主，有些尴尬。他也搞不清这到底是何方神圣，但总归跟程禧关系不浅，稳妥起见，又客气道："您好。"

程时总算嗯了一声。

"你先进去，我这边说两句话。"程禧交代王逸帆，见他进了影厅，才转头与程时说道，"在外面等一下啊，先别走。"

"你准备干什么？"

"拿钥匙。"

王逸帆有一个钥匙串。

这是他多年的习惯，不管是家里还是宿舍的钥匙，都串在一起。那钥匙扣还是程禧送的。

影厅里，程禧又提起这茬儿，果然见他掏了出来，说道："没换，还是这个钥匙扣。"

"用了多少年了？你这习惯没变啊？"她接过来，在手上把玩，借着银幕的光亮分辨着上面的钥匙。

"嗯，家里的、单位的，都在这儿了，好找。"

"好习惯。"

程禧仍在摩挲着钥匙扣，一副怀旧的样子。王逸帆笑笑，注意力又回到影片。没多久，她借口上厕所，将钥匙给了程时。

"后巷就有配钥匙的，速去速回。"

"你拿了他单位的钥匙？"

"他说单位让他提前报到，是为了给档案室搬家，这不是正巧吗？我只是借钥匙进去看看……我也没想害他，一个月之后这件事就等于没发生，影响不到他，我俩扯平。"

两个相似的夜晚。

程禧和程时出现在规划局的地下车库，而蒋今明则打开了檀园路76号的侧门。

他们为了寻找同样的东西，悄悄潜入夜色。

规划局门口有保安，两人走车行道下了地库，又经消防通道上了楼，轻车熟路拐进走廊。

程禧一路无话，不时瞟几眼周围的情况，显得有些不安。她没干过这种事儿，也不常出入类似单位，尽量控制着脚下的轻重，听见程时说道："正常走路就好。"

"嗯。"她压低声音应答。

"就当是来加班的，你有钥匙，不是撬锁的小偷小摸。"

"知道。"程禧摸了摸口袋里的钥匙，看向程时。他穿了那件夹克，藏蓝色的，以为会显得老成，倒是意外精神，和这环境融洽极了。

"你确实像是来加班的。"程禧补了一句。

程时居然还笑了笑。

气氛登时轻松了些，程禧都差点代入了同事的角色，远远看见档案室的牌子，不急不缓地掏出了钥匙，说："到了。"

他点点头，示意开门。

五把钥匙，比对锁孔大小后排除两把。程禧试了第一次，没能插进去，又换第二把钥匙，这时候听见楼梯间远远传来脚步声。

程禧感觉自己的耳朵被牵扯着一动，神经猛然绷紧，拿着钥匙的手开始抖，着急忙慌地往锁孔里插。

"别急。"程时握住她的手腕，顺势拿下那把钥匙，插进锁孔试图转动，又没能成功。

"是最后那把，给我。"

程禧张开手掌，一时竟然有些分辨不清。脚步声越来越近，越来越清晰，她急出汗来，终于定神找出那把没试过的钥匙，递给了他。

转了一圈，锁芯发出清脆的咔嗒声。

几乎是同时，楼梯间的脚步停了一下，程时拉着程禧闪进房间，轻轻掩上了门。

那位例行巡视的保安，探身往走廊里瞧了一眼，又继续上楼了。

房间很黑，扑面而来一股霉味。

两人不敢妄动，静静等了半晌，才将门关好反锁。他们打开手机照明，发现这间档案室混乱不堪。

房间不规则地歪七扭八地摆着数个铁架子，满满都是档案。另一侧有两张桌子，堆放着规划图一类的图纸，很多掉在了地上。角落里还有一台电脑。

程禧咽了咽口水，喃喃道："难怪要让他提前上班。"

"他们是按照项目和时间归档的。"程时的目光扫过架子上的档案，抽出一份打开，说道，"这边是近期的，早年档案应该在里头。"

"电脑上会不会有什么？"

程禧对这些东西不熟悉，于是转向那台电脑。她开了机，很快屏幕亮起来，出现了输入密码的界面。

毫无头绪。

"程时，"程禧轻声喊了程时一声，"看来不行，需要密码。"

程时放下手里的档案，走到电脑边，弓腰扶着椅背，输入了 6 个 1，错误，又试了 6 个 0。

认真的？程禧皱眉看着他的侧脸。

"试一下档案室的拼音。"

她将信将疑试了，仍然错误。之后见程时拽过电脑旁的座机，给自己手机打了通电话，然后对照着来电显示，将号码念了出来。

程禧输入这号码，又尝试了几次组合，总算成功进入了桌面。密码是档案室的拼音首字母加座机号。

程时将座机上的去电记录删除，解释道："20 年前的单位就这么设置密码，现在还是一样的习惯。"

简单合逻辑，自己还真想不到。程禧抿抿嘴唇，开始浏览文件夹，然而时间一分一秒过去，依旧一无所获。早期办公电子化没有铺开，很难找到有效信息。

程时倒是发现了 2000 年左右的规划文件，他打开档案盒，里面多是往来公文、申请与批复意见，申请中提到江畔综合开发，区域涵盖檀园路 76 号和复园社区。还有一份不完整的会议记录。

他专注地看了一会儿，又对照规划图，沉吟道："规划方案应该内部调整过，檀园路 76 号从历史街区变成了商业用地。"

"找到了！"程禧忽然打断他。

她压抑着兴奋的声音，打开一个以"檀园路 76 号"命名的文件，满怀期待，却发现只是个拙劣的 PPT，不免一声失望长叹。

程时隔着几米的距离，看着屏幕上的艺术字，微不可见地动动嘴角。

那是他做的。

蒋今明将史志勇办公桌的上层抽屉拆出来，手电筒透过空洞往里照，发现了下层被锁住抽屉里的软盘。

粗略一看，大概有十来张，还有些私人物品，工作证、眼镜、相框……他将相框翻过来，是一家三口的合影。

蒋今明甚至已经忘了史崇妈妈的样子，印象中是个极富决断的女人，和身边的阿姨们气质不同。但照片上她揽着史崇的肩膀，笑得很温柔。

他默默地把相框扣过去，拿着手电筒的胳膊有些发酸，活动两下，再度翻看那些软盘。

这些软盘多数是工作中使用过的，其中还有自己交给他的那张存储着演示文稿的软盘，白色标签上写着"檀园路 76 号演示文稿"几个字，是自己的笔迹。

这是上次两人从规划局回来后，史志勇交代的任务。他研究了好一阵子才将将完成，也不知派上用场没有。会动的字体加上傻乎乎的剪贴画，就比手写更好？他可不觉得。

蒋今明把思绪拽回来，掠过了它，拿走了后面几张标注不明的软盘，又将抽屉原封不动地装回去，出了房间锁好门，回到自己的办公室查看里面的内容。

电脑屏幕亮起，映着他的脸，在黑暗中泛着微光。他一张张插入软盘，一张张查看，除了一份预约参观的文件备份，其他都是空白。蒋今明困惑了，证据到底是什么？

他呆坐了片刻，直觉自己错过了什么东西，又或者，史志勇这时候还没有拿到证据？慢慢起了身，蒋今明收好那几张软盘，按照记忆中的顺序排列，准备送回馆长室。

他前脚刚踏出房门，看到走廊出现一道人影，本能地往后躲闪，安静了两三秒后，听见一声呵斥。

"谁？！"

夏夜，蒋今明出了一身冷汗。墙上的时钟走到 10 点，史志勇怎么会这时候来馆里？他把手里的软盘塞进门口的桌斗里，跨了出去，故作吃惊地道："史叔，你怎么来了？"

"今明？"史志勇更觉纳闷，借着窗外的光亮，看清楚蒋今明的脸，问道，"怎么不开灯？这么晚在办公室干什么？"

"我取个东西，这就要走。"蒋今明作势关门，另一只手在身上摸索，脑子飞快运转，终于编出一个不大高明的瞎话，"钢笔忘带了，在家想写点东西，怎么用都不顺手。"说着往前一步，掏出兜里那支钢笔，笑道，"还得是您给我的这支，用习惯了。"

"嗯。"史志勇答应一声，听不出语气。

史志勇迎着走廊的窗，却因为太远没有照到一丝光亮，整个人在黑暗中，转头去开馆长室的门。

蒋今明讪讪地迎过去，担心拿走软盘的事情被发现，搭话道："这么晚还过来加班，有什么需要我做的吗？"

"不用。"史志勇表情不明，其实手上已是汗涔涔。他推开了馆长室的门，竟也没去开灯，说道，"回去吧。"

"哎。"

然后门被关上了。

蒋今明站在门口，埋怨自己手脚没再麻利一些。史志勇会不会打开上锁的抽屉？会不会检查那些软盘发现少了几张，从而怀疑到自己的头上？

本以为事情很顺利，后勤有馆长室的备用钥匙，抽屉虽然上了锁，却可以从上面打开，而软盘就放在里面。

现在看来，是自己想得简单了。

他竖起耳朵，留心房间里的动静。殊不知隔着房门，史志勇半步都没有移动。

万籁俱寂，无声无息。

终于，蒋今明迈开步子，离开了门口。他走到楼梯处，听见了轻轻的门反锁的声音。

史志勇坐在桌前，从腰间摘下一个微型录音机，小心翼翼地放在了桌面。他交握着双手，呼吸沉重，好一会儿才下定决心般，按下播放键，录音机里的对话声传来。

很完整，很清晰。

史志勇将录音机中的小型磁带取出，用钥匙打开了抽屉，把磁带放进去，随后又开了电脑，凭借记忆，笨拙地敲击着键盘，将一个个姓名输入文档。终究不放心把这些内容留在电脑里，他顺手去找软盘想要转存，但只发现了一张。

明明记得还剩几个没用的。

史志勇有些疑心，但软盘是办公室发的，平时自己也不甚关心，也许不知不觉间真的用完了？

稍加停顿，他抽出仅剩的那张软盘，插进电脑里，总算转存了文档。

这两件事都完成后，史志勇静坐了许久。

已经将近午夜，他把重写过的软盘放进抽屉，又注意到那个相框，鬼使神差地翻了过来，就这么看得走神了。

一晃很多年了。史崇的妈妈与他结婚后，随他被安排在校图书馆工作。起初一家人还有过美好的时光，随着史崇长大，不知从什么时候起，她好像厌倦了生活半径只有校园那么大，厌倦了事业只能在破旧的图书馆施展，厌倦了身上总是发霉的纸张味儿，也厌倦了他袖口沾上的粉笔屑。

那时她常劝自己走上仕途，或者下海经商……她对生活有很多不满，越积越多，可史志勇一头扎在历史研究里根本无暇他顾，待到惊醒时，她已经离开了。

曾经她说他们追求不一样的生活。她无数次唾骂他的迂腐，却在每次吵架后收拢他厚厚的研究资料和古籍，小心地放到一处。

而现在——

她会不会嘲笑自己，鄙视自己？她会说你曾经的坚持一文不值，道貌岸然更是让人瞧不起，我瞧不起你，儿子也瞧不起你……

史志勇忽然恼羞成怒，将那相框狠狠地砸回抽屉。他大口喘着气，把磁带和软盘都拿了出来，塞进信封，然后放进文件柜角落，一个不起眼的档案盒中。

Chapter 14

起风了

刚接通,她就听到身后轻微的动静,正欲回头,脑后的钝痛感猛地袭来,
整个人就像断线的木偶,随着一声闷响倒地。
程禧两眼发黑,模糊中,一个男人的脸被放大,捡走了她掉落的手机,
转头说道:"不会出人命吧。"

————————————⚜————————————

蒋今明回到家,洗漱完后却毫无睡意,边擦着头发边晃到阳台,倚着栏杆往外望。

临近午夜的风终于不似热浪,身上的水珠被吹干,让他感到一丝凉爽。檀园路76号依然伫立在那儿,与江面辉映,笼在淡淡的月光下,很美。

是久经岁月,时间赋予的美。

蒋今明有些不忍去想它在火海中的样子,又转头看向别处。附近的小学操场静悄悄的,等暑期结束,自己又要重新忍受早上的升旗仪式,那喇叭在每个周一都会扰他美梦。

快了,快九月了。

蒋今明胡思乱想着,忽然意识到吉祥也到了读小学的年纪。前不久季红带回幼儿园毕业仪式的照片——她一张圆圆的脸,露出小小的兔牙,站在前排中间。

偶尔,偶尔他真的有些好奇,吉祥是怎么长大成为程禧的。自己先认识了未来的她,又追溯她的过去,这种时空带来的错位交织成很复杂的感受……

不能细想。

他轻轻叹了口气,将头上的毛巾扯下来,就听见房门吱嘎一声被推开,季红睡眼迷蒙地催促道:"怎么还不睡?明天不要上班的?"

……又不敲门。

"睡,这就睡。"他应了一声,要回身的瞬间恍惚看到檀园路76号有人出来。

静夜中的走动如此明显，是史志勇。

此时已经过了零点，蒋今明目光追着史志勇的身影，见他出门之后，并没有直接回家，而是往左侧走去。

那方向是银行，设有两部自助取款机。随后视线受阻，即便探出半个身子张望，还是丢了史志勇的踪影。回到房间，躺在床上，蒋今明心里不免疑惑——史志勇在单位待到凌晨，随后去取款？

按照程禧的推测，檀园路 76 号的事故与赵飞有关，而史志勇掌握了证据，这才遇险。但今晚的情况让蒋今明越来越不安，他辗转反侧，猛地从床上跃起，在抽屉中找出一支用旧的圆珠笔，蹲在墙边，用力划下几个字：

　　　　明天再我证据。

程禧回到家时已经将近凌晨。

她悄声进了门，还没来得及放下包，先摸到厨房从窗户往下看去。

程时还没离开，也仰头望着曾经的家。

五楼的窗口，这是以前季红做饭的地方。偶尔看到他下班回来，会隔空差遣他买瓶酱油、带包盐……就这么在回忆里出神，越发挪不动脚。他点了根烟，站在楼下抽起来，压根没发觉黑暗中，程禧就在窗边。

直到她探出头来，欲言又止。

他愣了片刻，下意识背过夹烟的手，朝她点头示意，用口型说"走了"，随后背影渐行渐远。

程禧一直看着他消失在视线里，才转身往卧室走去。她留意到黑夜中点燃的红点。事实上她知道程时抽烟，没见过，但是能闻到他身上淡淡的烟味。

很细微，但还是会钻进鼻子。她从小就对烟味非常敏感。

这不是重点。

让她在意的是那藏烟的动作自然到无须反应……

程禧纳闷着，顺手推开卧室门，就听隔壁房间"咔嗒"一声，程妈穿着睡衣出来，直截了当地审讯："这么晚回家，在电影院值班了？"

"嗯。"

"还嗯？你们电影院的同事说你没在，我都打过电话了。你这孩子最近整天都在忙什么？是不是谈恋爱了？"

这番诘问就像事先准备好了似的，竟一点儿不卡壳。程禧呆了呆，无奈地道："什么啊？"

"刚才送你回来的是谁？楼下那个男的，挺高个子，穿个夹克，年龄看起来比你大，多大岁数了？"

"哎哟我天——"程禧翻了个白眼，进入房间放下包，懒懒地回应，"那是领导，我老板，工作完顺路送一下。你这么晚不睡就盯着楼下，你是特工啊？"

"妈妈跟你说啊，要谈恋爱就光明正大地谈，咱们也不是那种保守的父母，对方年龄大点就大点，只要不是有家庭的……"

"妈，你真是想多了。"

程禧拎着换洗的衣服又走出房间，奈何程妈锲而不舍地跟在身后，又问："有没有三十五了？"

程禧竟然真的在心里默算了一下，没有吭声。

"一直没结婚的原因是什么，这个也很重要。"

在这样莫测的人生里，感情能安放在哪儿？

程禧敷衍地回："不知道。"

"我没瞧清楚长相，但看个头还可以，有多高？"

程禧终于受不了这一连串的追问，走到墙边用指节敲了敲那组身高刻度，蒋今明的刻度，说道："这么高行了吧，我洗澡去了，您赶紧睡吧啊！"

"你这孩子，妈妈跟你说点儿正事就不耐烦，你——"

洗手间的门阻隔了唠叨。约莫半小时程禧洗完澡出来，家里已然安静了。她回到房间，努力理清被扰乱的思路。

今天在规划局发现的材料证明了什么？

起初规划的历史街区，为什么变成了商业用地？檀园路 76 号开发的尺度在哪儿？是保留旧址进行商业改造，还是根本就要推倒重建？

史志勇对此知不知情？

程禧盘腿坐在床上，握着笔在本子上记录，忽然听到些细碎的动静，循声转头，发现床头边的墙上，正一点点浮现出字迹。

下笔很重，带着蓝色墨水的划痕刚落下，立刻干涸，与发黄的墙体融合。程禧意识到这是正在发生的改变，第二次亲眼见证！

她翻下床，蹲在地上辨别着字迹：

明天再我证据。

第二天一早，蒋今明刚坐下，就见史志勇提着公文包出现在办公室门口，问后勤大姐备用钥匙是否还在。

他做贼心虚，暗忖昨晚果真露出了马脚。这么一紧张整个表情都僵硬了，只得转身假意整理文件柜，留心听着两人对话。

"在啊，在我这抽屉里。"大姐拉开抽屉，金属碰撞声噼里啪啦，不一会儿找出馆长室的那把，递过去道，"您忘带钥匙了？"

"嗯。你这抽屉平时也不上锁，全馆的钥匙都在这儿，能安全吗？"

"哎哟，这不是在办公室吗，谁能拿？"

蒋今明吞了吞口水，用余光往后瞥去，史志勇没再表示什么，转而说道："软盘用完了，再给我拿几张。"

"好，等会儿给您送去。"

史志勇点点头出去了，还未走远，大姐就嚷嚷开了："真有意思，这钥匙放办公室了还要上锁啊？防谁呢？就说这馆里有什么值钱东西吗？"

几个同事也跟着闲扯了几句，音量不大不小，正让走廊中的史志勇听个模糊，深得背后抱怨之要领。

蒋今明无言，坐回到办公桌前，拉开抽屉看了看那几张软盘。还要放回去吗？空的也就算了，那张预约记录备份怕是要悄悄归还的。

怎么再次进入馆长室？

他正发愁，机会来了。

大姐拿出几张新的软盘，在办公室里喊道："谁去馆长室顺便送个东西？"她大概还未顺心，将软盘在桌上码齐，发出重重的声响，补充了句，"我是不去啊！"

蒋今明起身，故作随意道："给我吧。"

"谢谢小蒋。"

"不谢。"他接过那几张软盘，出门正赶上史志勇去打水，连忙退回等了几秒，见人拐进了水房，才疾步往馆长室走去。

门虚掩着。

蒋今明推门进去，直奔办公桌，迅速拉开那抽屉——万幸已经开了锁。然后将昨晚拿走的软盘塞了回去，这时注意到抽屉里有些碎玻璃碴。他一怔，顺手翻过那相框，照片直接掉了出来。

蒋今明暗骂自己手欠，忙把照片和相框恢复原样，总算看不出破绽。可他盯着抽屉，迟迟未关，总觉得有什么变化。除了碎掉的相框，明明还有哪里不一样了。

就在他琢磨的工夫，史志勇已经接完了水，开始往回走，并很快发现门被开了一道缝，紧着步子朝办公室而来。

时间以秒计！

一秒之差，蒋今明关上了抽屉，把新的软盘放在桌上，还没来得及撤身。

"干吗呢？"史志勇出现在门口。

"软盘，"蒋今明保持着放下东西的动作，强压着呼吸道，"给您放桌上了。"

"呵，"史志勇不满地一哼，边走边说道，"倒是会使唤人哪，说也说不得，个个都是馆长派头。"

"没有，我也是正好——"

"正好被使唤。"

蒋今明摸摸鼻子，尴尬地笑了笑，帮他接过暖水瓶，放在了办公桌上。

"今明啊，最近都在忙什么？"

"呃……想联系市博物馆一起办个展。"

"博物馆？"史志勇坐下来，脸上带着笑意，问道，"还是觉得历史不能离市场太近吗？破坏美感？"

那是两人许久前讨论的话题，蒋今明不知他如今重提是什么用意，支吾道："可能要有个度吧。"

"你觉得度在哪儿？"

蒋今明说不上来。在他眼中的檀园路76号，像是有生命的，神形兼具，保持着百年建筑的样貌，同时拥有时间积淀的灵魂。自己不想改变它分毫，诚恳地回答："我也不知道。"

史志勇眼神一暗，复述他的话，喃喃道："我也不知道……"

然而迷茫转瞬即逝。抽屉里的相框、柜子里的磁带、包里的银行卡……昨晚自助取款机上显示的数字明晃晃地在脑子里打转。

史志勇重新抬头，干脆地交代："行了，去吧。"

蒋今明还在琢磨那个抽屉。他坐立难安，怎么也想不出是哪儿不对劲。相框、软盘、一些私人物品，没有增加什么——昨晚史志勇没有再放东西进去。

那是少了什么？

直到中午，蒋今明坐在计算机前，无意间瞥见了桌面上的图标，才醍醐灌顶——自己交给他的演示文稿，那张软盘不见了！

史志勇半夜回到办公室，就是为了自己那张软盘？怎么可能？他心脏突突直跳，意识到程禧让自己找的，存有证据的软盘，也许就是它。

蒋今明提起座机，试图联系程禧，没能成功。他又飞奔回家，在墙上留言并约定通话，然后心急地返回等待。

程禧并没能及时发现。

她人在电影院，倚着扶栏，正对着一条微信好友申请摇摆不定。

那是自己太熟悉的头像了，白婧，申请留言写着：你好，程禧，想麻烦咨询些事情，后面还配了一个笑脸。

程禧的手指悬在半空，不知该不该点击通过。这时候身后传来脚步声，她一转头，发现来人是程时。

"唉——"程禧叹了口气，犹豫地耸耸肩道，"这个，不知道该怎么办。"

"可能该产生交集的人，总归会有交集。"他说。

"我可以加她看看要咨询什么，也许能帮上忙，就只帮个忙。"

程时不置可否，忽然问道："手机带在身上吗？"

"嗯。"程禧摸摸口袋，"今明昨晚留言了，他今天会再去找证据，我想晚点通个话。"

"给我看下，手机还有电吗？"

程禧没多想，把摩托罗拉拿出来递给他，说道："应该还有。"

"不多，我拿去充一下。"

"哦，充电器在办公室。"

程时点点头，留下犯难的程禧，转身却没去办公室，而是走上四楼，悄悄进了 VIP 厅。拨通电话，几乎是立即被接起，听筒传来蒋今明急切的一声"喂"。

"今明，你别说话，听我说。"

"你是哪位？"

"我是你。"

蒋今明感到一阵眩晕，握着听筒说不出话来。他认出了这声音，曾经阻止自己去找高岭，事后证明是对的。

是自己……是未来的自己？

"你昨晚去馆长室拿走了几张软盘，今天上午再次去他办公室，发现自己给他的演示文稿的软盘不见了，推测证据就存在里面。这些事你还没有告诉程禧，我能知道的唯一原因，因为我是你，20 年后的你，我有你的记忆。"

"我，"蒋今明卡了壳，"你——"

"你过后再想，先听我说。如果你没有拿走那几张空盘，史叔就不会用演示文稿的软盘替代，这是新的改变，反而帮我们发现了证据。这张软盘现在一定还在他办公室里，桌子、柜子但凡能放得下一张软盘的地方，你都要仔细去找，找出来收好。"

蒋今明来不及反应，下意识扯过一张纸想要记录，又听对方说道："记在脑子里。"

程时了解他，了解自己的习惯。

蒋今明愣住了。

这感觉太过诡异，横亘着 20 年岁月的同一个人，被一通电话相连。他有无数困惑，对整件事情丧失了把控感，话到嘴边不知怎么说才好，迟疑地问道："你为什么有她的手机？"

"是我——是你自己的手机。未来的你让她捡到手机，才开启了通话，能明白吗？"

"不明白，"蒋今明固执地道，"让她听电话。"

程时没有理会，仍旧平静地叙述："今明，我还要拜托你一件事，无论未来怎么改变，你要在她身边。"话说到这儿，程时出神地停了下来，好像忽然明白了什么。

时间如潮涌，褪去后留下一片澄净。世界变得虚无，只有人与人的联结才真实，他豁然开朗，原来有些选择早已镌刻在轮回里，即便重来千百次，结果都会是一样的。

"你会这么做的。"程时如释重负地笑了，"不用我拜托，你也会这么做。"

"什么？"

"证据如果找到了，别急着处理。这次通话的事，还是不要告诉吉祥，先这样。"

蒋今明完全被牵着鼻子走，听了个似懂非懂。他挂了电话，许久回不过神来，办公室里的景象，同事聒噪的说话声，仿佛都沦为布景，显得如此不真切。

直到身体被谁推得一晃。

史崇的脸出现在自己眼前："叫你听不见啊？"

"啊？"

"你这精神状况堪忧啊，还在查那些乱七八糟的东西啊——"

蒋今明急忙咳了两声，试图盖住这句话，半晌才正经道："你怎么来了？"

平时不愿踏足一步，今天居然大摇大摆地出现在自己的办公室里。蒋今明从抽屉里翻出一瓶放了好久的汽水，还没等查看生产日期，就被史崇一把接了过去，拧开仰头喝了几口，说道："我跟赵总来的……你这汽水没汽儿了。"

"赵飞？"

"嗯，说是有事儿要谈。"

"什么事儿？"

史崇没吱声，使了个眼色。两人出了办公室，在馆里转悠，边走边聊。

"你知不知道檀园路76号要改造？今明，还真被你说着了，电影院也不是没可能。"

"怎么改造？"

"不知道。"史崇拧着眉，犹豫一阵道，"檀园路76号是历史建筑，想要改造对周边配套有要求，一定范围内不得有高层建筑。但复园社区是要开发写字楼的，这么一来，项目受限了。"

"按你这么说，就不能是改造了，你们是想把檀园路76号一并拆迁了？"

"我也就听别人说那么一嘴，不作数。但你放眼那些大城市，海岸边全是摩天大楼，再看这儿……"史崇透过窗户，往江边望去，说道，"全是矮房子、老房子、低层住宅，未来城市肯定不会是这个样子。"

"赵飞又给你洗脑了。"蒋今明干脆利落地说。

史崇不讲话。

"未来城市是什么样子？非得千篇一律？这种规划、这种建设就是不动脑筋，或者是动的歪脑筋！"

"得了，我就这么一听，顺口跟你说说。我也知道史老头不会同意，我又没想把这儿拆了。"

两人说着逛到一楼，史崇抬头看着高高的房梁，听蒋今明平静地道："你还记得第一次来这儿吗？那时候这里还没开放，史叔领我们来的。"

"记得，到处都是灰，害我一直打喷嚏，你还非要学我，把我爸给乐的，整个馆里都是回声。"

那真是久远的记忆。史崇这才意识到，原来父子俩有过快乐的时光。多年后，他把母亲离开的责任归咎于史志勇，便再也没那么亲近过，见面只剩无休止的埋怨和争吵。

他默默叹了口气，顾左右而言他："不知道赵总他们聊得怎么样了，史老头肯定是油盐不进。"

"他们在馆长室？"

"是啊。"

蒋今明暗叫不好，证据还在里面。自己只顾着与史崇说话，忽略了赵飞，这就转身爬上楼梯。

程禧四处寻找，爬上楼梯，轻声喊程时的名字。

奇怪，这人怎么不见了？

刚才一番犹豫，她还是通过了白婧的好友申请，并匆匆聊了几句。自上次见面后，白婧不知从哪里打听到她在电影院工作，来咨询团体购票的事。

从前白婧公司的福利票也是在她这儿办的，命运兜兜转转，这点倒没变。程禧乐于帮忙，正巧白婧人就在附近，可以上门取票。

程禧回了个"好"，斟酌后加了一个笑脸，放下手机倍感轻松。她溜达回办公室找程时，想告诉他，他说得对，该产生的交集总归会产生。谁知人并不在，充电器也没有被动过的迹象——所谓的充电是个幌子。

程时连带着摩托罗拉消失了，这让程禧心里发虚，一路往 VIP 厅找去。结果刚到三楼转角处，就见他疾步下来，表情是收不住的急切，脚步也收不住，掠过自己直往楼下奔去。

"哎，怎么了——？"

程禧只觉面前扫过一阵风，立马掉头跟在他身后追问道："怎么了？你不是去办公室充电吗？手机呢？"

"我妈在医院，出去买菜摔了。"

"啊？"这消息来得突然，让她摸不着头脑，"季园长？严重吗？"

事出紧急，程时顾不上解释许多。实际上他也毫无头绪，只是刚刚接听了史崇的一通电话。

"不知道，史崇也刚接到医院通知，正赶过去。"程时的脚步不停，边走边交代，"有情况我再跟你说，可能一时半会儿回不来。"

"好……"

"手机给你，还是在电影院等我吧。"

"嗯。"

程禧没见他这么着急过，白婧倒在血泊里的画面闪现在脑海，这一摔可大可小，不免也冒出冷汗。她急急跟到地下车库，却完全帮不上忙，只得宽慰："应该没事的。"

"你先上去。"他回身对她说，"车库人少，我现在看着你上去，快。"

可能在那一瞬间，程时是预感到了危险的。只是焦急占据了大脑，让他几乎没有思考的余地，凭借直觉嘱咐了一句，就匆匆驾车离开了。

程禧忧心忡忡地回到办公室，越发坐不住。她打开那部摩托罗拉，再次确认电量满格，程时又是从四楼下来……稍加联想，疑窦丛生，就拿着手机上楼，进入 VIP 厅，拨出了电话。

刚接通，她就听到身后轻微的动静，正欲回头，脑后的钝痛感猛地袭来，整个人就像断线的木偶，随着一声闷响倒地。

程禧两眼发黑，模糊中，一个男人的脸被放大，捡走了她掉落的手机，转头说道："不会出人命吧。"

没有应答。

她试图睁大眼睛看清楚对方，感官却在一点点消散。最后残存的知觉，是自己被拖着移动上台阶，身体的疼痛渐渐麻木。

程禧彻底失去意识。

蒋今明远远听见办公室的电话在响，不自觉地加快了脚步，经过馆长室却迎面撞上刚出门的赵飞。

赵飞的脸上本有阴云，霎时藏了起来，变成爽快地笑："哎哟，年轻人慢点儿。"

"赵总。"蒋今明表情复杂得多，他惦记着响个不停的铃声，又疑心两人在馆长室内谈了些什么，说道，"我有电话，稍等我送您下去。"

"不用不用，你去忙。史崇，我们走了！"重音落在"史崇"二字。

蒋今明瞥了一眼馆长室内的史志勇，依然稳如泰山，丝毫没有临别客套的意思。这场谈话一定不愉快，而情势或许利于史志勇。

四个人隔着半掩的门，各自揣摩对方的心思。这时候，铃声戛然而止，电话被人接了起来。

蒋今明担心是程禧来电，顾不上其他，先迈开了步子。哪承想下一秒，办公室大姐晃出半个身子。

"哪位是赵总？"她问，"电话有人找。"

转动钥匙，白婧熄了火，随后拎包下了车。

这地库很冷清，凉飕飕的，隔几步就能发现坏了的白炽灯管，明暗不一。她按照指示标志，愣是绕了一大圈才找到楼梯间，楼梯间的灯居然还是声控的，跺了一脚，亮了。

爬上二楼，到了电影院大厅。暖色调的复古装潢，基本契合建筑本身风格，只是门可罗雀，顾客稀少。

白婧犹疑地走到前台，问道："请问你们程禧经理在吗？我跟她约好了。"

吴悠抬起头，瞧她面善，笑说："程经理应该巡厅去了，可能在四楼，您要不先去办公室等等吧。"

白婧道了声谢，拿起手机给程禧发微信，却没得到回复。她逛到扶栏边，发现影厅就散落分布在建筑里，索性顺着楼梯往上走，寻找程禧的身影。

直到四楼，走廊仍旧空空如也。

白婧停住脚步，看见前面的影厅关着门，自己不便擅入，于是原地打了个转，预备下楼。就在这时，她隐约听到咣当咣当的砸门声。

急促的声音透过影厅的隔音墙面，有些闷。

迟疑片刻，白婧又返回到门口，侧耳去听里面的动静，不像是电影音效。

她拉动门把手，发现门被锁了，更觉得不对劲。又往走廊外走了几步，想喊工作人员帮忙，却连个人影都见不着。

白婧有种不好的感觉，掏出手机给程禧打电话，她一边听着手机里的提示音，一边再度靠近那扇门。

无法辨认是否有铃声传来，她皱着眉，努力想要听清。突然门被推开，白婧猝不及防，被撞得痛叫一声。然而尾音还没落下，又化为短促的惊呼——

她被一双手拽进了影厅里。

程禧掀了掀眼皮，看到墙壁和屋顶的夹角。她眯起眼，发现这狭小的空间是放映室。哐——脑后传来痛感，伸手一摸，肿了。

自己正半倚着放映机，瘫坐在地上。

程禧反应了足有半分钟，才想起刚才正要打电话，却被人击倒。这一回忆，瞬间头皮发麻，连忙摸索手机，果然已不在身上。她连滚带爬地起身想出去，并不知道门外斜撑着保洁车，牢牢卡在门和墙中间。她侧身去撞，用脚去踹都徒劳无功，又回到放映机前的窗口，往外看去——

影厅中间坐着个男人，正在打电话。

他的背影略显单薄，发丝隐隐泛白，看上去很陌生。程禧愣了愣，开始使劲拍窗，终于见他回过头来。

这是……赵飞？！

她震惊不已，一时间手都僵在半空。

赵飞没料到她醒得这么快，被吵得有些不悦，好在通话也要结束。他耐心地说完最后几句，站起了身，慢慢转向她，那扇小小窗口里激动的脸。

"开门！"程禧吼着，用力拍着窗户，"还我手机！"

"别吵。"赵飞指了指自己耳朵，兀自说道，"年纪大了不喜欢听人吵。"

她哪里听得见，只感觉赵飞在演一出哑剧。他拿起那部摩托罗拉，看了几眼，轻松掰断了翻盖，弯折天线，然后拆掉了后盖，拿出电池，整个过程慢条斯理得就像在剥一个橘子。

程禧茫然地睁大了双眼，不知道他想干什么。

手机只剩主体部分，赵飞把它放在地上，抵着凸起的沙发底座重重踹了几脚，然后弯腰捡起来观察，终于露出满意的表情。

也就半分钟，赵飞毁了手机。

程禧惊骇到说不出话来，眼看着他缓缓朝门口移动。程禧近乎疯狂地敲打窗户。混乱中，她没听见自己的手机铃声响起，更没发觉手机被握在另一人手里。

那人站在门口，正是刚才袭击她的高岭。

程时匆忙赶到医院，在门口碰上同样急切的史崇。

"人呢？怎么样？"

"不在医院。"史崇一脸困惑，不停地给季红打电话，"可就是不接电话。"

"什么叫不在医院？"

"医院说电话不是他们打的，他们并没有收治这样的患者。但来电显示就是他们的号码，信息也都对。"

程时站在大太阳下，蓦地出了一身冷汗。他舔了舔嘴唇，说道："你接着给我妈打电话，我先回去了。"

"哎，去哪儿啊？"

"电影院。"程时边说边撤身，走着走着开始小跑起来，迅速上车启动引擎，同时拨通程禧的电话。

没人接。

程时的脸色沉下去，在心里暗骂自己，又急忙打给办公室。大约等了几秒钟，那边传来吴悠的声音。

"你好，新时代影城。"

"程禧在哪儿？"

"啊？"她一怔，随即听出是程时的声音，说道，"好像去四楼了，她朋友来找她，两个人可能在上面叙旧。"

"什么朋友？"

"一个女生，说约好了的。"

程时想起早先她提到的好友申请，猜测也许是白婧，这才稍感安心，嘘出一口气道："你叫李思齐上去看看，我有事儿找她，没接电话。"

"哦，好。"

吴悠挂了电话，觉得程时简直大惊小怪。女孩子聊起天来，错过来电不是很正常？她懒懒地挪动步子，抓起对讲机呼叫李思齐，一边走到扶栏边探身往上瞧。

没有动静，更加笃定两人在 VIP 厅里。

果然，李思齐也这么说："程禧肯定在 VIP 厅打电话。"

"程总找她，你还是上去看看吧，提醒她回个话。"

"嗯。"

不一会儿，李思齐从三楼的放映厅出来，握着对讲机往楼上走去。

高岭拎着白婧的衣领，把人扯进厅里。她惯性地撞到银幕，一个站不稳跌坐在地上。这种突发状况，让她既莫名又恐惧，本能地抓起手机想报警，被高岭一脚踢开。

程禧透过小小的窗口，视线本就受限。她的目光追着赵飞直到门口，这才留意到角落里的高岭和阴错阳差被拽进来的白婧。

雨夜追赶的一幕幕闪进脑海，程禧感觉全身的血气登时冲上脑门，再也顾不上其他，嘶哑着嗓子喊起来。

赵飞微微地侧头瞥了她一眼，朝高岭交代了两句，缓步出了影厅的门。随后，高岭将半蒙的白婧拽起来，她极力挣扎，但禁不住力气悬殊，两人开始撕扯着往放映室走去。

他想干什么？！

封闭的狭小空间，处于弱势的自己和白婧，历史就像场景重演……程禧不自觉地退后，仓皇地寻找可以防身的工具，然而放映室几乎没有任何多余的物品。

她屏住呼吸让自己冷静下来，终于把目光落在一处。

也许几分钟，也许更久。程禧听到门外的动静，手搭在音量调节的按钮上，心脏剧烈跳动，手跟着颤抖，等待着开门的瞬间。

高岭一手钳着白婧的脖子，将她架在前面，然后谨慎地移开保洁车，迅速把人推了进去，用身体重新抵住门。

就在这个当口，程禧把音量调到最大，同时去捂住白婧的耳朵。整个影厅猛地响起巨大的音效，在封闭的空间内，人能明显感到震动耳膜的声浪，只觉脑袋嗡嗡作响，心脏同频震痛。

高岭毫无防备，瞬间捂住耳朵。他单手去拉保洁车，但很快又痛苦地缩回，变成双手抱头，用身体堪堪抵着门。

这声音像山崩地裂，狂风呼号……像轰然倒塌的楼房，在高岭脑海中勾勒出景象——

掀起的尘土、带血的砖石、哭喊的人群、残肢断臂……旱冰场的惨状是他的噩梦，是十三岁后就反复侵扰的恐惧。

高岭受不了这种高分贝的噪音，一秒钟都忍受不了，他胡乱扒倒了保洁车，朝影厅出口跑去。

李思齐上着楼，迎面碰见一位稍微年长的男士，身材单薄，扶着楼梯扶手，脚下小心地迈着台阶，正要下来。

他侧身让了让，顺口说了句："您慢走。"

"哎。"赵飞答应一声，又笑道，"接孩子去，孙子孙女在附近学那叫什么，乐高。"

"喀，我也爱玩。"李思齐搭话道，"多大的孩子啊，都玩乐高了？"

"四岁，说开发智力，现在这孩子玩的东西都变成学了。"

简单聊了几句，赵飞边叹着气边下楼，消失在转角。李思齐也跟着感慨了一下，继续往楼上走，忽然顿住脚步。

这是三楼到四楼的楼梯，老人家从哪儿下来？

VIP 厅？！

他顿感不妙，三步并作两步地爬上楼，赶到影厅门口发现门被锁了，急忙用对讲机叫人。可事情还没说清，就听见里头传来巨响，接触门的手都能感受到那震动，让他冷不防汗毛直竖。

李思齐这时才确认情况不对，更加猛烈地晃门，同时大声喊人报警。他这边使着劲，谁知忽然拽了个空。

有人推门而出，躲闪不及直扑到他身上。两人一起摔倒在地，影厅里的声音扩散至整个走廊。

高岭爬起身，只想继续逃离这紧箍咒，却被李思齐反身拖住。赶来的同事看傻了眼，反应片刻才上前帮忙，一齐堵住高岭的去路。

赵飞打了辆车，起步价的距离，到了旁边一栋商业楼，临街商户大大的招牌，写着"少儿乐高活动中心"。他推开玻璃门，往里张望，随后朝两个小朋友挥挥手，坐到一旁等待。

店里的员工递过一杯水，说："赵爷爷，又是您来接孩子呀。"

"孩子们忙，忙工作。"他笑道。

"现在像您这种帮忙带孩子的长辈可越来越少了。"女孩子嘴甜，客套地说道，"这一家子，多好。"

赵飞缓缓点头，又看向两个小家伙。

好吗？事业葬送，闲人一个，成功原本触手可及，却随着檀园路76号的大火覆灭，这辈子应该这样过吗？

他不甘心。

至于孩子们，他也是爱他们的吧，但比起内心无法填满的欲望空洞……

他渐渐收起笑容。

Chapter 15

终 章

真正醒来已是中午，按亮手机，上面写着 9 月 29 日，心里一沉——
这天还是来了。

❧

蒋今明撕掉墙面的海报，露出底下的字迹。他出神片刻，一屁股跌坐在地上，手里握着笔，想写什么只觉力不从心。

自从那天后，自己就再也没能联系上程禧，留言越写越多，却始终得不到响应。他开始怀疑赵飞接到的电话，真是一通紧急的工作请示吗？而自己接到的电话，又真的来自 20 年后的自己吗？

蒋今明感到茫然，自责没能警觉更多。他不知道程禧遭遇了什么，随着时间流逝，担忧就像不断上涨的潮水，快把自己淹没了。

就这么坐了许久，他才提起一点力气，在墙上接着写道：

再次找证据，2000 年 9 月 18 日。

那是个周一，入夜。蒋今明把海报重新贴回去，起身拍了拍衣裤，检查钥匙和手电筒，沉下心来深呼吸，然后转头出了房间。

"你说他能找到吗？"程禧摸着凹凸不平的划痕，转头轻声问道，"能吗？"

"嗯。"

"如果不能会发生什么？那天赵飞在电话里说了什么？他也想改变过去，只是在等一个能联系上自己的机会。他会做什么？先一步找证据？放火制造事故？我们大意了，真的大意了……"

程禧控制不住地叨念着，把脸深深地埋在膝盖里。半响，她感觉一只手在后脑勺轻轻拍了拍，听程时说道："相信他吧，相信我。"

抚慰有一定作用，程禧没吭声，确实觉得心里安稳些，又道："手机还是不能用吗？"

"今天试了，还是不行。"

"不是已经修好了吗？"

"换了部件，几乎是翻修，但……你记得当初那个充电器吧。"

程禧点点头，不再说话。

当初她找遍了摩托罗拉的充电器，虽然适配，但都无法充电，后来在电影院收到了无名快递，这才成功。现在事情已经明了，那个快递是程时通过吴悠送达的，里面的充电器，就是当年手机的原装配件。

他丢了手机，却保留了充电器，20 年后又辗转交到她手上。

两人坐在房间里，坐在那面墙前，空气一度沉下去，仿若静止。直到外面传来开门的动静，程禧应声起身，调整情绪说："起来吧，我妈回来了。"

程时紧跟着起身，快步走出房间，在客厅中央与拎着菜回家的程妈面面相觑，微笑着打招呼："您好。"

"那个，我们领导来谈点事情。"程禧立即解释。

"啊——"程妈被这出打个措手不及，眼神在两人身上流转，再次确认，"领导，你们电影院老板是吧？"

程禧知道她在想什么，用眼神回答：是，是那晚送自己回家的人。

"来，坐坐坐。"程妈放下菜，拉开架势，"怎么也不给客人倒杯水呢？这孩子！"

程时表示感谢，客随主便地准备坐下。他刚沾着沙发，听程禧来了句："妈，别忙了，我们已经谈完了。"

他只好又顺势一个起身，附和道："嗯，不麻烦了。"

"这怎么能是麻烦呢，你坐坐坐，你看阿姨今天菜也正好买多了，留下吃个饭，吉祥你先给人倒杯水行不行？"

"知道了。"程禧低声答应，假装无意地带上了房间的门，瞥了程时一眼，慢吞吞地挪到厨房去烧水。

房间里的两只杯子静静待在角落。

程时与程禧一家人边吃边聊，有那么几个瞬间恍惚回到过去。同样的位置，同样的晚饭，同样完整的家，相隔 20 年光景。

程禧看出他的恍神，心里也跟着感慨。

饭后，她送程时出门，临走时招呼他来到客厅那面墙前，拿出一把尺子，一支笔，踮起脚画下了新的刻度。

"哎哟，长高了大概……3厘米。"

他笑了，回头说道："不止吧。"

"很多了好不好，我二十三岁之后都没怎么长高了。"程禧敲敲自己那组身高，"你看看，我二十三岁之后几乎没变化。"

程时看着那些痕迹，像年轮标注着岁月，对自己来说也是实实在在的记忆。他先认识了未来的她，然后看着她长成未来的样子，这个过程支撑自己走过20年。

曾经不敢深想的问题——时间错位会交织成什么样的感情？现在或许可以回答，程禧是他的希望，起初是他改变过去的希望，后来成为他人生的希望。

程时忽然非常、非常想要拥抱她，可他还是攥了攥手心走到门边，说道："我回去了，有新的留言告诉我。"

"我送你下去吧。"

"不用。"他低头一边穿鞋一边说道，"我明天再去一趟派出所，问问高岭有没有再交代什么。但通话内容……估计他不会说，毕竟这个说出来也不会有人相信。"

"嗯，我也是这样想。"

程禧应道，其实还有些话放在心里没有开口。对高岭来说，这样的结局是他应得的；而对自己来说，她庆幸程时阻止了她当时的冲动之举，也庆幸蒋今明没有因此背上愧疚。

两人在门口说话，忽然听到对面的开门声，一齐扭过头去，就见那阿姨探出头来，乐呵呵地道："出门啊？"

"啊……送客人。"

"哎哟，男朋友啊？"

程禧不再搭腔，倒是程时看着她好一会儿，温声道："您没怎么变，还很年轻。"

阿姨愣了一愣，确认这人自己不认识，只当对方嘴甜，喜笑颜开："常来啊，我们两家熟得很，快20年的邻居了，程禧就像自家孩子一样。"

"嗯。"程时笑着点点头。

20 年前，阿姨比现在的自己还要年轻一些，风风火火地工作，风风火火地八卦，那个劲儿倒是一点没变。

还真没想到，能再见到她。

程时下了楼，回头望着复园社区三栋，心里默想：

一切就交给那时的自己了。

蒋今明在馆长室仔细翻了两个小时，终于将目光投向那个装满档案的文件柜。难不成装在档案里？

刚才找过的每个抽屉都小心地归位了，耗费大量的时间，此时他已筋疲力尽，不由得蹲在地上休息。

夜晚安静极了，安静得让他的思绪飘到很远，想象 20 年后的自己。如果有未来，自己是什么样子？还在做喜欢的事吗？他无意识地开关着手电筒，就在某个关闭的瞬间，听到一丝动静——楼下车门关闭的声音。

蒋今明悄悄出了房间，从窗户往下看去。一辆轿车刚刚熄火，随后驾驶位下来一个陌生男人，看样子要进入檀园路 76 号侧门。

他吃了一惊，反复确认自己进来后锁了门，意识到也许是其他试图寻找证据的人。时间一下子紧迫起来，蒋今明迅速回到馆长室，将门反锁，没有丝毫犹豫开始翻文件柜——

只有这里没有找过了。

他叼着手电筒，动作极快地翻动档案，同时估算着他们开锁的时间，随时留意楼下的动静。

汗滴在地上，又被自己踩碎。蒋今明的神经紧绷到极致，听到了上楼的脚步声，手就像不听使唤似的，一个没拿住，档案盒掉在了地上。

"啪"的一声。

他叫苦不迭，知道这声响在寂静中宛如一个信号弹，索性不再顾忌动作。匆忙弯腰去捡档案盒，却发现一个信封散落出来——普通的牛皮纸信封，中间折叠过，大小正像一张软盘。

打开它，蒋今明看到了自己的演示文稿软盘。

找到了！

他立刻将信封揣进兜里，放回档案盒，开门闪身出了馆长室，站在走廊的瞬间却不知该往哪儿躲。

人已经上来，等于把自己堵在了四楼。回办公室？和馆长室一样不安全。

蒋今明看向那扇窗户，底下是平静的江面。

他几乎没有过多思考，打开有些发紧的窗闩，把信封扔进楼下的灌木丛里，随后直接跳入江中。

赵飞和高成峰赶到时，只瞧见开开合合的窗棂。

"这窗户不太牢固，所以我们晚上都是关掉的，人肯定就是从这儿跑的！"

蒋今明刚到四楼，就听到办公室大姐的嗓门，见她被几位民警围着，讲得吐沫横飞。

"怎么了？"他假意关切。

"今明，昨晚咱们馆里进贼了！馆长室被翻得乱七八糟，走廊这窗户也开了，我说贼肯定是跳窗跑了，会游泳，跳进江里呗！"

"啊？丢什么东西了吗？"

"你问馆长，还在确认呢。"她说。

蒋今明侧身走到馆长室门口，静静地看史志勇翻找着东西，开口道："史馆长，听说昨晚进贼了，没丢什么东西吧？"

史志勇颓然地抬起头，表情又很快恢复平静。他作势翻翻抽屉，说道："手表没了，其他没丢什么，可能也没找着什么值钱东西。"

"嗯，那就好。"

"跟外面的同志说一下，辛苦他们了，没丢什么东西，够不上立案的。"

"好。"蒋今明答应着，目光还停留在他的脸上，好一会儿才挪开，转身出门传达。

不敢吧，不敢说丢了什么吧，毕竟那也是自己受贿的证据。蒋今明心里苦笑，昨晚游上岸，找回信封，还是在蔷姐的歌厅悄悄确认了内容。

他怎么也没想到所谓的证据竟指向史志勇，他亲近的人、敬重的人、一直以来努力营救的人，竟然为了金钱和地位不惜同流合污，将檀园路76号推向深渊。

蒋今明忙活了好一阵，才将证据藏进地板的龙骨里，然后盖上地板，把床搬回原位，结结实实压在了上面。

做完这些，他在墙上留了言。

明知不会得到任何回复，蒋今明还是松了口气，顺势仰倒在床上，放空。

"今明！"嗒嗒的脚步声传来，很快门被推开，季红喊道，"帮妈跑个腿！"

他混混沌沌，好半天才反应过来，从床上跃起，紧张道："怎么了？"

"帮妈跑个腿，送个户型图。"

"哦。"距离9月29日越近，他就越心神不宁，慢吞吞地趿拉上拖鞋，抹了把脸，说道，"什么户型图？送到哪儿去？"

"咱家的户型图，翻了半天总算翻到了。"季红转身把手里的文件袋放到客厅桌上，远远地解释，"就之前跟我们一起看房的家长，嫌江南太远了，她想看看咱家这房子。"

"吉祥的家长？"

"对，她家不远，你跑个腿。"

"啊……好。"

傍晚时分，蒋今明拿着文件，按照地址来到一栋家属楼下，反复确认后，爬上楼梯，敲响了一户人家的门。

没过多久，门开了一道缝。

蒋今明低下头，才看到一个小小的女孩穿着校服，正警惕地看着他，握着门把手，好像随时要关上。

"你妈妈呢？"

她没说话，紧抿着嘴。

"家里大人呢？"

对峙般，吉祥转着眼珠，终于摇了摇头。

"大人还没回来？你自己在家怎么能给陌生人开门呢？"蒋今明说着蹲下了，正经道，"自己在家不能给陌生人开门，在外面也不能跟陌生人走，不能吃陌生人给的东西，这些你都不知道吗？"

吉祥被教育得有点瑟缩，又想逞能，好半天才不得不扁着嘴，嘟囔了一声。

"这个是季园长给你妈妈的东西，拿进去吧。关门了，不要再给别人开门了啊。"

蒋今明把文件袋交给她，慢慢推上门，啪嗒一声，门关严了。他起身离开，心想时间过得好快，吉祥上小学了，穿上了新校服。

似曾相识。

回家的路上才想起来，那就是楼下小学的校服。她始终与他生活在同一半径内。

程禧撬开地板，看到了牛皮纸信封，拿出一盘微型磁带和一张软盘。

她手边没有设备能读取这些东西，第一时间联系了程时。两人在电脑城辗转找了两天，才终于转换格式，听到了内容。

磁带里的录音，听起来是一场饭局的对话，人数在 8 人以上；软盘里的名单有 11 人，姓名后面附带金额，包括史志勇。

这 11 人收了钱，直接或间接参与了规划修改。史志勇一直在推动檀园路 76 号融入市场，几番奔走，自以为与檀盛房地产公司一拍即合，却未曾料到，在他们眼中，檀园路 76 号只是一块地皮而已。

回去的路上，车里气压很低，两个人一时无话。还是程禧率先打破沉默："现在怎么办？"

"这证据对我们来说没有意义，名单上的人……也大多不在了。"

"今明会怎么做？不拿出证据能留下檀园路 76 号吗？但如果他交上去，史志勇……会被判刑吗？"

又是两难的境地。

这也是程时的顾虑。他沉声道："我们只有等他的选择，还有这事儿不要告诉史崇。"

"嗯。"程禧看向车外，喃喃道，"至少那晚的事故不会发生了吧，证据已经不在了，赵飞和史志勇没必要为了寻找证据出现在檀园路 76 号了，你也不会出现在那儿……"她忽然想起什么，转过头问道，"那你会过什么样的人生？"

"一定不是现在这样。"程时轻声道。

"嗯，你没必要开电影院了呀……你也没必要——"叫程时。

程禧设想过很多改变，却头一次触碰到这里。不会再有程时这个人了，很难说他这 20 年的人生，是不是沿着自己规划的路线在走，开电影院，等她长大，设一个 20 年的局。

就像"程时"这名字是谁取的一样，是没有答案的问题。

他们在时间的环里相互影响，才成为今天的自己。如果那天过后循环真的被打破，人生复位，程时将只是时间里的一段虚影。

程禧呆呆地望着他，无法言语。

"我就是蒋今明啊。"他看着路，极力克制着情绪，笑道，"他也会保证你的安全。"

在每一个意外或困难来临的时候，冲向渣土车也好，发现男友背叛也好，哪怕不再需要利用她开启通话，也会做到这些。他知道蒋今明可以做到。

"如果改变，你还会保留这段记忆吗？"

程时苦笑着摇头，他不知道。

程禧再度茫然地望向窗外，她此时才意识到，这场改变，抹去的也是程时的人生。

车内广播响起，女主持人正在报时："现在是 2020 年 9 月 28 日下午 3 点整，先来看娱乐资讯，本周国内票房排行……"

"去看个电影吧。"程禧忽然说，"《黑客帝国》的续集你看了吗？第二部和第三部。"

笑意慢慢爬上眼角，程时回道："去哪里看？"

"到处都是你的电影院，随便选一家呗。"她故作轻松地提议，"要不还是回檀园路 76 号看吧，我让李思齐找找片源，我们偷偷看，就这一次，不盈利，可以吧，老板？"

"可以。"他笑答。

还有什么不可以？在那天到来之前，没有什么不可以。

赵飞设了场家宴，难得地喝多了，任由两个小朋友在他的脸上画画，又被拍下来传到网上。

史崇遇到了之前微信说分手的女孩小林，被当众泼了一杯冰水，自己擦干净后，笑说你还想怎么发泄，都行。

吴悠过了生日，和李思齐两个人，谁也没告诉。他们坐在卖品仓库吃蛋糕，接了一个奶油味的吻。

人生如果无法预测，只有抓紧手上拥有的。

程禧和程时通宵连看几部电影，在 VIP 厅的沙发上睡着了。半睡半醒间，她感觉有谁的气息靠近，轻轻地吻在了自己的头发上，像是做了个梦。

真正醒来已是中午，按亮手机，上面写着 9 月 29 日，心里一沉——这天还是来了。

每个人的脸上都写着平静，情绪只在心底翻涌。傍晚，程禧回了家，吴悠和李思齐留在电影院，程时和史崇陪在季红身边。时间没过去多久，程禧正在房间整理自己的记录，忽然感到一阵头痛。

那痛感来得极猛，她一下子蜷缩在椅子上，捂着脑袋又跌到地上，跪着起不来。

一些画面涌入脑海，就像生生劈进来——

小小的她在学校门口，被一个叔叔招呼过去，他说替妈妈来接自己，并准确说出了父母姓名和工作单位。她抗拒地后退，又听他说道，父母就在檀园路 76 号等她，这么近的距离，看看就知道了。

程禧猛抽了几口气，恐惧跟着挤进大脑。是赵飞，那张脸就是 20 年前的赵飞。她挣扎着起身，拿到手机给程时打电话，磕磕巴巴地说着："改变了，改变了……"

下一秒，她停住了，惊恐凝固在脸上。

她记起自己跟赵飞走了，往檀园路 76 号的方向。

周晓军和吴静雯约在檀园路 76 号门口见面，他们到的时候正赶上闭馆时间，很多游客从里面涌出，在人流中，他看见吴静雯的身影，使劲挥了挥手。

"你黑了！"这是吴静雯的第一句话。

周晓军笑答："军训晒的，你怎么没黑？"

"迎新晚会我要参与演出，军训的时候经常去练舞来着，躲过一劫。"她弯弯嘴角，带着自信和一点点得意。

这笑容在落日余晖下，笼着光晕。周晓军看得愣了神，很快不好意思地挠挠头，说："要不先去吃饭？"

"先把船票买了吧，晚了就得等下一班了。"

"行。"

售票点和码头在一处，位于檀园路 76 号后身。两人排队买了票，决定直接等开船，就沿着江边闲逛，聊着大学里的见闻。

其间周晓军数次将目光投向檀园路 76 号，总感觉放心不下什么……在报志愿前，那个来找自己的人，声称是那儿的工作人员。

他说什么来着？会发生事故。

当时周晓军就不大相信，只是劝说吴静雯改志愿也正合自己的意，才顺水推舟。

眼前平静的江面，已经闭馆的建筑，还有国庆节前的游客和身边的吴静雯……一切都那么美好，能发生什么？

他们逛了几圈，临近登船时间又绕回到码头附近。这时，周晓军不经意间瞥见一个男人领着一个背书包的女孩，往檀园路76号的侧门走去。

他们走路的姿势很奇怪，与其说是领着，不如说是男人掐着女孩的胳膊拖拽。周晓军感到不妥，忽然被吴静雯拍了一下。

"排队登船了。"

"啊。"他答应一声，挪着脚步又扭过头去，那两人已经不见了，"哎，你刚刚有没有看见一个男的领着一个小女孩？"

吴静雯摇摇头，也朝那方向看去，说道："没看见，怎么了？"

"没什么，也许是孩子放学想玩，不愿意去展馆。"

周晓军排着队，却忍不住再次回头，发现视线被遮挡的地上，有一个黄黄的东西，颜色非常显眼，是那女孩背的书包。

"书包都不要了？"他喃喃着，越想越不对劲，眼看就要登船，突然拉住吴静雯的胳膊，离开了队伍。

"你干吗？"

"不坐船了。"周晓军说，"我没吃饭，有点晕船。"

"可票都买了。"

"退了吧。"他笑道，"要不我再吐船上，多不好。"

吴静雯只得答应，谁知那票根本退不了。她正要着恼，发现周晓军兀自往刚才那方向去了。

"哎，周晓军！"她气得跟上，想掰扯几句，见他弯腰捡起一个书包，正茫然四顾。

"这什么东西啊？"

"刚才有个男的领着一个小孩，可能是进去了，把书包丢在这儿。"

"啊？"吴静雯也起疑，"书包怎么会不要了呢？"

两人站在侧门口，看那上面写着工作人员通道，心里没了主意。谁也没有手机，周晓军提议，找广场的值班人员反映一下情况。

张望之际，有人从远处朝他们奔来，身影越来越近，周晓军才认出，这就是当初来找过自己的人！

蒋今明几乎没有停顿地抓过书包，紧接着推门而入。速度太快，周晓军慢半拍地说："刚才有个小孩——"

"知道！"

门里传来应答，回声渐弱，直至听不见。

　　

"李思齐，你帮我盘点一下那边的爆米花好吧？"

"哦。"李思齐迈进仓库，开玩笑道，"你就是看不得我闲着是吧？你是程禧的监工吗？"

"是啊。"吴悠笑着想，只是希望跟你待在一起。

李思齐哼了两声，再抬眼，眼前却已空无一人了。他迟疑了一下，抓抓头发，不知道自己进仓库干吗。转身的瞬间，感觉眼眶流出眼泪来。

李思齐用手抹掉，也不知道自己为什么哭，只好无所谓地自嘲，离开了仓库。

　　

赵飞只需单手就能掐住吉祥的脖子，她小小的身体不停地扭动，号啕大哭，吵得他失去耐心，随手移开玻璃镇纸，把一张展品塞进她嘴里。

那纸已经历经几十年的岁月，为了保管经过化学品熏蒸，带着股味道。吉祥拼命地摇头，眼泪把纸浸湿，只剩呜咽。

他扭着她的胳膊，腾出手打了一通电话，让史志勇带着证据过来。话音刚落，就听见急切的脚步声。

蒋今明喘着粗气，顺手将一个信封扔在两人中间的地面，急道："证据在我这儿，把孩子放了！"

"今明？"赵飞反应过来，自嘲地笑道，"原来那天是你拿走了。"

"嗯，现在给你。"

"我没法确认，这里面是什么？"

"名单、录音。你可以用电脑看，然后拿走，销毁，随你。"蒋今明紧皱着眉，看着吉祥嘴里塞着纸质文物，满脸鼻涕泪水，终于忍不住暴怒，"你还抓着她干什么？！"

"这不就是和你通话的人吗？据说我接到那通电话的时候，她也是一样被抓着呢。"

蒋今明此时才明白，为什么程禧会和自己断了联系。全身的血直往头顶涌，眼眶都跟着发红，可每往前一步，赵飞手上就用力一些，最后只得退回原地。

"我不会举报你们的，史志勇是看着我长大的人，我做不到。这些证据对我们来说没有用，我不明白，赵总，你需要做到这个地步吗？"

"史志勇早就对规划不满意了，不然他不会偷偷录音。就算他现在不做什么，留着也是隐患，而这名单上的人怎么能允许有把柄落在别人手中？今明，你还是太年轻了，光凭这点东西，我这辈子的事业就已经毁了。"

"那好，证据就在这儿了，我跟你去办公室确认，你先把她放了。外面有人看见你抓她进来，已经报警了，我们现在就去确认证据，然后你拿走，赶在警察来之前，就当没事儿发生。"

赵飞仍旧拽着吉祥，说道："我们一起去确认。"

三人在馆长室确认了名单和录音。赵飞将证据装进口袋，又小心道："我怎么确认你没有备份？"

吉祥已经没有哭的力气，胳膊上青一块紫一块，鼻腔不畅，数次喘不过气来，整张脸憋得发红。蒋今明急到极点，喊道："你确认不了！我没有备份，说了你也不会信！"

"我信你，但还有一个隐患。"

"什么？"

"史志勇本身就是个隐患。我当初就不该找他合作，一心二用的人随时都可能会狗急跳墙，出卖我们。来，今明，坐下。我们一起在这儿等他。"

史志勇赶到时，正撞见吉祥哭喊着往下跑，而楼上传来激烈的打斗声。他把孩子抱至安全处，重新上楼冲进办公室，看到蒋今明正被抵在柜子上，赶忙从背后将赵飞钳制住，很快三人扭打到一处。

蒋今明和史志勇两人合力，逐渐占了上风。办公室内一片狼藉，那一家三口的相框不知什么时候被修好，再度被摔碎。

赵飞被压倒在地，浑身力气全无，铆足了劲喊道："史志勇！我要你儿子跟着陪葬！我已经交代司机跟他去出差了，明天没我的回话，你就等着史崇死在路上！"

"高成峰……"蒋今明知道他能做得出来，面露忧虑，手上不自觉一松。

这表情被史志勇看在眼里，问道："你知道他说的是谁？"

"知道，他——"

"史崇交给你，檀园路76号也交给你。"史志勇忽然轻声说，"都是我的错，不要告诉史崇。"

蒋今明还没反应过来，被他一把推出办公室，随后门被反锁。

史志勇松开了奄奄一息的赵飞，捡起那照片，拂去上面的玻璃碴儿，然后从兜里掏出一盒烟，小心翼翼地抽出一支，用打火机点燃了。

他从来不在檀园路 76 号抽烟，以至于很多人不知道他也有烟瘾，还不小。史志勇抽了两口，安静地点燃手边的文件，满地的纸张，几乎不用找助燃物，随手把那文件丢在地上，瞬间着了起来。

短时间内火势就起来了。赵飞无论如何预料不到，史志勇会舍得自己的命，舍得放一把火，此时仓皇地逃生，已经来不及。

房间没有窗，门打不开，他渐渐无法呼吸。

史志勇把照片放在胸口，他不知道怎么走到了这一步，在作为馆长最初寻求市场合作的时候，在通过檀盛公司牵线规划局的时候，在规划渐渐脱离了自己的预想，各方利益角逐决定将檀园路 76 号夷为平地的时候……如果能早些回头，他不会沦落至此。

他又觉得可能自己潜意识里就希望证据被发现，他终究有些舍不得、有些后悔，悄悄留下了那些证据，却没有勇气自首来保全这一切。

事已至此，史志勇无法面对自己，也无法面对史崇和蒋今明，无法面对未来。他想，唯一可以保留的，是微不足道的一点点尊严。

在矛盾中反反复复，在红线边战战兢兢，最终是一场空。

出现在脑海中最后的画面，是一家三口。

太阳照常升起，新的一天来临。

程禧睡得好乏，睁开眼有种异样的感觉，像是一个长长的梦终于醒来，又像是这才入梦。

她坐起身，眼前的房间好陌生。墙上的电视机还开着，像是一夜未关，正在播放某个访谈节目，访谈对象是一位获得国外奖项的舞蹈家，绾着发髻，穿着圆领黑色长裙，身姿优雅。

程禧看了半晌，觉得画面中的人似曾相识。她将电视关了，随后自然地拿过手边沙发上的衣服——好似自己的手就知道那儿有个沙发，上面搭着自己的衣服。

穿好衣服，查看手机，有白婧的消息，提醒自己别忘了周末的同学聚会，还说联系上了隔壁系一个叫王逸帆的同学，现在当公务员了，以后可以多照应。

程禧懒洋洋地走出房间，发现整个家是原木风格，简约舒适，空间不算大，但有个落地窗，沿江视野开阔。

目光所及，很多东西都是成对出现的。抱枕、杯子、拖鞋——男人的拖鞋。

她头有些晕，再次自然地拿走门厅的车钥匙，下了楼。

一切都很熟悉，身体熟悉。

程禧很快找到一辆黑色轿车，开上了路，就像她的手和脚同样知道要去哪里。在这过程中记忆也慢慢回来，直到眼前出现了檀园路76号。

它看起来不再像是电影院。程禧停好车，只身走进大门，忽然被一人拦住。

"您好，预约了吗？"

"预约？"

"参观要预约的，在 APP 上预约就行。"

程禧拿出手机不知所措，往里看了一眼，这分明就是个展馆，又飘着咖啡香，来自一楼角落的小小吧台。

她四处观察，这时一个男生朝自己走来，随口说着："小王，这不用预约，这是程姐。"

程禧看向他，脱口而出："李思齐！"

"喀，小王新来的，不认识你。"

"什么小王，吴悠呢？"

"什么吴悠？"他反问。

程禧愣住了。

她急急忙忙往里走，听到李思齐在身后喊："馆长昨晚加班一宿，还在办公室！"

程禧看到了一楼的展区，是关于火灾的警示，上面几个大字写着"警钟长鸣，引以为戒"。还有一些火灾中的物品，炭黑的砖木、烧焦的相框……她爬上四楼，原本 VIP 厅的位置，是两间办公室。

走廊尽头是一扇窗，碎碎的光照进来，晒在她脚踝。

程禧试探地往里走，看见馆长室的门开了。史崇踱步出来，跟她打了个招呼，说道："哎，他说你周末要参加同学聚会啊，本来我跟小林想约你们去海边自驾的，看来要改期了。"

"嗯……"程禧不明所以地答应一声，看他擦肩而过，才又转过头。

这回出来的人与她四目相对，许久没有说话。

是蒋今明。

好一会儿，他笑了，说："看不习惯这张脸吗？

Chapter 16

重启

"喂，您是失主是吧？"

李思齐觉得今天的程禧好奇怪。

他私下里都直呼其名，只有见面才叫程姐，碍于蒋馆长的关系。

为什么问自己吴悠呢？他根本没听过这个名字。纳闷着，李思齐逛到二楼，照例巡馆。他走到一处角落，模糊地听见手机铃声响起，弯腰去查看，才发现在展柜下面有一个手机。

李思齐好不容易够出来，正准备接，电话断了，还锁屏了，只能看出来电是个座机号。

他只好拿到办公室做失物登记，还没走两步，电话又响起来——

"喂，您是失主是吧？"

"您捡着我手机啦！太好了，谢谢啊。您在哪儿，我马上去取。"

"檀园路76号。"

"啊？"那边顿了顿，困惑道，"我也在这儿啊。"

李思齐透过窗户朝外望去，嘟囔着："你开玩笑吧？"

阳光洒在江面，也投着檀园路76号的影子。

早上，中午，晚上。

四季。

每当光影变幻时，就像它在呼吸。时间流转，回声消逝，只有它不变，静静伫立在江畔，开启下一次时空连接。